マリオネット・マギアネッタ
著――八木羊
イラスト――Yucomi

リリシュカ

「神の御業、御使いの半身、
生命の秘奥たるこの血、
この息吹を以て、
その目を覚まさん」
シモン
古い聖句を呟きながら、人形の瞼を閉じる。
呟かなくても、人形と糸を繋ぐ《エンゲージ》ことは可能だ。ただ、そういう形式を重んじる家だったせいか、やらないとどうにもおさまりが悪い。地位、名声、身分、そして自分の名前さえも——家が私に与えた形式はもう悉く失われたというのに、こんなどうでもいい習慣だけが残っているのは我ながら滑稽なのだけど。

「まさか夜公演《ソワレ》に出るの？」
「うん。ジナが誘ってくれたからね」

ヨハナ

「徒歩で行くには
少し時間がかかるから、
人形馬車で移動しましょう」
「人形馬車？」
リリシュカが視線で示したほうを見て、俺はすぐに合点した。
道の向かい側から、人形が人力車よろしく幌付きの車を引っ張り走って来る。
車に座っているのが主人の人形遣いなのだろう。
人形馬車は俺たちの横をさっさと走り去っていった。

「この先の広場に貸し車屋がある」
「……俺が走るんだよな？」

マリオネット・マギアネッタ

内容紹介

ヨハナ

これは私の親友リリシュカが
相棒の人形シモンと活躍するお話

シモン

あれ？　紹介と宣伝は
リリシュカの役目じゃ？

リリシュカ

そういうのは苦手だから、任せた

シモン

お前なあ……

ヨハナ

いいの、好きでやってるから。
私に語らせて。

主役のリリシュカは昼は踊り子、夜は殺し屋の顔を持つ、劇団の天才的人形遣い。舞台上で光を浴びる姿も、夜闇に血の花を咲かす姿も、華麗で、でもどこか脆く儚くて……

シモン

なんか詠唱が始まったぞ

リリシュカ

……もういいから！　ヨハナ、ストップ！

ヨハナ

ふふ、ざんねん。まだまだ語れるのに

マリオネット・マギアネッタ

八木 羊

MF文庫J

CONTENTS

口絵・本文イラスト　Yucomi

一章　アンハッピーバースデープレゼント

＊＊＊リリシュカ＊＊＊

星が生まれる時、その産声は光である――

銀色の切っ先が水晶球の中心の暗黒に吸い込まれるように真っ直《ます》ぐと伸び、直後、砕けた破片は燃えるようにきらめいて飛び散った。破片はレッスンルームのくすんだ白い壁に大小の虹色の光を投げかけ、やがて無色の硝子片《ガラスへん》として床にぱらぱらと落ちていった。その束の間の明滅に目を奪われながら思い浮かんだのは、遠い昔、父の書斎で読んだ詩の一節だった。

「リリシュカ！」

ヨハナの声に気付いた時には、すでに相手の一突きが私の首筋を掠《かす》めた後だった。向かい合う人形の眼球は割れ、その体は剣を突き出した勢いのまま床に倒れ込む。本来、この剣戟《けんげき》の敗者は私だ。私の操る人形は、私と剣を交えつつ、私の脇すれすれを剣で刺し、私は胸を貫かれたテイでその場に崩れ込む――そういう段取り。しかし、人形に剣を構えさせ、足を踏み込ませようと力を込めた瞬間、ぷつんと、私と人形の間の糸が切れた。その結果がこのざまだ。コントロールを失った人形を、私はとっさに突き返した。クラスメイトとその人形たちの目が一斉に私を向く。ヨハナが杖《つえ》をついて駆け寄ってきた。

「大丈夫？　ケガはない？」

「別に」

私は掠《かす》り傷の一つもない首筋を見せつけるように髪をかき上げつつ、人形に近付いてその顔を覗《のぞ》き込《こ》んだ。人形の左目は三分の一ほどが欠けていた。模造刀の一突きで割れるほどやわな代物ではない。つまり、それは割れたのではなく、内側から崩壊していた。あの光彩は誕生の輝きではなく、むしろ死そのものだった。私は思わず奥歯を噛《か》む。

「もしかして昨日の夜公演《ソワレ》の？　だとしたら、私が……」

ヨハナが申し訳なさそうに俯《うつむ》く。その視線の先には彼女の左足があった。

「ヨハナは関係ない。私が酷使しすぎただけ」

人形の眼窩《がんか》から赤い煙が細くのぼる。この人形も駄目だった。私の力に耐えきれない。昨晩の時点で、瞳孔に白い線が走ったのを認めていたのだ。それでも、細心の注意を払えば、今日の公演ぐらいはもつだろう、などというのは甘い考えだったようだ。

「もしかしてだけど、リリちゃん、また壊しちゃった？」

アマニータが訊《き》いてきた。嫌味《いやみ》ではなく、本気でどうしたものかと悩んでいる顔だ。

「本番当日に、主役の人形が動かないのはヤバいって。さすがに代役案件じゃん？　リリちゃんの衣装が着られて、技量も同程度ってなると……」

「ジナ……かな」

アマニータの後ろからぬっとモレルが現れる。大柄なモレルの胸の位置に小柄なアマニータの頭があって、二人の体格差が際立つ構図だ。

「代役なんていらない。私が何とかする」

床に散らばった破片を拾い集めながら言う。どれも目で確認できる大きさの欠片《かけら》だ。

「一体どうする気？」

ヨハナはそう言いながらも、床板のすき間に挟まった破片を指で持ち上げ、そっと私の手に載せた。

「まだ塵化《じんか》してない。なら中の魔導体は生きてる。繋《つな》ぎ合《あ》わせれば、一公演ぐらいはもたせられるはず」

「ちょっとリリちゃん！」

アマニータの声を無視して、私は人形を背負う。人間と違い血も肉も詰まっていないとはいえ、自分より一回り以上大きな人形はなかなかに重い。

「何も問題はない。全て予定通り進めておいて。それと、くれぐれもジナには何も言わないで。わかった？」

返事も聞かず、私は人形を引きずって寮室へ向かった。

＊＊＊

自分のベッドの上に横たわるそれを見つけた時、あまりのことに私は背負っていた人形を取り落とした。

「なにこれ……？」

そう呟《つぶや》いたが、これが何かは見れば明白だった。少年だ。眠る少年。月夜のような柔らかな色味の黒髪に、おとぎ話の王子様のように整った容貌。歳《とし》は十五前後か。少年と呼ぶには熟しきり、青年と呼ぶにはまだ顔にも体つきにも脆《もろ》いような幼さが残る。それが手足を縮こめて、小さくて狭い私のベッドの上で眠っている。

恐る恐るその肩に手をかけて、ようやく気が付く。

（人形？）

それは人肌の柔らかさとは程遠く、強く握っても艶《つや》やかな肌には指の痕一つつかない。腕を取ってみれば、シャツの裾から覗《のぞ》く手首はたしかに球体関節だ。そして、気付く。人形がその手に何かカードのようなものを持っていることに。人形の固い指をほどいて私はそのカードを引き抜く。

『君の、誕生日ではない日を祝ってシモンを贈る』

手書きではなく印字の短いメッセージ。裏面は白紙だ。差出人も、誰に宛てたかも明記されてはいない。だから、この贈り物が私に贈られたものかも判然としない。鍵のかかったこの寮室に自由に出入りできるのは、私かルームメイトのヨハナ、もしくはマスターキーを持つ教職員だが、私にこんな値の張る贈り物をする人物は思いつかない。そして、もう一つ、理解に苦しむことがある。

(どうして、顔のある人形が?)

床に転がっている、さっき壊れたばかりの人形とベッドの上の人形とを見比べる。その違いは一目瞭然だ。長いまつ毛の一本一本まで精巧につくられた白皙《はくせき》の少年人形に対して、片目の欠けた人形は目以外の顔のパーツなど何もない。まるで白面を被《かぶ》ったようだが、それこそがこの人形の素顔で、むしろ一般的な人形といえばこういう顔だ。顔のある人形というのは、一昔前の王族や貴族の侍従人形のイメージが強く、もっぱらアンティーク扱いされている。さもなければ、幼い子供のおもちゃか、一部の大人たちの愛玩用といったところだ。

いずれにせよ、どうしてそんなけったいな贈り物を寄越《よこ》して来たのか、理由もまるで見当がつかない。差出人不明の、怪しい人形。普通に考えれば、担任なり学校に報告してしかるべきだろう。

私の指先は少年人形の瞼《まぶた》を撫《な》で、そして、こじ開けた。琥珀色《こはくいろ》の瞳が露出する。両の目とも傷一つなく健在だった。制服のポケットの中の砕けた眼球と目の前の完璧な眼球。どちらに賭けるべきか、私は悩みすらしなかった。左手の薬指にはめた指輪の飾り石を強く押す。すると、隠し針が指を傷つけ、血が滴る。私は少年人形の上にまたがると、まずその右目から、こじ開けた暗い瞳に赤い血の滴る薬指を押し当てる。

「土くれより造られし我ら、土くれより汝《なんじ》を造りて」

左の目も同様に眼球に私の血をべったりと塗りつける。

「神の御業《みわざ》、御使《みつか》いの半身、生命の秘奥たるこの血、この息吹を以《もつ》て、その目を覚まさん」

古い聖句を呟《つぶや》きながら、人形の瞼《まぶた》を閉じる。呟かなくても、人形と糸を繋ぐこと《エンゲージ》は可能だ。ただ、そういう形式を重んじる家だったせいか、やらないとどうにもおさまりが悪い。地位、名声、身分、そして自分の名前さえも——家が私に与えた形式はもう悉《ことごと》く失われたというのに、こんなどうでもいい習慣だけが残っているのは我ながら滑稽なのだけど。

私の左手の薬指がひとりでに震える。震えは間もなく左右十本の指にも伝播《でんぱ》し、やがて収まる。糸が完全に繋《つな》がった。が、起きろと糸を操ってみてもまるで手ごたえがない。

「シモン」

ためしにカードに書いてあった名前を呼んでみる。多分、これがこの人形の識別名だろう。繋いだ糸がぐっと重くなる。

「シモン、目覚めなさい」

長いまつ毛に縁取られた瞼がゆっくりと開いていく。これで、公演に出られる。ほっと息をつきかけたその時だ。

「……だれ」

私が操ったのではなく、人形が自ら声を発した。

「まさか、貴方《あなた》……自律型？」

私の質問を無視して人形は繰り返す。「だれ」と。だから、私は答えた。

「リリシュカ」

「……リリシュカ？」

人形が私の名前を呟く。想定外のことだらけだ。しかし今最も大事なのは、この人形が動くか否か、それだけだ——と私は私に言い聞かせる。人形を壊した上に、公演に出られなかったとなれば、私は私の望みからさらに遠のいてしまう。

「そう、それが貴方の主《あるじ》の名前。そして貴方は私の人形。さあ、着替えをしたら行きましょう。観客が待ってる」

私がベッドの上から降りると人形も立ち上がった。そして歩き出す。人形の手足は間違いなく、私の手足になっていた。

＊＊＊

開演まであと一時間を切った舞台裏は雑然としている。それでも人形を後ろに従えた私を見た時、それまでの賑《にぎ》わいが波のように引くのがわかった。アンサンブルの一人がおずおずと訊《たず》ねてきた。

「あの、代役は……」

「要らない。今日、観客が見に来ているのは、『王子』じゃなくて『姫』の方でしょう。期待されたものを出すのが私たちの役目のはず」

気まずそうに視線を逸《そ》らし去っていくアンサンブルと入れ替わりにヨハナが黒いドレスと黒髪のかつらを抱えてやってきた。

「はい、これ。いると思って」

「……ありがと」

「リリシュカのことだから、意地でも舞台に立つと思ってたよ。でもまさか眼球の破損まで直すなんて」

私の後ろにいる仮面をつけた人形を見つめて、ヨハナが怪訝《けげん》な顔をする。それはそうだ。一般的な人形と同じような白面をつけさせたとはいえ、さっきまで私が使っていた人形とは別物。背格好こそほとんど同じだが、違いは一目瞭然だ。

「詳しいことはあとで話す。ともかく着替え、手伝って」

ヨハナは苦笑しながら頷《うなず》いた。自分でも、甘えているとは思う。

＊＊＊

私の役柄は天使の美貌に悪魔の心を持つ非情の姫君。自分に恋した男たちを数多《あまた》なぶり殺した果てに、一人の青年に退治される悪役にして主役だ。

姫に対峙《たいじ》した青年──シモンが鞘《さや》を脱ぎ捨て、その切っ先をこちらに向ける。人形遣いが自分の操る人形と死闘を繰り広げる、この剣舞こそ『人形劇《ギニヨール》』の見せ場。いかに迫真に命の駆け引きをするか、それこそが観客の求めるものだ。観客席は暗黒に沈み、照明に当たるのは私と人形だけ。夜空の星を見上げるようにらんらんと光る人々の双眸《そうぼう》は、流血の赤く昏《くら》い輝きを求めている。

やがて、私はシモンの剣に倒れ、幕が下りる。

万雷の拍手を背に舞台裏に降りた私を待っていたのは、青筋を立てたジナだった。

「リリシュカ！　この人形はどういうことだ⁉」

ジナがシモンの白面をはぎ取る。しかしその下から現れた異形には、ジナも唖然《あぜん》として、二の句が出てくるまで少しの間があった。

「この人形は劇団《カンパニー》に届出を出していないものだろう？　劇団の人形運用規則第三条、『未承認の魔法人形《マギアネッタ》を起動すること、これを禁ず』、忘れたとは言わせないぞ。しかも、よりによってそんな下品な人形を舞台に立たせたなんて……」

「この国の人形劇《ギニョール》は、その昔、全て顔つきの人形で演じられていた。そして王侯貴族たちの間でも長く親しまれてきた由緒ある代物でもある。それを、勝手に妄想を膨らませる方が下品じゃなくて？」

「ともかく違反は違反だ！　先生に報告させてもらう！」

ジナはそう言い放ち、私に背を向けて去っていった。

「ジナナんはお堅いなあ。成功したんだし、いいと思うけど。それよりその子、めっちゃ美形じゃん、よく見せて！」

アマニータが興奮気味で駆け寄ってきて、シモンの顔をペタペタ触りだした。その時だ。

「お前、何して……」

シモンが首を横に振り、アマニータの手を振り払った。一瞬喋《しゃべ》りかけもしたが、私はとっさにその口を閉じるように意識を向けた。

「え？　この子、今なんか言った？」

「私が言ったの。ひとの人形に何してるの？」

「ごめんごめん」

「疲れたし、着替えあるから、戻る」

糸に妙な抵抗を感じる。嫌な予感がして、私は急いでシモンを連れて寮室に戻った。

＊＊＊シモン＊＊＊

俺は心地のいい夢を見ているのだと思った。まだ窓の外が濃い藍色の時間に、ふとベッドの中で目が覚めた時のような、目を開きながら見る夢のようなものだと。

「志門《しもん》」――そう俺の名前を呼んで起こしたのは、見たこともない、灰色の瞳の少女。灰色だけれど、うっすら青みがかっていて、光の当たる角度によっては淡い緑や桃色っぽく光っても見えた。

その輝きに、昔、外国の博物館で見た貝の形をした宝石を思い出した。有名な童話では貝の火と呼ばれるその石が、死んだ貝が溶けてできた空洞に石の成分が沁《し》み込んで凝固したものだと教えてくれたのは、当時、留学中の姉だった。「魂の残り火なのかもね」と姉は笑った。ガラスケース越しに、乳白色の宝石は天の川みたいなきらめきで照っていた。

昔のことが、まるで今さっきの出来事のような生々しさで再生される一方、今現在起きていることに対して、俺の頭は霞《かすみ》がかかったようにぼんやりとしか考えられなかった。朦《もう》朧《ろう》とする意識の中、目の前の少女は「リリシュカ」と名乗り、俺は彼女の命じるまま、歩き出していた。そこに自分の意志なんてない。夢の中では成り行きに任せるしかないように、気が付けば俺は光の中で、彼女と踊っていた。ダンスなんて、体育の授業で嫌々やったぐらいの技量しかなかったのに、俺の手足は器用に動き回った。リリシュカの動きも手に取るようにわかり、彼女と息を合わせるうちに、一体になるような、奇妙な高揚感があった。黒く長い髪が、黒いドレスの裾が、風をはらんで広がっていく。艶《つや》やかな漆黒が広がるほどに、リリシュカ自身の体が小さく見える。闇の中、リリシュカの手足は藻掻《もが》いているようにも、誘っているようにも見えた。

さあ、もっと速く。もっと鋭く。もっと、もっと深く——

衝動に任せて手を伸ばす。すると、俺の足下でリリシュカはくずおれていた。右手に握りしめられていたのは銀の剣。血の気が引くのを感じた。

観客たちの喝采、下りる緞帳《どんちょう》。

そこで、ハッと正気に返る。ああ、悪い夢を見ていたのだと。俺の握っている剣は、リリシュカの脇を掠《かす》めただけで、本当に彼女を傷つけたわけじゃない。その事実に気付いた時、俺は思わずその場にへたり込みたくなった。が、俺の体は何故《なぜ》か指の一本すら動かない。金縛りか、まだ夢を見ているのか。そもそもどこからが夢だ。この舞台のような場所はどこで、周囲にいる女子たちや仮面をつけた人々は誰で、そしてリリシュカは何者なのか。

混乱する俺をよそに、リリシュカが別の女子と言い争いを始めた。リリシュカより少し背が高くて、少年のように短く髪を切り揃《そろ》えたその女子は、どうも俺のことが気に食わないらしいが、彼女の言葉には聞き慣れないものが多く、結局何が原因で言い争っているのか判然としなかった。「未承認のマギアネッタ」とは何だろう。やたら聞こえる「人形」という言葉の意味も不明だ。そして両者の話し合いが決裂したところで、今度は別の女子が俺の顔を触り始めた。とっさに振り払おうとして、また金縛りのように動けなくなる。

（もしかして、リリシュカが俺に何かしてるのか？）

その疑問を口にすることもかなわず、俺は自分の意志とは無関係に、リリシュカの後ろについて歩き出した。

＊＊＊

「やっぱり、貴方《あなた》、自律型なのね。というか、なんでさっきから横を向いているの？」

「お前が着替え始めたからだ」

ここは彼女の部屋なのだろう。俺をベッドの縁に座らせるなり、リリシュカは黒い衣装を脱ぎ始めた。俺は一瞬、固まりかけたが、白い肩が見えたところで目を閉じそっぽを向いた。幸い、金縛りは解けていた。

「いつまでもあんな窮屈なもの着ていられない」

「だからって異性の前で、いきなりそれはないだろ」

しばしば女性の方がデリカシーに欠けていることがある。俺はそのことを、歳《とし》の離れたマイペースな姉と、歳の近い生意気な妹から学習していた。けれど、姉にしろ、妹にしろ、身内との距離感と他人とのそれを分けるだけの分別はあった。

「異性？　たしかに貴方は男性型だけど、それ以前に人形でしょ。いちいち置物の視線を気にする人なんていない」

「なあ、その『人形』っていうのは一体何なんだ？」

舞台裏での言い争いでも散々聞いた『人形』という言葉。人形といえば、雛人形《ひなにんぎょう》とかフィギュアとか、そういった人の姿を象《かたど》った置物のことだろうが、ここまで俺はそれらしいものを見つけてはいなかった。しいて言えば、俺の目の前にいるリリシュカが人形めいているが、彼女はあくまで人間だ。『人形』――何かの比喩だろうか。

「貴方、まさか気付いてないの？」

「何を？」

「自律型の思考を構成する知識は、術式として一通り刻まれてるって聞いてたけど、個体差があるのか……」

「頼むから俺にわかるように言ってくれ」

「なら、こっちを見て」

俺はおそるおそる目を開く。視界の向こうには白いブラウスと黒いジャンパースカートをまとった銀髪の少女がいた。その足下には抜け殻のように黒い薄絹のドレスと長い黒髪のウィッグが無造作に散らばっている。さながら羽化したての蛾《が》。その華奢《きやしや》な体は、頭のてっぺんからつま先まで、夕焼けを背に青ざめて透き通り、触ればくしゃりと崩れてしまいそうだった。俺の視線の先で、リリシュカはクローゼットの取っ手に手をかけていた。

「人形は貴方《あなた》よ、シモン」

開けられたクローゼットの扉の内側は姿見になっていた。そこに映っていたのは、極めて精巧で、整った顔立ちの、一体のマネキンだった。少なくとも、俺の知っている俺——久々里志門《くくりしもん》ではなかった。俺は、自分の手に視線を落とす。硬く艶《つや》やかな人工物の質感、球体の関節。そして、それは手だけでなく、腕も脚も全部。俺の目は、俺自身の右脚に釘《くぎ》付《づ》けになる。この脚がついさっきまで、地面を蹴り、縦横無尽に舞っていた。そんなことはあり得ないはずなのに。何故《なぜ》、今の今まで気付かなかったのだろう。そもそも、あらゆる身体感覚——たとえば今座っているベッドのスプリングの硬さや、シーツの生地感を感じる触覚や、握った手の温《ぬく》もりも、何ひとつ存在していないことに気付いた。さっきまでそれは当たり前に存在していて、当たり前すぎて感じられなかっただけのはずが、指摘された途端、いくら意識しても、そんなものは端《はな》からどこにも存在せず、最早《もはや》、自分が立っているのか座っているのかさえよくわからなくなってきた。理解しがたい感覚に打ちのめされている俺に淡々と言葉が投げかけられる。

「貴方は私が魔力を込めた糸で操っているマリオネット・マギアネッタ」

「操縦型魔法人形《マリオネット・マギアネッタ》？」

見ず知らずの言葉のはずなのに、それを口にした途端、視界にぼんやりと文字が浮かんだ。操縦型魔法人形、と。言葉のイメージが視覚化されるような、奇妙な感覚に思わず目を押さえる。

「やっぱり術式はちゃんと刻まれてるのね」

「術式？」

「人形の眼球の中には、様々な魔術が刻まれた魔導体という結晶があって、それが私と貴方の間に糸を繋《つな》いだり、魔力を制御したりしている。だから、一般的な魔法人形《マギアネッタ》にとっての目は、人間にとっての心臓。それが砕ければ、魔力を断たれて停止する」

「心臓……」

指先で眼球に触れてみる。硬質な指先と硬質な眼球。乾いた音がかすかに聞こえた。

「貴方の眼球には、加えてまた別の術式が刻まれている。それは自ら思考し、自ら行動することを可能にする自律思考魔術。そこには思考するための語彙や文法といった知識も情報として刻まれている。つまり貴方の眼球は心臓であると同時に、脳でもあるの」

自律思考？　じゃあ、なんだ、今こうして考えている俺の考えや思いが、こんな硝子玉《ガラス》の中で作られているっていうのか？　あり得ない。俺は叫ぶ。

「俺は人間だ！」

「いいえ、貴方《あなた》は人形。その体は人工物で、その人格も魔術によって作り出されたものに過ぎない」

リリシュカの視線が鏡の俺に移る。人格が作りものか否かを証明する術《すべ》はないが、体は明白に作りものだった。顔も、こんなに動揺しているのに、俺の顔は取り澄ましていた。眼球は動き、瞼《まぶた》は開閉するけれど、眉は動かず、口もうっすら開かれた形で固定されている。俺は言葉を振り絞る。それはリリシュカへの抗議というよりは、もはや悲鳴だった。

「違う……俺は久々里志門《くくりしもん》。正真正銘の人間で……俺は、もう、死んだはずなんだ」

舌も唇も動かないのに、俺の言葉は俺の喉の奥から発せられていた。

「死？」

リリシュカの灰色の瞳にうっすらと緑の光が差したように見えた。

「俺は……の高校生で」

説明しようとして、急に言葉がつっかえて俺は驚いた。自分の生まれ育った国、地名、そんな当たり前の言葉がどういうわけか上手《うま》く言えなかった。何度口の中で繰り返しても駄目だった。リリシュカの目に不審なものを見るような剣呑《けんのん》さが宿り、俺は諦めて、別の言葉を繋《つな》いだ。

「俺は、病気で死んだんだ。十五の夏に脚に悪性の腫瘍ができて、切らなきゃ治らないっっていうから、泣く泣く切って。不便だし、クソ辛《つら》かったけど、命があるだけ儲《もう》けもんだって散々言い聞かせて我慢したのに、結局、一年もせず、腫瘍が転移してたのがわかって、最期は病院で……」

ほとんど朧《おぼろ》げな意識の中で、家族たちの声が遠くに聞こえたのを覚えている。誰かが必死に手を握ってくれたのも。俺が人形だというなら、あの記憶はなんだというのだろう。

「……つまり、貴方は闘病の果てに死んだ高等学校の生徒だと？」

「ああ……」

「人形が自らを人間と称し、その人生を語る……なかなか興味深いけれど、作り話にしては捻《ひね》りがない。陳腐な悲劇ね」

墓石の色をした冷ややかな眼差《まなざ》し。俺は、気付いた時には彼女に掴《つか》みかかっていて、そのことに俺自身が驚いていた。いくら憎たらしくても、自分とそう変わらない年頃の、まして女子に手を上げるなんて自分にはない選択肢だったはずだ。一体、俺はどうしてしまったのだろう。舞台で、彼女に剣を向けた時もそうだ。リリシュカを前にすると、俺の中には、何か荒々しく野蛮な衝動が生まれる。しかし当のリリシュカは、シャツの襟ぐりを掴まれながらも眉ひとつ動かさない。

「何もなさずに死んだ、そんな人間の一生には誰も振り向かない。とびっきりの悲恋とか、もっと凄惨な結末とか、物語の主人公にはそういうものが求められるの」

「お前……」

リリシュカに手を上げる気は一切なかったが、それでも腹立たしくはあった。それは、彼女の言葉が、少なからず核心をついていたからだ。何もなさずに、だらだらと、そして呆気《あっけ》なく死んだ。最期の最期まで、もっと何かやれたんじゃないかと、生煮えの後悔にまみれて、でも何もできずにエンディングを迎えた。

そんな自分自身への苛立《いらだ》ちも込めてシャツを握り締めていた俺の拳は、しかし、俺の意思に反して、あっさりとリリシュカを解放した。見れば俺の手には、うっすらと赤く光る糸が何本も絡まっていた。そしてその糸は全てリリシュカの手に繋《つな》がっていた。

「なんだよコレ、いつの間に……」

絡みつく糸を解《ほど》こうとするが、糸は俺の手をすり抜ける。視《み》えるのに、まるで掴《つか》めない。

「言ったでしょ。人形は魔力を込めた糸で操る、と。一時的に、貴方《あなた》の目にも視えるようにしたけど、その糸は物理干渉できるものじゃない。そして自律型だからといって、人形が主人の糸に逆らうなんてできない。全部、常識でしょ」

「何が常識だ！　俺はこんな奇妙な技術も人形も知らない！　一体、お前は何なんだ！ここはどこなんだ！」

リリシュカが溜息《ためいき》をつく。心底面倒くさそうに。

「魔法人形《マギアネッタ》は、古くから舞台や決闘で人間の代替として用いられてきた道具。人形遣いが魔力を送ることで人の何倍もの力を発揮することができ、今では家事を手伝う家庭用から産業用、工事用、そして戦闘用まで幅広い用途の人形が作られている。それこそ『朝食の準備から戦争まで、魔法人形なくして今日の我々の生活は成立しない』なんて言葉があるぐらい私たちにとっては当たり前の存在」

　教科書を読み上げるような淡々とした語り口のせいか、語る内容の荒唐無稽さのせいか、一時は大きく燃え上がった怒りの炎も、だいぶ収まってしまった気がする。魔法で動く人形が当たり前に存在し、しかもそれが社会基盤になっているだとか、まるで現実味がない。そのくせ、目の前の鏡には、戸惑い、思考する人の形をした人でない何かがたしかに映っている。一体、何が真実なのか。

「そして、『ここ』だけど……ガルガンティア帝国領邦ボルヘミア第二都市セマルグル市ダボーグ地区黒鰐《くろわに》通り三番地ニズド・カンパニー。この街に古くからあるギニョールの興行劇団のひとつ」

　聞いたことのない国や都市の名称と思《おぼ》しき言葉の羅列に打ちのめされつつも、それよりも気になる言葉が目の中に浮かんだ。『人形劇《ギニョール》／人形決闘《ギニョール》』――二つの字面が浮かんだのは二つの意味を持つ言葉だからか。そしてこの場合は前者の方だろう。『人形劇』――先刻の舞台のように、（認めがたいが）人形である俺が出演する演劇と考えればしっくりくる。

「ニズドは劇団であると同時に、『舞巫《マフカ》』を養成する学校でもある」

『舞巫《マフカ》』──また新しい言葉が目に浮かんだが、こちらはいまいちピンとこない。無理やり意味を推察するなら、『舞う巫女《みこ》』ということなのだろうか。俺は訊《たず》ねた。

「マフカ？　舞を踊る、女性ってことか？」

リリシュカは少し考えるように唇に手をあて、そして言った。

「そうね。踊り子を指す言葉だと思ってくれればいい。この国の古い言葉で、ニズドの踊り子にだけ使う。そしてこのニズド・カンパニーは全寮制で、ここは私とヨハナの寮室」

二つのベッド、隣同士並んだ書き物机、あらゆるものがシンメトリーに設置された部屋の構造にようやく合点がいった。そしてリリシュカの正体にも。劇団の踊り子──それなら、出会ってすぐ、ともに舞台で踊ることもあるだろう。

（……なんてワケあるか！）

情報が色々増えていくと同時に、謎も増していく。見ず知らずの場所、通用しない常識、理解の及ばない技術、そして人間ではない己の体。受け入れられる方がおかしいというものだ。一体、俺はどうやってここに来たのか。そもそも俺は死んだんじゃないのか。

「なあ、俺はどうしてここにいるんだ？　なんでお前は俺の名前を知ってる？」

「貴方《あなた》は今日、いつの間にかこの部屋に置かれていた。ご丁寧に、シモンという名前を書き添えて。誰が置いていったかはわからないけど、ちょうど人形が壊れて困ってたところだったから、起動させてもらった」

リリシュカの視線が床の方に向いている。そこには顔のない人形が死体のように転がり、砕けた眼球に西日が当たって、火のようにきらめいていた。俺はこの人形の代替品だったらしい。

「……つまり、俺はお前の操り人形として起こされたのか？」

「そう。シモンという人形は、髪の一本から爪の先まで私の物。貴方はこれから先、私が命じる限り、首が折れても歌い続け、脚がもげても踊り続けるの」

真正面から俺を見据えてリリシュカは言った。その瞳にも割れた人形の瞳と同じ、炎のようなきらめきが見えた。

「ふざけるな！」と反発する俺がいた。しかし、それ以上に、彼女を「美しい」と思ってしまった俺がいた。一目見た時から、人形のような美人だとは思っていた。しかし話せば話すほど、その容姿と性格が反比例していることに気付く。だからこそ、俺を人形として使い潰すと言い切るその高慢さが、眩《まぶ》しく見えたのかもしれない。

（この期に及んで、おめでたい頭だ）

自嘲は俺の頭を少し覚ました。今、俺がすべきは少女の言葉で一喜一憂することじゃない。この体で、この見知らぬ世界で、どう生き抜くか。どんなに受け入れ難くても、その事実と向き合わない限り、たぶんこの先はない。そして俺の行き先は、目の前の彼女にかかっているに違いなかった。

「……お前の人形として使われれば、ここでの生活は保障されるのか？」

「人形としての居場所は保障する。ただ、貴方《あなた》が私の魔法人形《マギアネッタ》として劇団に認められれば、だけど」

そういえば、リリシュカと言い争いをしていた女子が言っていたか。劇団では未承認の魔法人形を起動することは禁止だとかなんとか。

「万が一、認められなかったら？」

「廃棄処分」

「はあ!?」

俺が叫ぶと同時に、部屋のドアが開いた。リリシュカより年上であろう、金髪のふわりとした髪の少女と、その後ろから彼女より一回り大きな長身痩躯《そうく》の白面の人形が入ってきた。

「リリシュカ、グランマが呼んでる……って、え？」

彼女は、俺を見て、目を丸くした。

「その人形……今、喋《しゃべ》った？」

「そう、自律型」

「よりによって……グランマには言うの？」

「訊《き》かれたら答える」

「つまり黙っていると」

「ヨハナ」

「わかってる。言いふらすほど野暮《やぼ》じゃない」

二人の会話から察するに、俺が自律型だと何か具合が悪いらしい。このまま訳もわからず壊されるなんて御免だ。俺はリリシュカに訊く。

「大丈夫なんだろうな?」

「善処はする」

俺の認識だとその言葉は「八割方は駄目」という意味だ。俺の常識とここの常識が違うことを祈るしかない。部屋を出ていこうとするリリシュカをヨハナが「待って」と呼び止める。

「グランマの所に行くときぐらい、ちゃんとしないと」

ヨハナの手にはいつの間にか紺色のネクタイがあった。

「それぐらい自分でやる」

リリシュカのルームメイトだという彼女は、面倒見がいいのか、リリシュカの抗議など意にも介さず、手早く彼女のネクタイを結んでみせた。ネクタイもこの劇団の制服なのだろう。ヨハナも同じものをしていた。

「行きましょう、シモン。貴方は何も考えなくていい。ただ黙って、私のそばにいなさい」

俺は無言でリリシュカの後ろについて行った。

＊＊＊

長い廊下を渡り、階段をひたすらのぼり、再び長い廊下を渡った先に、他とは一目見て違うとわかる扉があった。四辺に複雑に絡み合う蔓植物《つるしょくぶつ》の装飾が立体的に彫られた扉を、リリシュカがノックする。

「団籍番号２９８１２５１、リリシュカ、入室の許可をいただきたく」

「許可する。入りたまえ」

扉の向こうには立派なテーブルセットや調度品、そしてデスクがあって、ここが劇団のトップの部屋だということが、それとなく察せられた。つまり、デスクの向こうでこちらに背を向けている人物がそのトップだ。

「立ち話もなんだ。かけるといい。君も、君の玩具《おもちゃ》も」

振り向いた女性はティーカップの載った盆を持っていた。穏やかな笑みを浮かべるその顔はまだ若々しいが髪は真っ白で、特別大柄でもないその体は、背筋がピンと立ち、老人とは思えない威圧感と、中年とは思えない風格があった。

リリシュカは「失礼します」とソファに腰掛けた。俺もその隣に腰掛ける。白髪の女性はリリシュカと俺の前にカップとソーサーを置いた。今の俺は、指の一本までリリシュカに視《み》えない糸でコントロールされているが、もしそうでなければ当然のようにカップに口をつけていたと思う。

「回りくどいのは嫌いでね。結論から言おう。昼公演《マチネ》、夜公演《ソワレ》ともに三日間の出演停止処分だ。授業等の学校生活に関しては特に制限は設けない」

「そうですか」

「不服そうだね。人形だってもう少し愛想がいいものさ。劇団の支配人相手にそんな顔ができるのは、君と六年のユディトと、あと……いや、けっこう浮かぶな。喜ばしいことだ。舞巫《マフカ》たる者、いついかなる時も、悠然と舞台に立ち続ける克己心が必要だからね」

「お話は以上ですか？」

「わかっていると思うが、今回のはだいぶ寛大な処置だ。未承認の人形はただの玩具。そんな物を舞台の上に立たせるのは、観客への背信行為。時代が時代なら留年処分ものだよ」

女性の視線が俺を射貫《いぬ》く。その赤茶けた瞳は、どこか猛禽《もうきん》めいた鋭さがあった。

「しかし、劇団の大原則は実力主義だ。それは些末《さまつ》な規則より優先される。その点、私は君を買っている。昼公演も夜公演も、売上だけなら、君は学年首位だからね。劇団に貢献する者を私は評価したい。ただ問題は、利益というのは売上に対して、支出を引かなくてはならない。そして、その支出額でも君は首位に立つ。こちらは全劇団員中だけどね。それで、その新しい玩具《おもちゃ》はいくらしたのかな？」

「ご覧の通りのアンティークですから。古物市でタダ同然でしたよ」

「君がそんな買い物上手だったとは知らなかったよ」

女性とリリシュカがほとんど同時にカップに口をつける。ほんのわずかな時間だが、時間が何倍にも圧縮されたような重苦しい間があった。

「次は、せいぜい壊さないことだ」

「では認可いただけるのですね」

「ああ、認可の手続きを取るとしよう。謹慎の明ける三日後に、正式にその人形をリリシュカの魔法人形《マギアネッタ》として認める。今からそれまでの期間は、仮認可だ。授業や学校内の生活に関しての使用は許可する」

「念のため確認ですが、謹慎の三日というのは、今日を入れて三日ですよね」

「……そういう事でいいだろう。明後日《あさって》の終わりには、晴れて君もこの劇団の一員だ」

苦笑しつつ、女性は俺を見た。

「そう言えば、まだ名前を聞いていなかったな。認可に必要だ。ここに人形の識別名を記載したまえ」

そう言って女性は俺の前に一枚の紙とペンを差し出した。戸惑う俺をよそに俺の手はペンを取り、流れるように文字を綴《つづ》っていく。

「見た目に違《たが》わず、古風な名だ。よろしく、シモン。自己紹介が遅れたが、私がこの劇団の支配人、ミルタ・バスクラヴァだ。もっぱらグランマと呼ばれているがね」

瞬《まばた》き一つせず、言葉一つ発さない俺に、グランマはそう語り掛けた。

「では、そろそろ失礼させていただきます」

リリシュカに従い俺も立ち上がる。そして部屋を出ようとしたとき、背後から声が投げかけられた。

「リリシュカ、エトワールを掴《つか》むなら、より深く闇に沈まねばならない。その人形が君の導《しるべ》となることを祈っているよ」

リリシュカは、一瞬足を止めたが、結局、振り向かずに部屋を出た。扉の向こう、廊下はすっかり藍色に染まっていて、窓の外には星明りも見えた。

「帰りましょう、シモン」

かくして、俺の魔法人形としての人生が、幕を開けた。

二章　鳥の巣

＊＊＊シモン＊＊＊

　俺の魔法人形《マギアネッタ》としての記念すべき二日目は、ベッドの下の狭い空間から這《は》い出《で》ることから始まった。昨晩、部屋に戻った俺に割り当てられた寝床は、リリシュカのベッドの下だった。そこは取っ手付きの収納ケースになっていて、俺はその中で寝るように指示された。まさに、モノ扱いここに極まれり。俺は嫌味《いやみ》を込めて言った。

「これじゃ寝返りすら打てないな」

「横になった時点で魔力の供給を切るから、余計な心配。それに中はちゃんと緩衝材が敷かれてる。あと、そのでっぱりを押し込むと中からも開けることができるから」

　嫌味が通じないのは、俺が無表情だからかリリシュカが鈍感だからか。徒労感を覚えつつ、俺は狭くて暗いケースに横たわった。さながら棺桶《かんおけ》に眠る吸血鬼だ。リリシュカがケースをベッドの下に押し込んでいく。それはちょうど棺《ひつぎ》の蓋が閉じられていくような。もしかしたら、俺はまた死の眠りについて、二度と目覚めないんじゃないか。俄《にわ》かに恐怖心に襲われた矢先、意識が途切れ、今に至る。朝日の差し込む部屋の中、俺は半開きのケースの中で目を覚ました。ケースから出る際、天板に頭をぶつけたが、痛みはない。そもそもあんな狭い所に押し込められながら、背中も腰も何も感じない。人形の、無痛の体。やはり夢ではないらしい。あたりを見回すと、リリシュカたちはすでに制服に着替えていた。

「おはよう、シモン」

リリシュカのルームメイトのヨハナがにっこりと笑って挨拶してくれた。

「おはよう、ございます」

「さすが自律型。挨拶もしっかりだね」

「挨拶ぐらい、発声用アタッチメントがあれば、自律型じゃなくてもできる」

リリシュカは窓辺で髪を梳《と》かしていた。

「それよりシモン、今日から貴方《あなた》にも学校に来てもらうけど、ヨハナはともかく他の人の前では、基本的にただの人形として振る舞っていなさい。自発的な行動、発言は決してしないこと」

「そもそも何で俺に意思があるといけないんだ？　たしか自律型だっけ？　それだと問題があるのか？」

「問題というか、面倒かな」

答えたのはヨハナだった。

「色々あって、今この国の法律だと、自律思考魔術で動く魔法人形は新規製造が禁止されている。ただし、禁止されているのは、『製造』であって、『所持』自体に違法性はない。

そして自律型はいずれも極めて優れた性能を持っている。新規製造が禁止されたからこそ、既存の自律型は裏社会では高値で取引されたりするんだよ」

「裏社会……」

「もし君が自律型だとわかれば、まず劇団はその入手ルートを調べるだろうね。劇団の規則で、劇団員が個人的にそういった組織と繋《つな》がりを持つのはご法度。入手ルートが明確ならともかく、いつの間にか部屋にあったなんてリリシュカの話も胡乱《うろん》だし、もし昨日の時点で君の正体がバレてたら、こんな簡単に認可は下りなかったと思うよ」

もしかして、俺は相当に危険な綱渡りをしていたのだろうか。落ちれば即廃棄処分。綱を渡り切ったところで、安泰とも思えなかったが。

「ともかく、謹慎が明けてに正式に認可が下りさえすればこっちのもの。その後は、貴方《あなた》の正体が自律型だろうと何だろうと、この劇団内で、私の許しなく貴方を勝手に扱える人はいない」

「わかったって。ちゃんと人形らしくしてる」

ヨハナがベッドの下から彼女の人形を起こした。俺より頭一つ分高く、顔は白面。衣服は俺と同じでベストにズボンで、少しわかりにくいが、長い髪や胸の膨らみなどから察するに、俺とは違い、女性を模した型なのだろう。

「名前はあるのか？」

「フーガだよ、よろしくしてやってね」

名前まで中性的というか、何者か定義しにくい響きだった。

＊＊＊

早朝のまだ人気のない校内をリリシュカたちがざっと案内してくれた（説明はほとんどヨハナだったが）。劇団の敷地は元々広大な森林だったそうで、そこに寮や校舎、運動場、そして劇場が建っている。敷地の総面積は俺の通っていた学校の倍はあるだろう。校舎は天井が高く、廊下も広い。この立派な学《まな》び舎《や》で一年生から六年生までの少女たちが、日々、学問と舞台技術を磨いている。リリシュカたちは四年生とのことだ。

最上階にあるという図書室を目指して階段をのぼる途中、ヨハナが足を止めた。怪我《けが》をしているのか、ヨハナは杖《つえ》をついている。エスカレータのない六階建ては怪我人にはなかなか酷だろう。彼女はふうっと息を吐いて、こちらを振り向いた。

「この劇団は、この辺りの名士であるバスクラヴァ氏が代々運営していて、国中の身寄りのない少女たちの中から素質のある子を引き取っているんだ」

なら、リリシュカとヨハナも、親を早くに亡くしているということか。かなり大変な身の上のようだ。リリシュカの性格に難があるのも、そういった出自だからなのだろうか、などと少し同情的な気持ちもわいたが、目の前で朗らかに笑うヨハナと隣でそっぽを向いているリリシュカを見比べると、性格はあくまで個人差だとわかる。ヨハナが話を続ける。

「劇団の施設には幼年向けの初等科もあるけど、劇団員として正式に入団できるのは、十二歳から十六歳の女子だけ。それ以上だと、どんなにレッスンしても、体の覚えが悪いから難しいんだとか。私は十五歳で入団したから、けっこうギリギリな方」

周囲に人はいなかったが、俺は念のため声を落として訊《き》いた。

「じゃあヨハナは今、十八？」

「それが、一度留年してて、実は十九。リリシュカとは、五つも離れている」

どうりで大人びているわけだ、と納得するとともに、違和感に気付く。彼女と五つ違いなら、リリシュカは今十四歳だが、そうなるとさっきの話と矛盾するはず。

「十二歳からしか入団できないなら、四年生は最年少でも十五歳じゃ？」

俺はリリシュカの方を見た。

「リリシュカは座学でも実技でも極めて優秀な成績を収めて、三年目にして特例で四年生に飛び級してる」

ヨハナはまるで我がことのように誇らしげだが、当のリリシュカはさして面白くもなさそうな顔のまま言う。

「別に、そこまで特別じゃない。歴代のエトワールは、飛び級している人も少なくない」

「エトワール？」

「最優秀生徒のことだよ。学年首位じゃなくて、全校生徒……といっても、審査対象は四年以上の上級生に限られるんだけど、その中で一番の生徒を指す言葉」

俺の疑問にヨハナが答えた。全校生徒の中の一番——成績はどれも中の上、悪くはないがパッともしなかった自分とは無縁の称号だ。一方で、飛び級するほど優秀だというリリシュカなら、現実的に届く範囲の話なのだろう。

「ここ、全校生徒って何人ぐらいいるんだ？」

「えっと、約三百人だね。一クラス二十人で、四年生は三クラスある。私たちは『鴉《からす》』の組」

「鴉？」

「ニズドの各クラスには鳥の名前が使われている。『梟《ふくろう》』、『鷲《わし》』、そして『鴉』の三つ。まさにニズドの名前に相応《ふさわ》しいよね」

「鳥の巣《ニズド》か……」

俺が言葉を意識した途端、言葉の意味が目に浮かぶ。鳥の巣劇団《ニズド・カンパニー》——これはニズド・カンパニーの方がしっくりくると思った。鳥の巣劇団では何だか野暮《やぼ》ったく、それこそ親ぐらいの年齢の大人が休日の趣味でやっている劇団みたいな印象だ。

リリシュカは俺とヨハナの会話には興味がないとでも言うように、すたすたと階段をのぼった。六階はフロア全てが図書室になっていて、本棚の数からして蔵書量は相当あるように見えた。入り口付近には司書が仕事をするための机と椅子があったが、今はまだ無人だった。机の横には新聞のラックがあって、リリシュカはそこから一部抜き取って広げた。

「何か楽しい記事はある？」

ヨハナの質問にリリシュカは顔も上げずに答える。

「『グランド・セマルグル着工式、開発局長と市長参加』……完成すれば、セマルグル一の高層ホテルになる予定だそう」

「へえ、景気もよければ、景色も良さそうだね。他には？」

「『薬物中毒者急増、福祉局発表』『歓楽街に出没、連続殺人形犯《マギアネッタ・キラー》』『工房炉から人骨、酔っ払いの悲劇』『再開発地区の死亡事故、ついに十人目』それから……」

「楽しい記事って言ったんだけど……」

「少なくとも新聞社の記者たちは、これが楽しいと思ってるんじゃない？　血なまぐさい事件、事故こそ、セマルグル市民にとっての娯楽だって」

リリシュカはつまらなそうに新聞をラックに戻した。

「今日は何か借りていかなくていいの？」

「まだ読みかけのがあるからいい」

そう言って、リリシュカは膨大な本棚に背を向けて歩き出した。

「私、小難しい本はからきしだけど、読書してるリリシュカを見るのは好きなんだ」

ヨハナが笑いながら俺に耳打ちした。リリシュカも尖《とが》った性格だが、それを受け止め切れるヨハナもやや奇特な性質に思える。それとも、俺もあと三年長生きできていれば、このぐらいの余裕が生まれていたのか。探索を終えた俺たちは一度、寮棟にある食堂で朝食をとってから、自分たちの教室に向かった。

＊＊＊

扉をくぐると、そこは学校というだけあって、見慣れた景色が広がっていた。女子たちの賑《にぎ》やかな話し声。黒板と教卓を前に、四人掛けの長机が廊下側と窓側でそれぞれ五脚ずつ並んでいる。単純計算すれば、一クラス四十人の平均的な学級で、すでに席は七割方、埋まっていた。そこまで観察して気付く。人間、人形、人間、人形――四人掛けの机は人と人形が交互に座り、縦に人間のみの列と人形のみの列をなしていた。

リリシュカとヨハナは窓側の三列目の机で、俺はリリシュカの右隣に座った。

（見られてるな……）

教室に入った時から、この硬質な肌でもわかるほど、四方八方から視線を向けられていた。たしかに、俺だって転校生がやって来た日には、気にしてない風を装って横目で見たりしていたから、むしろ正常な反応だろう。教室には続々と女子たちが入ってくる。この教室だけで二十人。女だけの園。もう少しドキドキしても良さそうだが、案外、落ち着いている自分に気付く。たしかに、人間は女性ばかりだが、それと同数の白面の人形が隣に座ると、途端に女性だけの空間という感じはしなくなる。実際、俺と同じ男性型らしい人形も少なくない。とはいえ、彼らは男性というより中性的、いや、無性的なのだが。

この空間で、男の顔をしている存在は自分ひとりだった。ドキドキよりも異物感が勝るというのが、率直な感想だった。

突如として女子たちのお喋《しゃべ》りがピタリとやんだ。次の瞬間、ガラリと教室の前の扉が開き、女性と男性型の人形が颯爽《さっそう》と入ってきた。女性は長身で姿勢がよく、首元に巻いた華やかな黄色のスカーフが似合っていた。

女性が教卓の前まで来ると、「起立!」と一番前に座る生徒が号令をかけた。教室の全員、つまり人形たちも俺も一斉に立ち上がり、「礼!」の声で深く頭を下げた。

「着席!」

一斉に腰を下ろす。この時気付いたが、号令をかけた短髪の女子は、昨日、舞台裏でリシュカと言い争っていた人物だ。

「ごきげんよう、みなさん。全員揃《そろ》っていますね」

柔らかな声音、穏やかな微笑。想像上の女子校のイメージを体現したような、とでも言えばいいのだろうか。このたおやかな女性が、リリシュカたちのクラスの担任らしかった。

「本日の連絡事項は特にありませんので、早速、授業に移ろうかと思います」

「はいはーい！　ジゼッちゃんに質問！」

リリシュカの前に座る小柄な女子生徒が元気よく手を挙げた。

「アマニータ、『はい』は一回で大丈夫ですよ。それと『ジゼッちゃん』ではなく『ジゼル先生』ですね」

「ジゼッちゃん先生！　この子、名前は？　なんで顔あるの？」

小柄な女子が振り向いて、こちらを見た。たしか彼女は舞台裏に降りた俺を触ってきた女子だ。健康的な褐色、赤みを帯びたくせっ毛、らんらんと光るオレンジの目。人懐っこい小動物――そんな印象だ。ちなみにその隣に座る彼女の人形は、縦にも横にもデカくて俺の視界の大半を占有している。その背は二メートル近くあるんじゃなかろうか。普通ならこんな席順、抗議ものだが、別に勉強するわけではない人形たちの列に黒板の見やすさなんて配慮は不要だった。

「彼の名前はシモン。仮認可はすでに下りているので、皆さんも近いうちに実技の手合わせでお世話になるでしょう。顔については、少し古い人形であれば決して珍しいものではありません。ちょうど先週の授業の範囲とも関わる話ですね」

アマニータはまだ興味津々といった顔でこちらを見ている。ジゼッちゃんこと、ジゼル先生は微笑《ほほえ》みを崩さず言った。

「では復習も兼ねて、アマニータ。顔のある魔法人形の製造がされなくなった原因となる法律とは？」

「え？　あーなんだっけ。顔がダメだから……活面禁止法《イケメン》？」

「後ろのリリシュカ。わかりますか？」

「八四九年に制定された『秩序維持特例法』の集会にまつわる条項。特に原因となったのは『帝国領邦内において、壇上に立ち大口を開ける者はいたずらに風紀を紊乱《ぶんらん》したとし、何人たりとも取り締まりの対象とする』という一文。領邦化直後のボルヘミアで、反帝国派の集会や風刺的な人形劇《ギニョール》を取り締まるために制定されたこの法律を巡り、逆説的に『口を開きさえしなければいい』と舞台役者たちが口のない仮面をつけ始め、今度はそれを真似《まね》した人形が作製されるようになりました」

「その通り。人形劇自体は歴史の古いものですが、今のスタイルになったのはここ半世紀足らずというわけです」

そう説明するジゼル先生の後ろで「八四九年、秩序維持特例法」と人形が板書する。これはなかなか便利だ。

「では、復習もできたことですし、今日の授業を始めていきましょう。それでは皆さん、教科書を取り出して」

＊＊＊

歴史、地理、言語と立て続けの座学三連発は教室にすっかり睡眠ガスを充満させていた。三限の終わりには、うつらうつらする生徒も少なからず現れ、斜め前のアマニータは完全に首が落ちていた。俺が何ともないのは、俺が人形であることに加えて、授業で扱われる地図や言語が、まるで自分に馴染《なじ》みのないものであることに、驚きっ放しだったからだ。この国は四方を他国に囲まれた内地の国で、大陸の真ん中にあるらしい。やはりここは俺が生まれ育った島国とは別天地だ。言語についても、この大陸全土で共通の言葉があって、みなそれで会話や読み書きをしているらしいのだが、どういうわけか俺はその見ず知らずの言語を何のさわりもなく理解し、俺の言葉もリリシュカたちに齟齬《そご》なく通じている。これも俺の脳もとい『眼《め》』の作用だったりするのだろうか。そうやって多種多様な情報の奔流にあっぷあっぷしているうちに時は過ぎ、瞬く間に四限目。

今度も座学で、魔術工学――この未知の科目の担当は、ずんぐりとした体型の、白衣を着た眼鏡の男だった。そういえば、この劇団に入ってから生身の男を見るのは初めてになる。ここまでどの科目も教師は女性だったから、てっきり男子禁制かと思っていたが、そうではないらしい。

「じゃ、はじめるぞ……」

覇気のないぼそぼそ喋《しゃべ》り。よりによって女子校にこんなタイプの男を入れていいのだろうか、というのが第一印象だった。電気街のアングラな店で美少女フィギュア相手に鼻の下でも伸ばしていそう——なんて失礼なことを思いながら男を見ていると、よりによって目が合い、その途端、男の重たげな瞼《まぶた》がカッと見開かれた。

「おいおい、これまたずいぶんロートルなモンがあるじゃないか。その顔の造りは二世紀前に流行《はや》った半陽《セラフィトウス》様式だな。よくできてる。昨今、巷《ちまた》に出回っている俗悪なエセ懐古趣味の木偶《でく》とはまるで違う……まさか、本当に当時のものか？　いや、それにしてはセラミックの肌理《きめ》が最新式の焼成炉を使ったとしか思えないし……なんだこの人形は。もはや存在自体がアナクロニズム！　ちょっと詳しく見せてもらうぞ」

鼻息荒く男がずんずんと近づいてくる。手足が自由に動くなら、一目散に逃げ出しているところだが、当然、俺は指の一本も動かない。男のぱんぱんに肥えた指が俺の眼前に伸びてきた、その時だ。

「ドクター・カレル、シモンは私の魔法人形《マギアネッタ》。いかに教師とはいえ、勝手に触るのは規則違反かと」

リリシュカがきっぱりと言った。男は手を下ろしたが、その視線は相変わらず俺から離れない。

「そうですよ。ドクターが魔法人形《マギアネッタ》に目がないことはみんな知ってますけど、今はあくまで授業中。公私混同はダメだと思います」

ヨハナも苦笑いで言う。すると男は露骨に舌打ちをした。なんだコイツ。

「お前らみたいなサル相手に講義するなんて、まったく時間の無駄だ。それなら一分一秒でも俺は自分の研究に没頭したいんだよ」

「えー、ウチらをサル扱いとか、カレルんヒドくない？　そんなんじゃモテないぞ！」

いつの間にかアマニータも起きていた。

「魔術と魔法の違いもよくわかっていないお前らなんて、サルと同じだ」

「ドクター・カレル」

廊下側の一番前の席に座る短髪の少女が真っすぐに手を挙げた。カレルも声のした方を振り返る。

「ジナ、なんだ？」

「魔法は、自然物に宿るエネルギー、すなわち魔力に人間の意思で指向性を持たせて操る技術のことを指します。しかし、人間の意思は恒常性に欠け、複雑な操作を指向するほど逆に指向性の強度が低くなるため、原則、魔法でできることは私たちが肉体を動かすことの延長程度に限られ、人形の操作も原始的な魔法に属するものです。一方、魔術は魔導体を用いてあらかじめ術式を組むことで、魔力を複雑に操作する技術のことです」

ジナという少女が淀《よど》みなく言い終わると、カレルはわざとらしく溜息《ためいき》をついた。

「ったく、真面目なバカどもほど手に負えないモンはないな……」

カレルは教卓に戻り、教科書を開き始めた。魔法だの魔術だの、ジナの解説もいまいちピンときていなかった俺だが、五十分の授業が終わるころにはほんの少しだけ理解できたことがある。それは、魔術というのがプログラミングに近い概念らしいということ。魔術も「Aという条件の時はαという処理をしろ」「Bという条件の間はβという処理を繰り返せ」といった単純な術式の組み合わせで複雑な挙動を可能にしているのだとか。

「歯車や車輪を動かす魔術が確立するまでは、足の生えた輿《こし》や手の生えた機織りなんてものが作られたりした時代もある。術式抜きの魔法じゃ、物体に人間の身体運動以外の挙動を取らせるのは難しいからな。今は車なら、俺たちの『走れ』という意思を帯びた魔力を、車輪を回転させ推進するという動きに変換する術式が組み込まれている」

カレルはそんなことを口にしながら、黒板にいくつもの魔術式を書いていった。それは魔法人形《マギアネッタ》の基本動作を可能にしている魔術らしい。そして魔術式は直線ではなく円形に書くものらしく、黒板には術式の渦巻きができ上がっていた。渦は何重にも巻かれていて、見ているうちに吸い込まれそうな心地になる。あれと同じものが俺の瞳の中にも刻まれていて、俺という存在を作り上げているのだろうか。だとしたら、俺の思考も、発言も、ある条件下での反応、ないしは自動的な処理の一環に過ぎないのだろうか。

「今日はここまでだ」

　正午のチャイムが鳴る。カレルは既に教科書を閉じていて、板書も消さずにさっさと教室を出ていった。それまでの倦怠《けんたい》に満ちた静寂が嘘《うそ》のように、俄《にわ》かに教室が活気づいた。

＊＊＊

　この学校の昼食は給食制で、係の人と人形が食事を運んできてくれた。黄色っぽくてぎゅっと目の詰まったパンが二枚、シチュー、それとたぶん酢漬けのキャベツ。シチューはいわゆるブラウンシチューだが、肉よりも野菜が多くて、全体的に素朴な印象を受けた。まだしっかりと湯気を立てているシチューを見ても「美味《おい》しいんだろうな」とは思っても、「俺も食べたい」とか「お腹《なか》が減った」という欲求は起こらない。渇きとか飢えとか、そういう欲求は肉体の感覚に属していて、この作り物の体では抱きようがないのだろう。飢えは感じない。しかし、その事に一抹の寂しさは感じる。俺は本当に何なんだろうか。

　気を紛《まぎ》らわせるように、横目でリリシュカを見ると、彼女は見た目のわりによく食べるらしく、シチューの湯気が消えないうちに全部平らげてしまった。そしてリリシュカは机の中から本を取り出すと黙々と読み始めた。程なくしてヨハナも食べ終わる。するとタイミングを見計らったように、一人の生徒がヨハナに話しかけてきた。

「ねえ、ちょっと言語学のノート写させてほしいんだけど」

「全然いいよ。はい」

それからも休み時間中、ヨハナのもとにはひっきりなしに女子がやって来た。誰もが頼み事というのではなく、紹介してもらった店のケーキが美味《おい》しかったとか、手伝ってもらった課題のお礼とか、部屋に飾ってる観葉植物のこととか、他愛《たあい》のない話ばかり。ヨハナの話題の引き出しは相当多く、そして彼女は誰に対しても面倒見が良いらしかった。一方、窓際のリリシュカに話しかける人はおらず、静寂と喧騒《けんそう》の境界に俺は座っていた。やがて少女たちは、レッスンルームに移動し始めた。

＊＊＊

身体表現——名前の通り、その授業は舞台に立つための体の使い方を学ぶものだった。担当は担任のジゼルで、彼女は動きやすいようブラウスとズボンに着替えていたが、生徒たちは制服のままだった。ひざ丈のスカートは彼女たちの動きを制限せず、跳んだり開脚したりもお手のもの。この時初めて気付いたのだが、みんなスカートの下にハーフパンツとフリルスカートのあいのこみたいなものを穿《は》いていた。俺が通っていた学校の女子たちも冬になるとスカートの下にジャージを穿いていたが、ジャージと違い裾がフリルになっているそれは、見えてもルーズな印象は受けなかった。

レッスンルームは片側が一面鏡張りになっていて、生徒たちは自分のポージングを確認しながら先生の手本通りに動いていた。そのさまに、小学生の頃、二歳下の妹をバレエ教室まで迎えに行った際に見た光景が脳裏によぎった。親が仕事で忙しい時は俺が代理で迎えに行かされていたが、小学生の俺は、レオタードの女子たちを見るのが気まずくて、滅《めっ》多《た》にスタジオ内に入ることはなかった。それでも、冬の寒い時期は大人たちが憐《あわ》れに思ったのか、半ば強引にスタジオ内に引っ張り込まれた。そこで高く跳んだり、ピンと足を伸ばしたり、自然とは違う体の使い方を軽々やってのける女子たちに子供ながらに驚いたのを覚えている。普段、クソ生意気な妹もその時ばかりは、自分と同じ人間とは思えない、何か神妙な存在のように見えた。

（まさか自分が似たようなことをさせられるとは……）

今、俺は鏡の前でリリシュカと同じように片足はつま先立ちで、もう片方の足は地面に水平にピンと伸ばして、一切揺らぐことなく立ち続けている。かつて失《な》くしたはずの足で、こんな器用なことができる日が来るとは。散々リハビリしてやっと立って歩けるようになった義足と、この人形の足。どちらも作り物だというのに。その差を生んでいるのは、リリシュカの糸に違いなかった。そして、俺の体はただ糸の操るままに任せているからともかく、リリシュカも生身で同じようにポージングしているというのは驚異だった。まるでリリシュカも人形で上から糸で吊《つ》られているとしか思えないほどに、その手足の伸びには研ぎすまされた刃物のような冴《さ》えがあった。鏡越しに他の生徒たちの姿も見る。みんな、よくよく姿勢を保っていたが、リリシュカの体の使い方に比べると幾分人間味がある。人形たちにしても、俺やリリシュカに比べると、何だかナマクラっぽい重さがあるのだ。

生徒たちのポージングを確認しながらジゼル先生が言う。

「たとえば狼煙《のろし》が意思疎通の手段として人の声の延長であるように、馬車が移動手段として人の足の延長であるように、人が作り出した道具は、いずれも私たち人間の身体機能の拡張で、魔法人形《マギアネッタ》も詰まるところは、私たちの身体そのものの延長。つまり、人形の動きは人形遣い自身の体の使い方とほぼ連動しています。人形を見れば皆さん自身の体の使い方がわかるというもの。その手足には貴方《あなた》たちの『粗』が何倍にも拡大され投影されていますからね」

「あだっ！」「きゃっ！」と次々に悲鳴が起こる。ジゼル先生が手に持っていた教鞭《きょうべん》で生徒たちの手足や腰を次々にパシンと叩《たた》いたのだ。ジゼル先生はにこやかな笑みを崩さない。この教師、実はけっこうヤバいのかもしれない。徐々に近づいてくるジゼル先生に、打たれたところで痛みは感じないというのに、妙なプレッシャーを感じてしまう。しかし彼女は俺とリリシュカの横を素通りした。リリシュカが実技も優秀というのは、疑いようのない事実だった。

やがて授業は終わったが少女たちは移動しなかった。六限も実技で、担当教員もそのままジゼル先生だった。彼女が一度、教員室に戻っている間に生徒たちはレッスンルームの隣の備品室から鞘《さや》に収まった剣を持ち出した。俺もリリシュカから剣を手渡される。本日最後の授業——剣舞。目覚めたばかりの頃、舞台上、朧《おぼろ》げな意識の中でリリシュカと剣を交えたのを覚えている。ああいった剣を使った殺陣《たて》の稽古ということだろう。

「今日は四人舞《クアッド》の練習をしましょう。そうですね……まずはジナさんとモレルさん、お願いできますか？」

「はい！」

「はい」

ジナとともに立ち上がったのは教室ではアマニータの隣に座る少女で、このクラスで一番長身だった。ジナも決して低くないが、並ぶとジナの頭が彼女の肩と同じ位置にあった。体型も、このモレルという少女の方が全体的に筋肉質でがっちりしている。ただし、人形に関していえば、ジナの方が俺と同じぐらいの男性型なのに対し、モレルの方がそれよりもう一回り小柄な女性型だった。

「受け流しと競り合いは最低十回、途中、必ず位置を変えること。いいですね？」

ジナもモレルも頷《うなず》いた。そのまま両者向かい合い、一礼。そして剣を構え合う。

「動け《アギト》！」

それは不思議な光景だった。人間と人間が鍔迫《つばぜ》り合《あ》いをしている横で、人形と人形もまた剣を繰り出し、その剣をかわし、互いの動きを読み合っている。モレルは、ジナの横薙《よこな》ぎの剣を自らの剣で受け止めると、それを押し返し、その勢いで彼女の人形と場所を交代した。今度は人間と人形が向き合う。そしてまた剣戟《けんげき》が始まる。ジナとモレルは互いに呼吸を合わせて、見せるための演技として剣を交えているのだろう。しかし、その一撃一撃は本当に相手の存在の核を狙うような気迫があった。モレルの人形がジナに向かって一際鋭い突きを放つ。ジナはわずかに体を傾けただけで、その切っ先をすれすれで避《よ》けると、そのまま彼女の人形と背中合わせになってくるりと場所を交代し、そのままモレルの首の真横に剣を振るっていた。このジナの転身からの反撃は一秒にも満たない僅かな時間で行われたはずだが、どういうわけか俺の目には全てコマ送りのようにはっきり見えていた。

「そこまで。二人とも実にいい動きでした」

「ありがとうございます！」

「ただ、ジナさんは競り合いの時、腕や手首の力に頼りすぎています。もっと体全体を使わないと、手首を痛めたりケガの原因になりますよ」

「以後、気をつけます！」

「モレルさんは、人形ともども動きが単調になりがちですね。観客は似たような動きの繰り返しにはすぐに飽きてしまいますから、変化を意識して動くといいでしょう」

「はい……」

二人は元いた場所に戻っていった。そこから生徒たちは二組ずつ呼び出されて、今と同じように人形を交えた剣舞を披露していった。予想はしていたが、ここでもリリシュカは圧倒的だった。モレルとジナは実力が伯仲していて見応えがあったが、リリシュカと他の生徒だと体の使い方も人形の扱いも越えがたい壁があって、もはや消化試合だった。リリシュカは相手の剣を踊るようにかわし、俺も相手の人形の剣を軽々と受け止めてしまう。ジゼル先生に事前に言われていた条件をこなすと、俺とリリシュカはあっという間にそれぞれ目の前にいる相手の剣を撥《は》ね上げ、がら空きになった首元に剣先を突きつけていた。リリシュカに至っては、相手の剣を撥ね上げるついでに、その刀身を真ん中からへし折っていた。紙も切れない模造品だが、金属でできている剣ではある。そんなものを容易《たやす》く折るなんて、リリシュカは華奢《きゃしゃ》な見た目と違い、相当な馬鹿力なのか。それとも、たまたま当たり所が悪かっただけなのか。他の生徒の反応が薄いことと併せて、なにか不気味な気がした。

そうして一巡目の手合わせはあっという間に終わった。組み合わせを変えて二巡目。次の相手はヨハナだったが、気になったのはその左足だ。今、彼女は杖《つえ》をついてはいない。先刻の授業でも、殆《ほとん》ど他の生徒と同程度に動けていた。唯一、左足を軸にしたつま先立ちからの開脚だけは、つま先を立てずに行っていた。やはり、左足に何かしらのハンデを抱えているらしい。

　他の組もそうしているように、俺たちはヨハナとその人形と向かい合った。ヨハナの人形であるフーガは女性型にもかかわらず、俺より背丈があって、手足も長い。ただ、全体的に細身で、人形にこんな感想を抱くのも妙だが、不健康そうという印象を受けた。白面に顔色もへったくれもないのだが、隣に立つヨハナがいかにも『陽』といった感じだからか、人形の『陰』が目立つのかもしれなかった。人形の動きは人形遣いと連動するらしいが、人形の外見と人形遣いの容姿に相関関係はないようだ。

「動け《アギト》！」

　初手から俺は面喰《めんく》らった。フーガの突きが予想外に速かったからだ。長い腕がバネ仕掛けのように俺の胸元めがけて一直線に飛んできて、気が付いた時には、俺の体は勝手に動いて避《よ》けていたが、俺が人形じゃなかったら、何が起こったかもよくわからないまま心臓を刺されて死んでいただろう。フーガは間髪をいれずにまた斬りつけてきた。俺は自分の剣でその一撃を防ぐ。痛覚はないが、衝撃の強さや重さは何となくわかる。フーガの剣は間違いなく重かった。リリシュカも隣でヨハナの剣を真っ向から受け止めていた。リリシュカならそのまま力で押し返すこともできたはず。しかし、彼女と俺は逆に一歩引いた。ヨハナの姿勢がわずかに崩れる。その瞬間を見逃さず、リリシュカが攻勢に出た。左右交互に繰り返される鋭い突き。ヨハナはかわしつつも半歩ずつ後退する。が、徐々に反応の速さにムラが生じていく。たぶん、軸足を左にしていると踏ん張り切れないのだろう。それをわかってか、リリシュカはヨハナを左から斬りつけたかと思うと、今度は俺と位置を替え、俺を操って右から斬りかからせた。左右から揺さぶられ、ヨハナの顔がわずかに歪《ゆが》む。その痛みが容易に想像できてしまう。

もうやめにしたい、いや、するべきだ——そんな俺の思いと裏腹に、俺はヨハナの足下を攻め立てる。痛痒《つうよう》を感じない体に、もやもやと解消不能の不快感が蓄積していく。そして、とうとうヨハナがよろめいたと同時に、彼女の剣を撥《は》ね上げた。ヨハナが床に尻もちをつく。隣ではリリシュカがフーガの眼前に剣の切っ先を突きつけていた。ジゼル先生の「そこまで」という声が響き渡る。

「いたた……」と腰をさするヨハナにすぐ手を差しのべたかったが、俺は突っ立っていることしかできず、やがてヨハナは自力で立ち上がった。

「やっぱリリシュカは強いなあ」

「貴方《あなた》が弱いだけ。そんな足で舞台に立っても、今みたいに無様を晒《さら》すのは目に見えてる。もう諦めて、裏方にでもなったほうがいいんじゃない？」

それだけ言うとリリシュカは他の生徒たちのもとへ戻っていった。ヨハナも苦笑しながら戻っていく。その微笑の裏に隠されているだろう恥ずかしさや惨めさを、俺は想像してしまう。そして憤る。もし俺が生身の人間なら、その場でリリシュカを窘《たしな》めていたと思う。

が、俺は人形で勝手な言葉は許されていなかった。発せない分、怒りは蓄積する一方だ。

リリシュカには俺も散々こきおろされたが、人形の俺はともかく、あれだけ世話を焼いてくれているヨハナに対してまで、その態度はないだろう。案の定、他の生徒たちの囁《ささや》きが聞こえる。「左足ばっか狙うなんてひどい」「剣舞は勝ち負けじゃないのに」「ヨハナが可哀《かわい》そうすぎる」「あの子、やっぱり死神じゃ」――死神は言いすぎだと思うが、それ以外はおおむね同意だ。しかしそんな陰口もどこ吹く風といった様子で、リリシュカは相変わらず涼しい顔をしていた。

三巡目の手合わせも終わった所で、ちょうど終業の時刻になった。ジゼル先生が一足先にレッスンルームを出て、生徒たちは備品室に剣を片付けに行く。リリシュカも剣を備品室に戻そうと立ち上がった、その時だ。

「リリシュカ！」

ジナがリリシュカを呼び止めた。

「さっきの剣舞は配慮に欠けていたんじゃないか？　ヨハナは君のルームメイトだろう？」

リリシュカが振り返る。

「ルームメイトだから手を抜けと？」

「そういうことじゃない。相手の怪我《けが》を知りながら、それを執拗《しつよう》に攻め立ててミスを誘うようなやり口は、卑怯《ひきょう》だと思わないか？」

「思わない」

あまりにきっぱりとした口調で否定され、ジナが言葉に詰まる。

「足下を突くのは剣舞では珍しい動きじゃないし、それをハチドリのように飛びすさってかわすのは、受け手側の見せ場の一つ。できないのは、本人の力量の問題であって、私が非難されるいわれはない」

「僕は、わざわざヨハナが受けきれない技を使うのが問題だと言っているんだ」

「受けきれるか否かは演者の都合であって、舞台の上では何の意味もない。手負いの相手に合わせて、演技の水準そのものを下げるのが、貴方《あなた》の言う正しさや公平さなの？」

リリシュカの言い分は一見、筋が通っている。しかし、俺はリリシュカの人形だからわかる。ヨハナと対峙《たいじ》したリリシュカにはたくさんの選択肢があって、その中であえて一番ヨハナが困るだろう手を繰り出したということを。正攻法でも打ち勝てるだろう相手に、わざわざいやらしい戦法を取る理由なんて、嫌がらせ以外の何物でもない。

「そもそも、私とヨハナのことに貴方が口を挟む意味がわからない」

「クラスの和を無暗《むやみ》に乱す者を僕は見過ごせない。この劇団にいる限りは、君もグランマの娘として相応《ふさわ》しい行動を取るべきだ」

ジナの熱弁に、リリシュカがハンと鼻を鳴らす。

「全部、余計なお世話。貴方こそ、私に物申したいなら、私より実力で上に立ってからにして。実力主義こそ、貴方《あなた》の大好きなグランマが最も良しとするこの劇団の教義じゃない」

リリシュカが望むものは不協和や断絶なのだろうか。あえて相手の精神を逆撫《さかな》でするような言葉に、俺は内心、頭を抱える。案の定、言われたジナは、キッとリリシュカをにらみつけて声を上げた。

「なら剣を取れリリシュカ！　勝負だ！　僕が勝ったらヨハナに謝ってもらう」

他の生徒もざわざわと騒ぎ始めた。「先生に言う？」「いや、別にいいんじゃない」「どっちが勝つか賭ける？」「賭けにならないでしょ」——みんな興味津々で二人からやや距離を取って見物の構えだ。しかし、肝心のヨハナは先に教室に戻ってしまったのか、ここにはいない。いればきっと仲裁してくれたかもしれないが、自分のせいで諍《いさか》いが起きているなんて知らない方が良いだろう。

「私が勝ったら、この話はこれっきり。さあ、さっさと始めましょう。形式は人形のみ、二本先取でいい？」

「ああ。構えろ」

ジナの人形が剣を構える。俺とほとんど同じ背格好だ。これで顔がついていたら親近感もわいていただろうか。ジナという女子も少々鼻につく感じがして苦手だが、少なくともこの件に関しては彼女のほうが真っ当に思えて、対決にはまるで気が乗らない。それでも俺はジナたちに向かって剣を構える。

「動け《アギト》！」

リリシュカとジナが同時に叫ぶ。俺の手足が、俺の意思とは関係なく動く。ジナの人形の初手はフーガと同じ突きだった。しかし、今回、俺の足はその場から一歩も動かず、相手の人形の剣に自分の剣を横から重ねて払った。大した力は入れていないはずだが、それだけで相手の力の軌道は大きくずれて、人形は俺の横を勢いよく素通りした。俺はくるりと振り返り、その首にポンと剣の腹を当てるだけで良かった。まずは一本。

リリシュカは自分から仕掛ける気がないようで、俺は殆《ほとん》ど棒立ちでジナの人形が姿勢を整えるのを待っていた。そのこと自体を挑発と受け取ったかジナの人形が猛然と斬りかかってくる。しかし、俺はその剣を受け止めることなく、踊るようなステップで右に左にとかわしていく。すると今度、人形は大きく腕を振りかぶり、勢いよく横薙《よこな》ぎに剣を振るった。さながら居合斬りのようだ、と俺はその剣の半月型の軌道を見上げながら思った。俺の体は、剣が横に振られた時には、背中から後ろに大きく仰《の》け反《ぞ》って、ブリッジの体勢で剣をかわしていた。

「もらった！」

ジナは、この動きを読んでいたのだろう。人形は剣を振った勢いそのままに、もう一回転。今度は地面すれすれに俺の手足を狙ってきた。しかし、俺の手足は既に床を強く蹴って、俺は宙返りで剣を避《よ》けていた。最早《もはや》、俺自身は上下も左右もわからない状態だ。だが、気が付いた時には、この手に握った剣の切っ先は低くかがんだ姿勢のジナの人形のつむじを真っすぐ指していた。二本目。勝負はあった。ジナの人形が、剣を持つ手を下ろす。

「……僕の負けだ」

ジナが絞り出すように言う。可哀《かわい》そうだが、両者の実力差は歴然だった。俺が見た限り、ジナはこのクラスの中でも弱くない。むしろ優秀な方だろう。しかし、リリシュカが規格外だった。何がこの差を生むのか。他の生徒たちの「やっぱり」という反応を見ていると、俺がここに来る前から、この差は存在していて、人形の性能差ではなさそうだが。

「貴方《あなた》が言う公平さを期すなら、私のほうは十本先取ぐらいのハンディキャップを設けるべきだったかもね」

リリシュカの捨《す》て台詞《ぜりふ》に対し、ジナは俯《うつむ》いたまま無言だった。彼女の矜持《きょうじ》が彼女に口を閉ざさせたのだろう。俺も勝利した側だというのに、敗北者のような無力感があった。俺は俺の意思で何ひとつ動けやしないのだ。

気が付けば、二人を取り囲んでいた生徒たちの輪は、もうほとんど散らばって、リリシュカも備品室に剣をしまうと、教室へと戻っていった。

＊＊＊

「お前、あんな態度はないだろ！」

授業を終えて、寮室に戻って来たリリシュカに対し、俺はずっと我慢していた言葉を吐き出した。部屋の中であれば俺は口を開くことを許されていた。自由に歩き回る権利までは与えられておらず、リリシュカのベッドに座らされた状態での抗議ではあったが。リリシュカは机の前に置かれた椅子に腰かけながら、俺の言葉に耳を傾けていた。

「あんな？」

「ヨハナに対して色々と暴言吐いてただろ。あの剣舞といい、お前のヨハナへの態度は度が過ぎている」

当のヨハナは今ここにいない。終業後、ジナがヨハナに声をかけているのを見た。会話の内容までは聞いていないが、今頃『リリシュカ被害者の会』でも結成しているんじゃないだろうか。

「嫌いな奴《やつ》に対してならともかく、あれが友達に対する態度か？」

声を荒らげる俺に対し、リリシュカが煩わしそうな目を向ける。お節介という自覚はある。それでも、つい口を出さずにはいられなかった。

「正々堂々、真っ向から勝負して、事実を言っただけだけど」

「だとしても言い方ってもんがあるだろ。お前は人より何でもできるから自分以外が全員馬鹿に見えるのかもしれないけど、それをわざわざ口に出すのは、それこそ馬鹿だ。無駄に対人トラブルを増やしてどうする。寮生活なんだし、もう少し人付き合いの仕方は考えるべきだ」

「……考えた上で言ってる」

「そうは思えない」

「別に私はこの劇団に、仲良しこよしの友情なんて求めてない。舞台だの授業だの、ここでの学校生活は全部子供騙《こどもだま》しのごっこ遊び。お行儀よく遊びに付き合ってるみんなの方がおかしい」

たしかに学校生活を友達とエンジョイしろなんて他人から強要されることではない。それに、この劇団にいる女子たちは身寄りがないという話でもある。生きるために、仕方なくここにいる、ということもあり得るだろう。だが、それならそれでリリシュカの態度には腑《ふ》に落ちない所がある。

「だったら、もっと肩の力を抜けばいい。適当に受け流したほうがラクなのに、実技も座学ももれなく優秀で、そのくせイチイチ人に突っかかるなんて、エネルギーの無駄遣いにもほどがある。子供騙しだって馬鹿にするなら、なんでそんなに全部必死なんだよ」

出会ってこの方、淡々と人をこき下ろし、簡単に平均点を飛び越えて行きながら、リリシュカからは余裕のようなものがまるで感じられなかった。いつもどこか張り詰めている。その態度はどうにも俺を不安にさせ、今こうして口を挟ませているぐらいだ。

リリシュカがすぅっと小さく息を吸う。灰色の瞳の中で、夕焼けの色が揺れていた。

「……エトワールのため」

「たしか、この学校の首席のことだよな」

リリシュカが頷《うなず》く。彼女がそういった称号や肩書きを求めているのは、意外だった。プライドが高いからこそ、他人の基準で自分を測られることは嫌がりそうなのに。

「エトワールには劇団から褒賞が与えられる」

「褒賞?」

「願いをひとつ叶《かな》えてもらえる」

唐突で、おとぎ話みたいだと思った。ランプの魔人なら三つだが、何でも叶えてもらえるのだろうか。俺の心を読んだかのようにリリシュカが言う。

「劇団が叶えられる範囲で現実的なものに限るけど、まあまあ大きな希望も受け入れられる。褒賞の結果、劇団の外で女優やデザイナーとして大成したエトワールもいれば、そういう社会的成功には興味を持たず、現金一括を要求したエトワールもいる」

ただの名誉ではなく、破格の実利が伴うものであれば、なるほど、エトワールを目指す意味もわかる。友達も、エトワール争いにおいてはライバルになる。あまり親しくなりすぎない方がいいのかもしれない。だからといって、あそこまで辛辣な態度をとる必要があるかは疑問が残るが。

「それで、お前の願いは？　そこまでして叶えたいことって？」

「それは」とリリシュカが口を開いたその時、部屋のドアが開いた。ヨハナだった。ヨハナは俺たちに構うことなく、クローゼットを開け、中から短めのマントやら、ネクタイやらを取り出して身支度を始めた。

「まさか夜公演《ソワレ》に出るの？」

「うん。ジナが誘ってくれたからね」

　そう言ってネクタイを結ぶヨハナの後ろ姿をリリシュカは非難するように見つめる。やがてヨハナがこちらを振り返る。いつもの紺色ではなく、黒いネクタイ。制服の黒いスカート、そして黒いマントと相まって、黒だらけの格好は、さながら葬式にでも出るかのようだ。これが、今日の舞台衣装なのだろうか。

　ヨハナは自分のベッドの下の収納ケースを開けると、そこから箱型の鞄《かばん》を取り出した。旅行鞄にしては細長く、それこそ金管楽器を持ち運ぶケースに近いように見える。これも舞台用の小道具かもしれない。

「じゃあ、行くね」

「待って」

　リリシュカがヨハナに近づき、そのネクタイをぐいっと引っ張った。一瞬、またリリシュカが因縁でもつけるのかと慌てたが、その手はネクタイを軽くいじるだけだった。

「曲がってた。舞台に立つ以上、みっともない姿だけは晒《さら》さないで」

「ありがと、じゃ、行ってくる」

ヨハナは鞄《かばん》を片手に部屋を出ていった。部屋の外にフーガが幽霊のように立っているのが見えた。

＊＊＊

「シモン、目覚めなさい」

俺がベッドの下からたたき起こされた時、あたりは真っ暗だった。少なくとも、夜明けはまだ遠い。にもかかわらず、リリシュカは制服を身にまとっていた。

ヨハナを見送ったあと、リリシュカは寮の食堂で夕飯を済ませ、シャワーを浴びて、寝巻に着替えると、一時間ほど読書をしてからベッドに横になった。その時点では、ヨハナのベッドは空のままだった。

「ヨハナが夜公演《ソワレ》から帰ってこない」

隣のベッドを見ると、たしかに空のままだ。自分が眠りについてどれぐらいの時間が経《た》ったかはわからないが、たぶんもう深夜だ。たしかに不自然ではある。

「何かあったんだと思う。だから迎えに行く」

戸惑う俺を無視して、リリシュカは俺の入っていた収納ケースをさらに引き出して、ヨハナが持ち出したのと同型の鞄を取り出した。この時気付いたが、鞄には取っ手だけじゃなく、肩掛け用のストラップもついていた。

「迎えに行くって、劇場か?」

「違う、少し黙ってて」

そう言うとリリシュカは右目を片手で覆いながら、虚空を凝視し始めた。何をしているのか皆目見当もつかないが、俺はリリシュカの糸に操られるまま、クローゼットから彼女のマントを取り出すと、彼女の肩に羽織らせた。俺自身も、何かポシェットのようなものがついたベルトを取り出して、腰に巻き付ける。さらにリリシュカから鞄を受け取って、ストラップを斜めがけにして背中に背負った。

「シモン、行きましょう」

どこへ、という疑問を口にすることさえ許されないまま、俺はリリシュカを横に抱きかかえて、部屋を飛び出した。

三章　死踏

＊＊＊リリシュカ＊＊＊

閉じた右目の奥で、赤く小さな光が明滅しながら漂っているのが見える。その今にも消えそうな光を追って、私はシモンを走らせる。速さ優先だから乗り心地が好いとは言えない。私は振り下ろされないように、その肩にしっかり腕を回す。時計の針が頂点で重なったばかりの劇団周辺は、道に人影はなく、灯《あか》りのついた窓も殆《ほとん》ど見えなかった。しかし静寂ではあっても暗闇ではない。七年前からセマルグル市全域で導入された常夜灯の青い光が、筋になって流れていくのが見える。

シモンの足は速い。それこそ足漕《あしこ》ぎの二輪車ぐらいなら容易《たやす》く抜き去れるだろう。

（どんなに魔力を込めても、押し返される感じがしない……）

今まで操ってきた人形は、魔力を送る時、自制をしないとあっという間に駄目になってしまっていた。多くの場合は人形の心臓たる魔導体が膨大な魔力に耐え切れずイカれるか、さもなくば、想定外の出力に人形の手足が吹き飛んだり砕け散ったりするかのどちらかだ。どっちの場合でも、壊れる直前は、まるで人形自身が抵抗するかのように送った魔力が押し戻される感じがする。見上げれば、シモンの瞳は昼間よりずっと明るい。同じ茶色でも昼間が焦がした砂糖なら、夜は蜂蜜ほどの明るさだ。魔導体の発光現象。かすかな光のはずだがそれでも夜闇の中では際立つ。魔力が滞りなく送られている証拠だ。

シモンを走らせてしばらく、庶民的な家屋が多く並んでいた劇団近辺とは打って変わって、立派な門と垣根や柵で囲われた大きな邸宅ばかりが並ぶ通りへやって来た。ここに住むのは大半が貴族や新興の商人、それに官庁街の高級官僚たち。反応が確かなら、この辺りにヨハナがいるはずだ。私はもう一度右目を閉じる。そして瞼《まぶた》の裏の闇に目を凝らす。もうほとんど針の先ほどの光、でも確かに、その赤い瞬きは見えた。

「あっち！」

シモンが足を止めたのは見るからにまだ新しい白壁の大邸宅だった。鋼鉄の柵門から中の建物が見えるが、門と建物の間に噴水付きの中庭まである。そして二階建ての建物のてっぺんは、ボルヘミアの伝統的な赤いレンガ屋根ではなく、バルコニーになっていて曲線的な装飾柵に囲われているのが見えた。

「ヨハナは本当にここにいるのか？」

シモンが、私を降ろしながら言った。人目をはばかる必要もないので、私はシモンが話すのを許していた。

「すごいお屋敷だけど、どっかの大富豪か？」

「国内でも有数の排外主義犯罪組織、『蛇の足《ハギイ・ノヒイ》』の幹部、トマシュ・ジゴノワ」

「は？　犯罪組織？」

「この国では一般的に血盟《クラン》と呼ばれてる。親と子が互いの手に傷をつけて血を交わすのが入団の儀だから」

「いや、だから、なんでそんな奴《やつ》の家にヨハナが……」

シモンが言い終わるより先に、噴水の向こうにある屋敷の扉が勢いよく開き、中から二つの影が転がるように飛び出してきた。

「ジナ！」

通りの灯《あか》りは屋敷の中まで届かず、月明りが辛うじて黒いシルエットを浮かび上がらせているだけだったが、それでも十分、彼女とその人形だと認識できた。私はシモンを操る。シモンが目の前の鉄柵の一本に両手をかけ、力いっぱい引っ張る。太い鉄の柵棒がぐにゃりと曲がる。体を横にすれば、人ひとりは問題なく通れるすき間だ。私はジナのもとに駆け寄った。見たところ、ジナの人形は片足が砕け、ひどい状態だが、当のジナには目立った外傷はなかった。

「ジナ、状況は？　ヨハナはどこにいる？」

「なんで君が……いや、今はいい。僕たちが屋敷に潜入した時、護衛と思《おぼ》しき血盟の男たちはすでに死んでいた。だだっ広い屋敷のそこら中、死体だらけだ」

「別組織の仕業？　たとえばヴァレンシュタインとか……目標がかち合った？」

「いや、トマシュは『蛇の足《ハギィ・ノヒイ》』を裏切って、そのヴァレンシュタイン一味についた。連中がトマシュを狙う道理はない。あるとすれば、裏切られた『蛇の足』の方だが……」

「そっちは貴方《あなた》たちの依頼主でしょ。違う？」

「そうだ。トマシュは裏切りを咎《とが》めた自分の部下を殺した。だから、その部下の妻が劇団に報復を依頼した。当然、依頼のことは『蛇の足』も認知している」

「『蛇の足』でもないとなると、じゃあ、一体何者が……」

「なあ！」

情報を整理しようとした矢先、背後から大声で怒鳴られた。

「どういうことだ!?　さっきから聞いてりゃ、犯罪組織だの死体だの、一体何なんだよ！　お前らは一体……」

振り返ると、シモンがさながら人間のように頭を抱えている。本当に何なのだろう、この人形は。自律思考魔術の仕組みからいえば、こんな反応は決してしないはずなのに。

「お、おい……まさか、その人形、自律型なのか？」

ジナまで動揺し始めている。学校でならともかく、今、悠長に説明している暇はない。

私はジナを無視してシモンに語りかける。

「昼は人形劇、夜は報復代行、昼と夜とで二つのギニョールを演じるのが、私たちニズド・カンパニー」

「報復代行？」

「金であれ、命であれ、奪われた者は奪い返す権利を有す。私たちは、依頼者が有する正当な権利を人形によって執行する、本来の意味での人形決闘《ギニョール》の代行者。要は、復讐《ふくしゅう》依頼専門の人形遣いの集まり」

シモンは無表情だった。それはそうだろう。人形の顔に表情筋はなく、瞼《まぶた》の開閉や眼球運動以外で動くことなどないのだから。しかし今、その瞳にはこの場の誰よりも複雑な光が宿っているように見えた。

「命を奪い返す……お前たちは殺し屋ってことか？」

「飲み込みが早くて助かる。ここは標的の住処《すみか》だったのだけど、どういうわけか先客がいて、ヨハナはまだ屋敷の中に取り残されているみたい。そうでしょ？」

私はジナの方を向いた。

「ああ、二階の寝室に向かう途中で、バカでかい人形と鉢合わせて、突進された挙句、二階からルカともども突き落とされてこのざまだ。ヨハナはまだ一人であの中に取り残されてる！」

立ち上がろうとしたジナを制し、私は言う。

「あとは私が片づける。貴方《あなた》は念のため劇団に応援を要請して」

ジナの口は「待て！」と言いかけて、結局、彼女はその言葉を飲み込み「了解」と頷《うなず》いた。意地を張るより、状況を見極め適切な行動を取る。ジナは融通が利かないところも多いが、決して無能ではない。私は彼女から離れ、屋敷の玄関に向かって歩き出した。

「俺にはまだ何が何だか。よりによって殺し屋の人形だなんて……」

私の隣を歩きながらシモンがこぼす。

「わからなくていい。貴方は私の人形なんだから。何も考えず、私に操られればいいの」

私はシモンを操り、その背中の鞄《かばん》から剣と拳銃を取り出させ、それぞれ腰のベルトに佩《は》かせた。

「冗談だろ？」

シモンの呟《つぶや》きを無視して、私は屋敷のドアを体で押し開けた。

＊＊＊

うっ、と思わず顔をしかめる。入ってすぐの広間には金属っぽい苦味と粘っこい脂の混じったような不愉快な異臭が漂っていた。広間は二階まで吹き抜けで、天井にはシャンデリアが吊《つ》るされているのが見える。灯《あか》りは消えていたが、天窓から差し込む月明りが、すだれ状の硝子《ガラス》飾りに当たって、淡く乱反射していた。

「誰もいない？」

シモンがあたりをキョロキョロと見回す。

「右斜め前方の柱の裏」

私はそう呟《つぶや》きながら、シモンに剣を抜かせた。「え?」と彼が言うのとほぼ同時に人影が柱から飛び出して、私に躍りかかる。両腕にカマキリの鎌のような刃《やいば》がついた、違法改造の魔法人形《マギアネッタ》。その一撃をシモンが剣で受け止め、そのまま押し返す。そして相手がよろめいた所にすかさず蹴りを入れる。

シモンに人形の相手を任せて私は右目を閉じて闇に目を凝らす。人形と人形遣いを繋《つな》ぐ赤い糸。常人には視《み》えざる糸を私の目は視る。闇に浮かぶ赤い糸は人形とは反対の柱の陰に繋がっていた。

私は外套《がいとう》の裏ポケットから拳銃を取り出し、柱に打ち込む。そして慌てて飛び出した人影に予定通りもう一発撃ち込んだ。人影は床に転がって、そのまま動かなくなった。

「素人に毛が生えた程度じゃない。一体、何者なの」

私は黒い人影に近付く。すると、頭上に気配が。私が飛びのくのと同時に、どしんと品のない音と振動を響かせて人形が降ってきた。人形の手には工事現場で見かけるような槌《つち》が握られている。タイミングを見計らっていたのだろうが、一撃で仕留められなかった時点で相手の負けだ。

私は人形が飛び降りてきた二階にシモンを駆けさせた。階段なんて使わない。助走をつけて踏み込めば二階の手すりの付け根にその手は届いた。

私は再び右目を閉じる。私の左目には私に向かって槌を振り上げている白面の人形が映り、もう一つの目には暗がりでびくびくと震えている男の姿が映った。

私《シモン》は、目の前の男に向かって銃を構え、引き金を引いた。私の目の前の人形は槌の重さに耐えられず仰向《あおむ》けに倒れた。

私は最初に撃ち殺した男の死体に近付いた。人形遣いは三十歳前後の男で、手には血盟《クラン》特有の儀礼的刺し傷もなく、入れ墨の類いも確認できなかった。また、そういった組織のならず者にありがちな派手で金のかかった身なりではない。靴底のすり切れた靴、ボタン周りのほつれたシャツ、形の整っていない爪――オイルがこびりついて黒ずんでいるあたり、工場勤務の労働者のように思えた。

私は男から離れて、男が元々いた柱の陰に近付いた。そこには別の男二人の死体が柱を背に横たわっていた。どちらの男も、右手に刺し傷の盛り上がりがある。彼らはこの屋敷の主《あるじ》、トマシュの護衛役だったのだろう。

（荒っぽいやり口。さっきのトンカチ人形にやられた？　いや、殴られたんじゃなくて柱に叩《たた》きつけられた？）

どちらの死体も、後頭部がぐしゃぐしゃに潰れていて、その後ろの柱にめり込んでいた。一人の男に至っては、叩きつけられた衝撃で眼球が飛び出してしまっている。振り返れば死体の近くの壁には黒いシミが広範囲に点々と飛び散っていた。相手の人形は相当の怪力らしい。ジナとルカを二階から突き落としたのと同じ奴《やつ》だろう。ヨハナが上手《うま》く逃げられていればいいのだが。私は足早に二階に上がった。シモンはずっと足下に倒れている死体の方を見つめていた。

「シモン」

「なあ、リリシュカ……俺、この人を……」

シモンが自分の手に握られた銃と剣に視線を落とす。もしかして、私の経験や記憶がこの人形の人格にフィードバックしているのだろうか。私なんかの人形として目覚めたばかりにと、少し憐《あわ》れに思わないこともない。私はシモンを操り、銃と剣をベルトのホルスターにしまわせる。

「殺したのは私。道具が人を殺すんじゃない。人が道具を使って殺すの。さっさと行きましょう。ヨハナを探さなきゃ」

私は二階の廊下を歩きだした。シモンも私のあとを追う。

＊＊＊

「ひどいものね」

廊下には時折、人間の死体と人形が転がっていた。みな、手に傷があってトマシュの部下だとわかる。彼らは一階の死体同様、頭を壁に叩《たた》きつけられたらしく、白い壁には、さながら絵具をたっぷりつけた筆で描きなぐったように、どろりとまだ生乾きの体液がぶちまけられていた。人形の方はほとんど無傷だ。

魔法人形《マギアネッタ》は強力だが、人形遣いなくしては動けない。だからさっさと人形遣いの方から殺すのが鉄則で、この状況はまさにお手本通りだ。とはいえ、当然、人形遣いもそれはわかっていて人形に自分を守らせるから、言うは易《やす》し行うは難しで、襲撃者がかなりの手練《てだ》れなのが見て取れた。

やがて、ひと際、汚れのひどい扉を見つけた。しかし、何かが突っかかっているようで開かない。私の膂力《りょりょく》ならこじ開けることも可能だろうが、中に何が潜んでいるともわからない。私はシモンに扉を蹴破らせた。

扉の前には男と人形が並んでうつぶせに倒れていた。彼らの体がつっかえになっていたのだろう。男の方の体を足で転がす。二十代前半ぐらいだろうか、まだ若い男で眉間をぶち抜かれていた。手に傷がないから、こちらは襲撃者一味だろう。

部屋の内部を見回すと、中央の天蓋付のベッドをはじめ、織りの見事な敷物や陶器の置物など、見るからに高価な調度品が節操なく飾られていた。特に目を引いたのは、部屋の隅に置かれていた金庫だ。ダイヤル式で、分厚い扉は開かれ、中身は空っぽだった。

「なあ、こっちの男は……」

シモンの視線は部屋の真ん中の天蓋付きのベッドの方を向いていた。近づくとそこには、だらしなく口を開いたローブを着た中年男の死体が横たわっていた。両手に盛り上がった傷がある。数多《あまた》の部下と親子の契りを結んだ、幹部の証《あかし》だった。さらにのぞき込むと、男の太い首には大きな手形跡が黒っぽく見えていた。ベッドの足下には拳銃が落ちている。

「この男がこの屋敷の主《あるじ》、トマシュ・ジゴノワ。おそらく襲撃者の一人を射殺した後に、別の襲撃者に絞殺された。護衛たちは一撃で殺されてるけど、トマシュだけ尋問され、金庫の番号を吐かされたあとに殺されたんだと思う」

トマシュの爪は血で汚れていた。自分の首を絞める相手に必死で抵抗したのだろう。ベッドシーツはぐちゃぐちゃで失禁の痕跡もあった。さっきからひどい臭いだ。

私は右目を閉じ、意識を集中させる。そろそろ時間切れが近い。早くヨハナを見つけないと。そう思ってあたりを見回しても、瞼《まぶた》の裏には闇ばかりが広がる。

「……上、足音？」

シモンの呟《つぶや》きに、私は天井を見上げた。瞼の裏に、ぼんやりと赤い光が浮かび、私は叫ぶ。

「屋上！　急いで！」

＊＊＊

屋上に通じる階段の途中に、死体のようにヨハナの人形――フーガが転がっていた。ほとんど外傷がなく、それが持ち主に異常が生じていることを示唆していた。フーガは一旦おいておき、そのまま階段を駆け上がる。バルコニーに通じる扉があった。硝子《ガラス》張りのその扉はすでにぶち破られていた。

「ヨハナ！」

バルコニーの先には巨漢の人形と、その肩に担がれたヨハナがいた。ヨハナは気を失っているのか反応しない。人形がこちらを振り向く。白面の向こうから小さな目がじっとこちらを見つめる。

「貴方《あなた》たちは何者？」

私は声を張り上げた。人形に言っているのではない。このどこかにいる人形を操る人形遣いに向けての言葉だった。

「……」

沈黙は想定内。私は外套《がいとう》の中で自分の銃に手をかけながら、シモンに銃を抜かせ、人形の足下を狙った。頭や心臓を撃ち抜いたところで、人形相手に意味はない。それより四肢を砕くほうが効果的だ。しかし、人形は巨体に似合わず、銃弾を軽々走って避《よ》けた。ヨハナを担いだままでだ。しかし、それでいい。人形が動いた時、私の目にはその手から伸びる赤く光る糸が視《み》えた。糸は私の後方、バルコニーの出入り口の建物の上方に伸びていた。私は糸の先にあたりをつけると首を振り向けるより先に、銃口を向け引き金を引いた。

　ほとんど重なり合う二発の銃声。振り返ると、建物の屋根の上に立っていたのは頭から黒いヴェールを被《かぶ》った女だった。私の弾丸は女の右肘を撃ち抜き、女の撃った弾丸は私の足下を抉《えぐ》った。

（シモンは人形を！）

　糸を通し、強く命じる。第一目標《マギアネッタ》への攻撃、そして第二目標《ヨハナ》の奪還。その一挙手一投足を指示しなくとも、魔法人形《マギアネッタ》は自動的に行動が可能で、それも魔導体に刻まれた魔術の作用だ。「攻撃」と念じれば、糸を通し、人形遣いの脳を参照して、その中で最も有効だと判断された攻撃行動を出力する。これにより魔法人形は、簡易的だが、人形遣い自身とほぼ同じような体さばきで動ける。逐一操ったほうが動きの精度が高いのは当然だが、汎用性が高く、かつて戦争の在り方を変えたとも言われる、極めて有用な魔術だ。

　ヨハナの奪還と人形の相手はシモンに任せ、その間に私が人形遣いを殺《や》る。方針を決めるのと命令を下すのはほぼ同時だった。シモンは既に人形の方に駆け出し、私は屋根の上から飛び掛かって来た女に銃を向ける。勝負は一瞬だ。左手にナイフを握る女の顎を、私は撃ち抜いた。あとは死体を避《よ》ければいい。そのはずだった。

ヴェールごと顎を撃ち抜かれてなお、女の体は明確な意思を保ち、その手に握られた白刃は迷いなく私の心臓を狙ってきた。間一髪、私は女の一撃を転がり避け、銃を構えたが、女はあろうことか撃たれたはずの右手でその銃口を握った。構わず撃つ。塞がれた銃口が想定外の反動を生み、私は右腕のみならず全身で衝撃を受け止める。しかし、撃たれた女は掌《てのひら》に風穴があいてなお、平然と私の銃を掴《つか》み続ける。肘、顎、掌、――いくつも穴を空けられ風通しが良くなった体で今も私と取っ組み合いをしているこの女は、明らかに人間ではなかった。

（こいつ……人形！）

黒のヴェールの越しに、無機質な白面が透けて見える。人並み以上に力があるとは自負しているが、さすがに人形相手に力比べは分が悪い。肘を撃ち抜いた右手はともかく、ナイフを持った女の左手が徐々に私の首筋に迫る。

横目でシモンを見れば、向こうも怪力男と取っ組み合い中だ。いつの間にかヨハナは床に転がっている。

（動け《アギト》！）

私がシモンに命じたのは、全力を以《もっ》て男を仕留めること。人形は人形遣いなくしては動けない。とすれば、あの男の方が人形遣いだ。人形遣いさえ仕留めれば、人形は無力化される。それが最適解のはずだ。

だから、壊《アギト》せ、潰《アギト》せ、ねじ伏《アギト》せろ！

右目がかぁっと熱くなる。その熱は脳に伝わり瞬く間に全身に伝播《でんぱ》し、糸を伝い、真っ赤な奔流となってシモンに流れていく。代わりに、私自身の指先からは力が抜けていく。

刃《やいば》が首筋にあたる。その時だ。シモンの眼球がぐるりと私を向いた。

「リリシュカ！」

シモンは男の腕を掴《つか》んだまま、男の顎めがけて頭突きした。私を掴む人形の力がふっと緩むのを感じる。そのままシモンは、よろめく男の腕を大きく振って、その巨体をこっちにぶん投げてきた。男の体が、私と人形の間に割り込むように勢いよく転がってくる。人形は男に巻き込まれる形で地面に転がった。私はその隙を見逃さない。

「シモン！」

私が叫ぶのとほぼ同時にシモンが駆け出して、人形の顔面めがけて剣を突き立てた。ありったけの力をこめる。刃の切っ先が眼球に触れ、真っ赤な火花が散った。

「……終わったのか？」

シモンが人形を見下ろし、呟《つぶや》く。刃はヴェール越しに眼球をかち割り、そのまま人形の後頭部を貫通していた。四つ目の風穴だ。

「少なくとも、その人形はね。眼球の魔導体に、その剣を通して致命的な量の魔力を流したから」

魔導体は銃で撃っても砕けない極めて硬質な物体だ。しかし、それは許容量以上の魔力を流すと、途端に崩壊して塵《ちり》と化す。だから私は自分の人形に導体金属を用いた得物を持たせる。それで敵対する魔法人形《マギアネッタ》に間接的に私の魔力を注ぎ込んで破壊するのだ。ただ、この戦法は私の人形にも多大な負荷をかける。魔力の殆《ほとん》どは剣に流れるが、それでも漏れ出た余剰が私の人形の魔導体をも犯す。昨日の人形もそれが原因で、駄目にしてしまった。

「シモン、目を見せて」

彼の顔をグイッと引き寄せ、その目の中を覗《のぞ》き込《こ》む。その輝きはいよいよ増して、今や夜行性の獣のごとき金色。しかし特段ひび割れなどは見当たらない。綺麗《きれい》なものだ。

「何か異変は？　体のどこかが動かないとか、違和感を覚えるとか……」

「俺は別に何ともない。つか、お前こそ！」

「何が？」

「血だよ血！　鼻とか目とか顔中の穴から血が出てる！」

シモンはポケットに手を突っ込んで何かを探しているようだったが、やがてそのシャツの袖口で私の鼻や頰《ほお》をごしごしと拭いだした。そして「ほら！」とその汚れた袖を見せてきた。もしシモンが人間だったら、目を見開き、青ざめた顔色になっていたのだろうか。なんて馬鹿馬鹿しい空想。私は小さく溜息《ためいき》をつきながら言う。

「それ、血じゃなくてただの鼻水と涙。魔力の残滓《ざんし》が体液と混ざると、そういう色になるの。今は魔力を使って分泌過剰になってるだけだから、そのうち収まる」

「……その腕もか？」

「え？」

「思いっきり切れてるぞ」

シモンの視線を追って自分の左腕を見ると、たしかにブラウスが切れ、黒い染みが広がっている。どうも、飛び降りてきた人形のナイフが掠《かす》ってしまったらしい。人形のそばには血の付いたナイフが転がっていた。

「ちょっと掠めただけ。こんなの痛くも痒《かゆ》くもない」

外套《がいとう》の内ポケットからハンカチを取り出して、傷口を縛る。さらにもう一枚ハンカチを取り出して、鼻にあてがう。こうしないと体液が私の意思とは無関係にぼたぼたこぼれてしまう。大げさに心配されるのは億劫《おっくう》だが、我ながら厄介な体質だという自覚はある。

私はハンカチを片手に、地面に転がっている巨漢を覗《のぞ》き込《こ》んだ。白面が割れ、白目を剥《む》いた男の顔が露《あらわ》になる。傷だらけでいかめしい。シモンはその顔を見て「フランケンっぽい」と不思議な感想をこぼした。男はシモンのフルスイングが相当きいたのだろう。依然、気を失ったままだった。私は外套のポケットから拘束用のワイヤーを取り出し、男の両手と両足をきつく縛った。

「ああ、そういうこと……」

「なんでコイツが人間のクセにあんな馬鹿力なのか、そのからくりがわかった」

私はシモンに男の右手を見せる。革の手袋の下にあったのは、シモン同様、無機質に艶《つや》めく指先と、人工的な球体関節だった。

「どうした？」

「人形!?　じゃあ人形が人形を操ってたのか？」

「違う。これは魔法義肢《マギアテーゼ》。魔法人形《マギアネッタ》技術の応用により、自在に動かせる人工の手足。魔力さえ流せば、魔法人形同様、普通の人体より遥《はる》かに高いパフォーマンスを発揮できる」

「すごいな」

「でも繋《つな》いだ部分は人間の体に過ぎない。三倍の力が出せても、繋ぎ目には三倍の負荷がかかる。濫用によって痛覚異常を起こしたり、健常だった部分まで壊死《えし》する例もある」

「そうか……」

そういえばこの人形は「かつて足を切断した人間」という自己認識だった。もし、それが本当なら、言葉通り魔法の技術のように思えたのかもしれない。所詮、魔導体に刻まれた作り物の記憶情報だとは思うが。

私は少し離れたところで床に転がっているヨハナに近付いた。

「ヨハナ？」

しゃがみ込んでその顔を覗き込む。淡い色のまつ毛が小刻みに震え、やがて彼女は目を開いた。ジナ同様、一見、外傷らしい外傷は見当たらない。

「ごめん、またヘマしちゃった。みぞおちをガツンと一発ね」

「だから言ったじゃない。無様を晒《さら》すぐらいなら、もう裏方にまわるべきだって」

「わかってるんだけどさ、どうせ明日をも知れぬ私たちだし、ならせめて舞台上で華々しく散りたいなーなんて」

ヨハナは笑う。彼女が特別おかしいわけじゃない。本当の名前を失った根無し草たちにとっては、昼でも夜でも、舞台が全て。ここに来てから、そんな愚かな仇花《あだばな》を何人も見送っている。

「冗談でもやめて。遺品整理、本当に面倒くさいから」

「大丈夫。私、悪運は強いから。それに今日も何となくリリシュカが来てくれる気がしてたんだよね」

そう言ってネクタイをいじるヨハナ。私は頰《ほお》に血がのぼるのを感じて、シモンの方を向いた。シモンはバルコニーの手すりから身を乗り出し、中庭の方を見ていた。

「おい、あれってジナか？」

シモンの言葉に私は立ち上がる。ヨハナに手を貸し、一緒に中庭を見下ろした。

「リリちゃーん！　ヨハナーん！　だーいじょーぶ？」

ジナの隣にはアマニータとモレルもいて、アマニータが小さな腕を必死に振りながら叫んでいた。ジナが応援を呼んで戻って来たようだ。

「大丈夫！　今、そっち降りるから！　待っててー！」

ヨハナが叫び返す。気が付けば、空の端は白み始めていた。私とヨハナは顔を見合わせ、出入り口の扉の方を振り返った。

吸い込んだ空気が一気に凍りついたように感じた。見間違いか。いや、そんなはずはない。声を失う私の代わりにシモンが声を上げた。

「……あの男、どこ行った？」

手足を縛られ、地面に転がっていたはずの巨漢の男は、彼の人形とともに影も形もなく消えていた。

四章　亡霊と人形

＊＊＊リリシュカ＊＊＊

劇団に戻るなり、私は支配人室に呼び出された。予想はしていたことだ。私とシモンが部屋に入ると、グランマだけでなくジゼル先生もいた。二人とも、未明だというのにまどろみの影は一片も見えず、きちんとした身なりで私たちに相対した。

私はトマシュ邸で起こったことをそのまま報告した。既にジナたちからも報告を受けていたのだろう、義肢の男らや、謎の襲撃者についても驚いた様子はなかった。

「その義肢の男も、いずれかの血盟《クラン》の一員で、血盟同士のいざこざだった可能性もあるが、金庫の中身が空になっていたことを考えると、単なる物盗《ものと》りの線も捨てきれないね。何せこの不景気だ。七年前の規制条例のお陰で、血盟による犯罪は劇的に減ったが、今度は食うに困った失業者や戦争孤児が徒党を組むようになってきている」

グランマが溜息《ためいき》まじりに言う。大陸の中心に位置し、各国の往来の中心として栄えてきたこの殷賑《いんしん》の都は、古くから犯罪の温床でもある。「セマルグル市の石畳は常に血で濡《ぬ》れている」なんて言葉もあるぐらい。その血を拭おうとした者に訪れるのは、畢竟《ひっきょう》、血の応酬だ。私の脳裏にじわじわと赤い影が広がっていく。珍しいことじゃない。記憶に焼き付いた幻か、右目の副作用か。影を払うように、私はグランマの言葉に集中した。

「まあ、相手が何者であっても、劇団の商売敵でなければいいのだがね。その判断がつかないのが、今回の悩ましい所だ。義肢の男たちがトマシュやその部下を殺してくれたことで、我々は大した労を払わず報酬の３万C《コルネ》を受け取れた。しかし、一歩間違えれば、君ち優秀な舞巫《マフカ》を失ってしまい、大損失だったとも言える。トマシュに敵対する者ではあるのだろうが、我々に対する姿勢は不明だ。標的がかち合ってしまったが故の、不幸な出会いか。それとも、はじめから我々を害する意思があったのか」

「要は、襲撃犯が何者なのかはグランマでも、この段階ではわからないと」

「その通り。私は千里眼の持ち主ではないからね。だからほら」

グランマの視線が私の後方にいるシモンに移った。

「君の人形が自律型だったなんて、まるで気付かなったよ。どうして報告しなかった？」

「名前や入手経緯については訊《き》かれましたが、自律型か否かとは訊かれなかったので」

私の返答を聞いた途端、グランマの隣でジゼル先生が珍しく困った顔をしてみせた。

「そういえばそうだったか。じゃあ、改めて訊こう、君の魔法人形《マギアネッタ》であるシモンの眼球には自律思考魔術が刻まれているね？」

「はい、その通りです」

「謹慎破りに加えて、自律型の報告漏れ……これはなかなか重たい処分を下さなければならないな」

劇団の仕組み上、退団処分というのは存在しない。劇団はセマルグル市の裏社会と密接に関わる。その秘密を知る劇団員たちが、再び市井で一般の生活に戻ることは、わずかな例外を除いてあり得ない。通例として、多少のやらかしには、奉仕活動、謹慎、そして『成績《うりあげ》』の没収などの処罰が与えられる。しかし、これらはいずれも教育としての罰であって、やり直しの機会を与えられているということでもある。たとえば、他の劇団員や職員を殺傷したり、劇団の情報を外部に漏らしたり、劇団に決定的な損害を与える行為に対しては、問答無用で文字通りの馘首《かくしゅ》処分が下される。そこにやり直しの余地はない。

グランマが再び私に視線を向ける。銅色の瞳が瞬《まばた》きもせず私を見る。

「リリシュカ、君に処分を言い渡す。罰金60万C《コルネ》、成績査定からの直接減額処分だ」

劇団員にとって、公演の売上こそが成績であり、罰金とは実質、成績評価の格下げだ。そして私の現在の成績は約40万C。どうあがいても帳尻は合わない。

「つまり学年落ちということですね？」

成績が0以下になった生徒は、実力不足ということで、即座に一学年落とされる。私の場合、飛び級しているから、元の学年に戻るだけなのだが、飛び級しながら学年落ちした劇団員は劇団の長い歴史の中でも私が初めてだろう。抗議しようという思いより、仕方ないという思いが勝ってしまう。我ながら、さすがに好き勝手にやりすぎた。

「ただし、処分の執行は七月十六日とする」

グランマの言葉に首をひねる。罰金に執行猶予？　いったい何の意味が？

「おや、君は特待生の罰則免除規定を知らないのか？」

特待生——その言葉と制度は知っている。半期の成績上位十名が選ばれ、次の期では劇団内の活動で様々な恩恵を受けることができる。その中には掃除当番の免除や、浴室の利用順の優先など、いわゆる福利厚生面での特典もあれば、夜公演《ソワレ》で報酬の高い依頼の優先的な斡旋《あっせん》という成績に直結した特典もある。飛び級するに際し、事務職員からそんなことが書かれた書類を渡された気がする。宙に視線を泳がし、記憶を辿《たど》る私にグランマが苦笑する。

「そういえば、この手の話は三年の修了直前にするんだった。飛び級した君にはおざなりな説明しかなかったのだろう。特待生になれば諸々《もろもろ》の特権を与えられる。君の関心事項は高額依頼の斡旋だろうが、それ以外にも、罰則の免除規定もある」

「それはつまり、特待生になれば、罰を受けなくなるということですか？」

「これから特待生になる者が、その時点で何か罰則を課されていた場合、その罰則が帳消しになるというだけだ。特待生になってから受けた罰則は、ちゃんと受けてもらう」

つまり、グランマは暗にこう言っている。上半期の特待生になれば、今回の罰金は免除すると。上半期の成績が確定し、次期の特待生が決まるのは、七月十五日。今日が六月十五日だからちょうど一カ月の猶予がある。それまでに十位以内の成績を収めてみせろ、と。

「何故《なぜ》そんな温情を？」

「ある年に非常に成績優秀だが、問題ばかり起こす生徒がいてね。トイレ掃除半年の罰則を抱えたまま特待生になってしまい、この罰則の掃除当番と特待生の掃除免除とどっちを優先させるべきかで議論が起きてしまったんだ」

「いえ、私が訊《き》いているのは、罰則免除の規定ができた経緯ではなく、罰金に猶予を与えた理由です」

こういった事をわざわざ訊くのが野暮《やぼ》ということはわかっている。しかし、明らかにしておかなければどうにもおさまりが悪い。

「前に言った通り、私は君のことを高く買っている。それに君の人形についてジナから報告を受けた時、彼女から嘆願されてね。リリシュカが来なければ、ヨハナは殺されていたかもしれず、その場合、責任はヨハナを依頼に誘った自分が持つことになる。リリシュカに罰則を与えるなら、自分も罰せられるべきだ、と」

だったら、端《はな》からシモンのことを黙っていてくれればいいのに、と思わなくもないが、シモンの報告と斟酌《しんしゃく》の訴えを同時にするのがいかにもジナらしかった。

「ヨハナからも殆《ほとん》ど同じような報告を受けたよ。たしかに君は規則を破ったが、結果的に依頼は遂行され、二人の優秀な劇団員の命も救われた。君の行動は間違いなく劇団に利益をもたらした。そして、その人形もだ。自律型が優秀なのは知っているが、聞くところによると、君の魔力にも耐え、かなり使えるそうじゃないか。君がこれ以上、人形を壊さないでいてくれるなら、それだけで、その人形はここに置く価値がある」

魔法人形《マギアネッタ》一体の値段と、トマシュ殺しの報酬はほぼ同じ金額だ。シモンひとりいるだけで、その安くない支出が抑えられるのだから、グランマが歓迎するのも無理はない。グランマは微笑を浮かべてシモンを見る。

「というわけだ、シモン。君にはこれから正式にリリシュカの魔法人形になってもらう。異論はないね？」

この部屋に入ってから、私はシモンの言葉も行動も一切縛っていなかった。無言を貫いていたのは、シモン自身の判断だ。シモンは眼球をまず私の方に向け、そしてグランマの方に向け、言葉を発した。

「……もし、嫌だと言ったら？」

思いもしない返事に私は言葉を失う。私の魔法人形が、私の全く意図しない言葉を発する。今までもシモンは予想外のことばかりしてくれたが、これは完全な不意打ちだった。

「シモン、貴方《あなた》、正気？」

「俺は正気だ！　おかしいのはお前らだろ！　俺に人殺しになれって言うのか？　また、俺に人を殺させるのか!?」

人形の絶叫。私は唖然《あぜん》とする。人形、つまり道具が、何故《なぜ》、人を殺すことを拒絶するのか。トマシュ邸でも似たような反応を見せていたが、その時は情報処理が追いついていないだけだと思った。そこに人間的容姿と人間的仕草が張り付いただけのものだと。しかし、今、この叫びは、人間的というよりは人間そのものにしか聞こえなかった。ほとんど無表情で、半開きの口から放たれた言葉は、怒り、不安、恐怖、そして絶望──様々な感情が混ざって、黒ずんだ玉虫色をしているように思えた。

気味が悪いと思った。そして、腹が立ってきた。人形のくせに、そんな当たり前の葛藤をしてみせることが。私はその葛藤をとっくに放棄したというのに。

黙っている私をよそに、グランマは微笑を崩さずシモンに近付いた。

「もちろん、拒否するという選択肢も君にはある。何もしないただの自律型人形のシモン。その場合、君は今すぐこの舞台から降りてもらうことになるけれど」

「舞台を降りる?」

シモンが訊《き》き返す。

「使えない人形は、残念ながら廃棄処分だ。手足はもがれ、その目も砕かれる」

グランマはシモンに歩み寄ると、ごく自然な手つきで、シモンの眼前に『編み物針』(と私たちが呼ぶ錐《きり》状の暗器)の切っ先を突きつけていた。私の両手の指が勝手に震えだす。糸を通してシモンに向けられている魔力を感じているのだろう。グランマの言葉がただの脅しではなく実行力があるものだと、私は瞬時に悟った。だから糸に意識を向けた。シモンではなく私の意思で、発言を撤回する。「シモンはリリシュカの魔法人形《マギアネッタ》として、この劇団に貢献することを誓う」――そう言わせるだけですべてが丸く収まるのだ。

だが、私が命じるより先に、シモンはその場にへたり込んだ。まるで腰でも抜かしたかのように。

「い、いやだ……殺したくない……」

涸《か》れ井戸の底で喘《あえ》ぐ蛙《かえる》ぐらい弱々しい声。あまりの情けなさに、糸に込めた力がつい抜ける。いくら高性能な自律型といえども、こんな腑《ふ》抜けのポンコツに私の願いを託すなんて馬鹿馬鹿しい気がしてきた。ここで壊れた方が、いっそこの人形のためにもなろう。

「でも、死にたくない。絶対に……」

シモンがそう呟《つぶや》くのと同時に、ぞわりと、指先から奇妙な引きを感じた。糸を操るのは私のはずなのに、私の方が引っ張り込まれるような、強烈な感覚。気が付いたら、私はシモンを見下ろして訊いていた。

「なら、貴方《あなた》はどうするの？」

「……なって、やるさ、お前の魔法人形に」

シモンが私を見上げて言う。琥珀色《こはくいろ》の瞳に宿るのは、反発、葛藤、未練、そういった類いの鋭い光。しかし、シモンは間違いなく、自分の口で言葉を紡いだ。

「よろしい。それが君の役なら、しっかり全うすることだ」

グランマが微笑を浮かべて言った。「役？」とシモンが訊《き》き返す。

「『この世のすべては、演技する役者である』……大昔の格言さ。『全ては所詮、無意味なつくりごと《トートゥス・ムンドゥス・アギト・ヒストリオーネム》』と捉えるか、はたまた『全ては何かしらの役目を与えられている』と捉えるか、解釈は好きにしたまえ」

私が初めてここに来た時も、グランマは同じ言葉を口にした。要は通過儀礼だ。

「では、予定通り明日から、君は正式にリリシュカの魔法人形《マギアネッタ》だ」

シモンがようやく立ち上がる。私は舞巫《マフカ》で、貴方《あなた》は魔法人形。役が決まったのなら、あとは退場するその時までせいぜい宛てられた役を演じ切るだけ。私はシモンを連れて寮室へと戻った。

＊＊＊シモン＊＊＊

リリシュカの部屋で俺は一人、床に寝転んでいた。リリシュカは部屋に戻るなり、シャワーを浴びに行き、その後で保健室に向かった。ヨハナも保健室で、俺は完全に手持ち無沙汰だった。リリシュカの机の上には分厚い本が置いてあるが、勝手に読む程厚かましくはない。しかしやる事がないと、不安やら不満やら、嫌なことばかり考えてしまう。それはつまり、ついさっきまでのグランマたちとのやりとりのことだ。

リリシュカの人形になる事さえ抵抗があったのに、まして殺人の道具になるなんて。グランマの手前、首を縦に振ったが、ほとんど脅されたに近い。不承不承というやつだ。

（いっそ、今ここで逃げ出すか……）

リリシュカ曰《いわ》く、劇団の敷地の端から端ぐらいの距離なら、俺とリリシュカの間の魔力の糸は途切れず繋《つな》がったまま。しかし、それ以上離れると糸は切断され、俺は自由になるとともに魔力切れで動かなくなるらしい。つまり逃げ場なんて、どこにもなかった。

（リリシュカ、遅いな……）

リリシュカが保健室に行って、かれこれ二時間。ヨハナたちと長話でもしているのか、はたまた、やっぱり怪我《けが》でも負っていたのか。屋上で俺の名前を叫びながら、目と鼻からボタボタ血のような真っ赤な汁を垂れ流していたリリシュカの姿を思い出す。本人は否定したが、やはり人が体から垂れ流す赤い液体は血にしか見えず、あの時のリリシュカの気迫も相まって凄《すさ》まじい光景として脳裏に焼き付いている。

そして、彼女の右目から溢《あふ》れていた液体の鮮やかさに比べたら、俺が殺した男の血はずいぶん黒く濁っていたように思えた。

自分の両手を見る。俺は今の今まで戦い方も銃の扱い方も知らなかった。なのに、気が付いた時には、この指は引き金を引いていた。そして倒れた男の頭部の周りに黒い液溜《だ》まりがじわじわと広がっていくのを見つめながら、「殺してしまった」と事実を理解し絶望する自分と、「呆気《あっけ》ないな」と特に何も感じていない自分、そのどちらもが同時に存在することに気付いてしまった。引き金の手ごたえも、銃の反動も俺のこの体は一切感じず、飛び散ったはずの返り血の臭いも温度もわからない。頭では人を殺したとわかっていても、体はそれを全く実感していない。今となっては、悪い夢を見ていた、というぐらいの感じですらある。

（もう何が何だか……）

俺は両手の指をぎゅっと握りしめ、荒っぽく床におろした。丁度その時だ。ガチャリと扉が開いて、リリシュカが戻って来た。俺は別にやましいことなど何もないのに、さっと起き上がって座り直した。

「怪我、平気だったのか？　時間かかってたみたいだけど」

「何ともない。でも検査だとかで血を抜かれたり、少し手間取った」

くたびれた様子で彼女は小脇に抱えた紙袋を机に置いた。そして中から薬瓶を取り出し、掌《てのひら》に錠剤を出して、水なしで飲み込んだ。俺の視線に気付いたのか、リリシュカが言った。

「ただの『宵の魔女《ノクニツァ》』、怪我とは関係ない」

「宵の魔女？」

「生理を止める薬。ニズドだと劇団員全員に支給されてる」

こういう話題に対しては、どういう反応が適切なのか。姉妹に囲まれて育った俺だが、正解はよくわからない。だから俺は殊更反応しない、という選択を取った。それと同時に、疑問が浮かんだ。生理をコントロールする薬は、俺の知識にも存在するが、それは時期をずらしたりするものであって、それ自体をなくすものじゃないはずだ。そんな便利なものがない事は、しばしば妹が母にこぼす愚痴でなんとなく知っていた。この世界には、人形以外にも優れた技術があるらしい。

「ヨハナたちは？」

「二人とも軽傷。でも、二人も午前中いっぱいは授業を休むよう言われてる」

支配人室を出る前に、ジゼル先生がリリシュカに言った。平日だが、今日の授業は免除でいいと。その代わり、午前中のうちに保健室で手当てを受けること、そして午後になったら俺をカレルの所に診せに行くこと。この二つを今日のうちに済ませておけという話だ。

「少し休む」

彼女はそう言って制服のままベッドに倒れ込んだ。その姿に、リリシュカもちゃんと人間なんだなと、不思議な感慨がわいた。よくよく考えれば、屋敷での戦いは未明まで続き、一睡もせず朝を迎えたのだから当然なのだが。血を流しても顔色ひとつ変えず、勉強も殺しもそつなくこなす彼女を見ていると、その顔立ちも相まって、俺以上に人形のように見えてしまうことがある。

「……眠る前にひとつだけいいか？」

ベッドの下の引き出しに手をかけながら俺はリリシュカに訊《き》く。

「何？」

「お前、なんでヨハナがあの場所にいるってわかったんだ？」

リリシュカは億劫《おっくう》そうに横になった体を起こし、俺の前に左手を差し出した。今まで気付かなかったが、彼女の薬指には指輪が嵌《はま》っている。そして彼女が指輪の飾り石を撫《な》でると、ぽたりと指の先から赤い雫《しずく》が流れた。

「血？」

「血は魔力の触媒になるもの。だから、自分の血を相手に直接付着させたり、付着したものを持たせれば、その血の魔力を辿《たど》って追跡が可能」

「じゃあ、ヨハナにお前の血を？　……あ、ネクタイ？」

「本人には早々に気付かれてたみたい」

リリシュカは指先をハンカチで拭うと今度こそ限界だというようにベッドに横になった。

俺も慌ててベッドの下の寝床に入る。

（……そもそも、なんで追跡できるようにしてたんだ？）

おぼろげになる意識の中で思う。あれだけヨハナをこき下ろしておきながら、リリシュカはヨハナに異変があると気付くや、謹慎を破って俺を屋敷まで駆けさせた。そして、あの屋上での死闘だ。言葉がなくとも俺の体はリリシュカの命令に従って勝手に動いた。あの時のリリシュカはたしかに、自分の身よりもヨハナを……

　俺の意識は一旦そこで途切れた。

＊＊＊

　リリシュカに従って廊下を歩く俺のテンションはかなり低かった。もし俺が生身の人間だったら、露骨に顔に出ていただろうし、足取りも遅かっただろう。

（あいつ嫌いなんだよな……）

　ドクター・カレル。魔術工学の担当教諭にして、この劇団の人形たちのメンテナンスなども引き受ける人形技師。さらには大学の教授でもあり、この劇団では珍しい外部講師という立場でもある。カレルの部屋に向かう前、リリシュカからは、ざっとそんなことを聞かされた。肩書も立派だし、頭も良いのだろうが、生徒をサル扱いして見下すあの態度はまず好きになれないと思った。それでいて、俺に対する態度も、何だか生理的に受け付けない。よくあれがこの女の園から摘《つ》まみ出されないものだと不思議に思えるぐらいだ。

（……あれ？　ジゼル先生？）

　部屋の前で、カレルとジゼル先生が話をしているのが見えた。こうして見比べると、ジゼル先生の方が背が高いのがよくわかる。横幅はカレルの圧勝だが。ジゼル先生がニコニコと愛想よく喋《しゃべ》りかけているにもかかわらず、カレルは授業中と同じように、重たげな瞼《まぶた》で不機嫌そうな顔をしている。美女と野獣。はっきり言って釣り合いの取れていない組み合わせだと思った。

「その店の煮込みが絶品で、本当にお酒がすすむんですよ。よかったら、今度どうです？」

「お前……最近、腕と尻がまたデカくなっただろ。そんなモンばっか食ってるからだ」

デリカシーの欠片《かけら》もないカレルの発言に、俺は思わず「お前が言うな」と割って入ってやろうかと思った。言わなかったのは、リリシュカが二人の会話の切れ目を狙ってカレルに話しかけようとしていたからだ。しかしリリシュカの「ドクター」という呼びかけに被《かぶ》せるように、背後から「カレルーん！　ジゼッちゃん！」と甲高い声が飛んできた。振り返るまでもない。アマニータが駆け寄ってきた。

「うっさい！　叫ばなくても聞こえてる」

「アマニータ、廊下を走ってはダメですよ」

「ねえねえ、二人って、よく一緒にいるし、歳《とし》近いし、めっちゃ仲いいよね？　付き合ってんの？」

何言ってんだコイツ、という俺の心の声とシンクロするようにカレルも言った。「何言ってんだ、お前」と。そしてさらに続けた。

「俺は生身の人間なんぞに興味はない。そもそもジゼルは男だろうが」

「え……ええ⁉」

思わず声が出た。その場にいた全員の視線が俺に向いた。

「あれ？　シモンヌって自律型だったの？」

言葉を失った俺の代わりにリリシュカが「そう」と答える。アマニータは特別、驚いている様子はなかった。

「自律型の反応って面白いね。てか、ジゼッちゃんが男だって伝えてなかったの？」

リリシュカが頷《うなず》く。「特に伝える必要性を感じなかったし、伝える機会もなかったから」と。たしかに、ジゼル先生は女性にしては高身長で、肩幅もそこそこがっちりしている。が、歩き方とか所作が、どれもゆるりと弧を描いているように曲線的で、誰よりも女性らしく見えていた。今、その正体を知ってなお、やはり女性にしか思えない。俺は唖然《あぜん》としながらも、何とか言葉を発した。

「みんな知ってたのかよ……」

「別に隠していることじゃありませんからね」

ジゼル先生が苦笑する。

「私は男性じゃないけれども、みなさんと同じ女性でもありません。それを伝えずに指導するのは、アンフェアというものでしょう」

そういえば昨日の実技の授業でも、ジゼル先生は指導に際し、生徒に触れる時は手ではなく教鞭《きょうべん》を使っていた気がする。顔に似合わずちょっと怖いと思ったが、それも一種の配慮だったのだろうか。スパンと小気味よく響く鞭《むち》の音を思い出すと、ただの趣味だという可能性も否定しきれないが。

「そんなことより、シモン！　お前、俺の検査を受けに来たんだろ!?　今の反応といい、やっぱりお前は興味深い！　さっさと来い！　お前のナカ、俺に全部見せろ！」

「え!?　ちょ……」

俺はカレルに引っ張られ、抵抗する間もなく、無理やり部屋の中に引きずり込まれた。

そんな俺の様子をアマニータはニヤニヤし、ジゼル先生は苦笑し、リリシュカは溜息《ためいき》をつきながら見送っていた。

＊＊＊

連れ込まれた部屋は学校の教室としては明らかに異様で、何に使うか不明な機械やコードが所狭しと並べたてられ、テーブルも書類と本がうずたかく積み上げられほとんど物置と化していた。

「さあ、ここに座って、このレンズの中を覗《のぞ》き込《こ》め」

と座らされた俺の前にあったのは、視力検査の時に使うような器具だった。しかし、レンズの中を覗《のぞ》き込《こ》んでも、中にはランドルト環もなければ赤い気球もない。真っ暗闇だ。しばらく訳もわからないまま闇を凝視していると、突如として雷のような紫の光が視界いっぱいに弾《はじ》けた。眩《まぶ》しいはずなのに、俺の目は瞬《まばた》きすらしない。光はそれから立て続けに三度爆《は》ぜた。

「よし、目を離していいぞ」

やっと解放されたと思いきや、今度はいつの間にか隣にいた小柄な人形にコードが大量についたグローブを装着されて、何かを計測された。その後もカレルとカレルの助手人形によって、俺は多種多様な器具に繋《つな》がれたり、ぶち込まれたりして検査され続けた。

「終了だ」

そう言って解放されたのは十個目の計測器から降りたところだった。ぶら下がり健康器のようなこれで、一体俺の何が測れたというのだろうか。器具はいずれも人形の腕のような部品がついていて、計測中はその手の下に敷かれたロール紙に絶え間なくペンを走らせていた。ある器具の手は規則的な波形を、ある器具の手は単純な数字を、ある器具の手はぐるぐると渦巻のような模様を描き綴《つづ》り、カレルはでき上がったその紙を興味深そうにパラパラとめくった。

「何かわかりましたか？」

リリシュカがそう言って部屋に入ってきた。たぶん、検査終了の声が聞こえたからだろう。カレルはリリシュカを無視してブツクサ独り言を言いながら、なお検査結果を食い入るように見つめていたが、カレルの人形はリリシュカに空いている椅子をすすめ、隣の部屋に消えたかと思うと今度は湯気の立ったティーカップを持ってきて彼女に渡した。

「熱いので、お気をつけて」

（喋《しゃべ》った!?）

何食わぬ顔でティーカップに口をつけているリリシュカの隣で、俺は驚いていた。さすがにジゼル先生の時ほどの衝撃はないから、声は出なかったが。それでも俺は俺以外に喋る魔法人形《マギアネッタ》をいまだに見たことはなかった。声質は女子とも男子ともつかない、なんだか子供のような声。たしかに人形の体も俺やリリシュカより小柄で、十二、三歳の子供といった感じ。しかし、顔は他の人形と同じで白面だ。この人形は一体何なのだろう。そんなことを思っていると、とうとうカレルが検査結果から顔を上げて、こちらを見た。

「結論から言うと、その人形は間違いなく自律型だ。ただし、俺のエディと違って、完全自律型の可能性が高い」

エディというのはこの助手人形のことだろうか。だが、それ以上に気になった言葉がある。

「完全自律型？」

「まさか自律型の仕組みも知らないのか？　と言いたいところだが、まあ、お前はそうだろうな。簡単に説明してやる。世間一般に出回っている自律型人形の魔導体に刻まれているのは、正確には半自律思考魔術だ。理論上は魔術を組み合わせることで人形に知識や文法、思考ルーチンその他諸々《もろもろ》を備えさせて疑似人格を作り出すことは可能だが、今の所、本当に人間同様の水準に達したものはない。魔術で人間らしい人格を作るには、設定すべきパラメータが多すぎて、現実的ではない。そう、イチからパラメータを設定するのはな。だが、俺たちはすでにパラメータの設定された部品を各々に所持している。わかるよな？」

カレルが芝居かかった仕草で己の頭を指で示した。

「脳をイチから作るのが困難であるなら、人の脳を人形の脳の代わりとして使えばいい。これが半自律思考魔術の正体。魔導体と糸で繋《つな》がれた者、すなわち人形遣いの脳の思考領域の一部を強制的に借り、分割思考したものを人形の人格として出力するという技術だ。こんなことができるのも、魔力というエネルギーが人の情動や記憶情報に相互干渉する性質を持つが故だな」

ドヤ顔で言われても、どう反応して良いものか。戸惑いつつも、自分なりにカレルの言葉を咀嚼《そしやく》してみる。

（分割思考……要は人の頭の中に、魔法で人形の人格になる別の人格を作るってことか？）

俺は率直に思ったことを口にする。

「なんかそれ、二重人格を作ってるみたいで、危なくない？」

「人形の人格領域と人形遣いの人格領域にはきちんと魔術的制限をかけ、強固に不可侵としていた。だから、実験段階では、誰一人、頭がおかしくなった奴《やつ》はいない。にもかかわらず、十二年前、その製造はわずか半年で中止になった」

「え……？」

「元々軍事用に開発された技術で、実用段階で不具合があったらしい。詳細は伏せられたまま、製造は中止。だが、国は生産した人形に関しては回収せず、新規製造のみを禁止した。中止が発表された時点で既に流通していた分については、特にお咎《とが》めなし。当時、製造された千体の人形は八十五年式なんて呼ばれて、けっこう良い値で取引されてたりするが、これも正規の人形店で買う分には問題ない。血盟《クラン》みたいな政府指定の犯罪組織から買ったら、しょっ引かれるがな」

「不具合があったにしては、随分ゆるい規制だな。もし、事故でも起きたらどうすんだよ」

おにぎりにナット一つ紛《まぎ》れ込んだだけだとしても、全商品が回収されるのが当たり前。そんな社会を生きてきた身からすると、この措置は杜撰《ずさん》すぎるように思えた。人形にまつわる技術こそ目をみはるものがあるが、コンプライアンス意識みたいなものはあまり育っていない社会なのだろうか。

「不具合自体が軽微。ないしは、極めて特殊な状況下でしか発生しない不具合だと判断されたんだろう。実際、エディはご覧の通り、特に問題を起こしたこともない」

「はい、前回のメンテナンスから二七八時間経過していますが、この通り、ばっちり問題ありません」

そう言うエディは、表情こそないが、そのはきはきとした受け答えは純真な少年を思わせた。これがあのカレルの脳の一部から作られているというのは、冗談としか思えなかった。

「その件も後押しして、自律型人形の開発自体がこの国ではすっかり下火になった。ただでさえ不景気なのに、国民の血税を投入してまでわざわざ人形に人格を作る必要性はない、という世論の声がデカくなったからな」

「すごい技術なのに？」

「ああ。人格があれば、人形遣いの能力に左右されず、人形が技術を学習し習得することだって可能だ。専門知識が必要な現場で安定的に人手を供給したりもできる。色々と応用の利く技術だっていうのに、『人と同じように喋《しやべ》る人形なんて嗜《し》好《こう》品の領域にすぎない』と、不景気で精神まで貧困になった国民たちの多くは短絡的にそう考えたのさ。それに、人の脳を人形の制御補助として使う技術自体はすでに確立していたからな。今、流通している人形の殆《ほとん》どは、自動制御魔術が組み込まれてる。人形遣いが逐一、糸を操らなくてもある程度勝手に人形遣いの記憶や思考パターンを参照して、人形が勝手に動けるようにするやつだ。お前も、身に覚えあるんじゃないか？」

「……もしかして、屋上であの大男と戦ってた時が、それか？」

俺が訊《たず》ねれば、リリシュカは「そう」と小さく頷《うなず》いた。

「とんでもない技術だな。その自動制御魔術も、半自律思考魔術も」

「ええ、どちらも人形工学の権威、ドクター・シュルツが発明したもの。そして彼の門下生で愛弟子《まなでし》だったのが、このカレル」

リリシュカの説明にカレルはふん、と不機嫌そうに鼻を鳴らした。そんな偉大な先生に師事していたのなら、もう少し誇っても良さそうだが、何か気に食わないのだろうか。そんな風に思いつつ、俺は訊《き》く。

「俺が自律型ってことは、俺の人格もリリシュカの脳から作られてるのか？」

ここまで発展した技術があるなら、自分がその技術の産物だという可能性も否定はできない。もちろん、そんなはずはないのだが、何事にも「絶対」はない。

カレルは検査結果の紙から一枚を取り出して俺に見せた。そこには黒い点がたくさん打たれ、その点が渦を巻いていた。白い紙に黒い点だが、空の星を数えたスケッチのようにも見えた。広大な宇宙のどこかになら、こんな渦巻銀河があるのかもしれない。

不思議な点描に「なんだこれ？」と俺が首をひねっていると、エディが別の紙をカレルに差し出し、その紙をカレルが俺の前に差し出した。同じようにたくさんの点が渦を巻いている画《え》だ。

「こっちがお前の魔導体に刻まれた魔術を二次元トレースしたもので、こっちがエディのだ。全然違うだろ？」

「わかるか！」

最初に差し出された紙が俺のらしいが、エディのものも殆《ほとん》ど同じにしか見えなかった。

「そういえば、圧縮言語はまだ教えていなかったか。授業でお前らに見せている魔術式はこいつを展開して読み易《やす》くしたものだ。見比べれば、違いぐらいはわかるだろ。ほら、この辺りの自動制御や言語機能、基礎部分はほぼ同じだが、この中心部分に刻まれた術式は全然違う！　こいつがお前の人格を作る魔術で、たぶん完全自律思考魔術だ。絶対とは断言できないが、九分九厘はそうだ。この俺が見たことない術式だからな」

「いや、見たことないなら断定できないんじゃ」

「術式だけじゃない。お前とリリシュカを見てればわかる。さっきのジゼルに対する反応だ。リリシュカはジゼルが男だと知っていたから、無反応だったが、お前はひっくり返るほど驚いていた。半自律型なら、人形遣いと脳を共有している人形ならそんな反応はあり得ないんだよ。たしかに人形の人格は人形遣いとは全く別物だが、知識や経験は基本的に共有してる。だから、半自律型人形はあくまで人形遣い本人から極端に離れた思考にはならないし、同じ言語、同じ常識規範のもとに喋《しゃべ》って行動する。表面的な性格は違っても、より深層の無意識ではやはり同一人物だ。月の裏と表が全く別の顔をしていても、どちらも同じ天体であるように」

「……既存の技術じゃないなら、俺は幽霊か何かなのか？」

俺の人格が技術で生み出されたものでないなら、やはり俺は死んだ人間の魂で、それが人形に取りついているのかもしれない。非科学的なのは承知だが、わけのからない技術よりは、身近で馴染《なじ》みある話だ。しかしカレルは不機嫌そうな顔をして言った。

「なんでそこで幽霊が出てくる？　お前の人格が、リリシュカの脳の一部じゃないとすれば、この術式がお前の人格そのものだろ。俺が、最初に言った『凡《およ》そ現実的ではない、イチから魔術でパラメータを設定した人格』、それがお前という自我の正体。人形遣いに依《よ》らない、正真正銘の完全自律思考魔術だ」

カレルが鼻息荒く、俺の肩を掴《つか》んだ。何がこの男をそこまで興奮させるのかは、さっぱりわからない。が、俺という人格が、リリシュカの脳の一部のまやかしのようなものじゃないことは、少しほっとした。どのみち、俺が人だという証明にはならないのだが。

「ドクター・カレル。何度も言ってる通り、ひとの魔法人形《マギアネッタ》をベタベタ触らないで」

カレルの手から遠ざけるように、リリシュカがぐっと俺の肩を後ろから掴んだ。カレルは意外にもパッと手を放した。

「まあ、お前はその人形を手放せないよな。そいつの魔導体の純度は一等星級。魔力靭性《じんせい》は、一般的な人形の五倍以上だ。俺のエディもそうだが、そもそも自律型は術式を刻むのに普通の倍以上の魔力が使われるからな。純度の低い魔導体は使えない。シモンは、お前みたいな魔力オバケの特異体質がうっかりフルパワーを使っても壊れない、夢の人形だ」

カレルが計測結果の書類から数字の書かれた紙をめくって目を通していた。俺は何から何まで規格外らしい。この世界だと俺はオスの三毛猫か、ＡＢ型のＲＨマイナスぐらいは希少な存在なのだろう。俺はふと思いついて、訊《たず》ねる。

「俺に使われている技術がそんなにすごいなら、今日の検査結果をもとに、それを再現したりするのか？」

俺の発言はカレルの癇《かん》に障ったらしい。忌々し気にチッと舌打ちして言った。

「魔術は刻む順番が大事なんだよ。刻まれている術式がわかっても、刻み方が違えば、それは全く機能しなくなる。お前に刻まれた魔術言語は二十六。その刻み方、つまり術式順のパターンはざっと十五穣《じょう》通り以上ある」

言われてすぐにそれが数の桁数をあらわす言葉だとはピンとこなかった。五兆円欲しいと言う人はいても、五穣円欲しいと言う人にはついぞ会ったことがない。それぐらい、身近ではない巨数だ。

「俺だって馬鹿じゃない。ある程度順番のアタリはつけられる。が、完全な再現は難しいだろうな。まったく、腹立たしいほどに美しい式だな、クソ」

俺の検査結果に目を通しながら、カレルは悔しげに、そして嘆息しながら言った。そこには畏敬の念が多分に含まれているように思えた。その様子に、俺はふと思いつく。

「なあ、その完全自律思考魔術、例のシュルツって人が作ったって可能性は？」

「あの爺《じい》さんは既に引退してる。今さら新しいモンを作る気力があるとは思えない。何より、完全自律ってのは、あの爺さんの設計思想からは遠い」

「思想？」

「爺さんは、個人の拡張としての人形にこだわっていた。半自律思考魔術ってのは人の脳の拡張だ。俺たちは思考するとき、脳の一部のみにスポットライトを当ててものを考える。その間、暗闇の部分は使われずじまいだ。ここを切り出して、思考できるようにする道具が、半自律型思考魔術とそれを持つ人形だ。一方、完全自律思考魔術は、個人の思考の拡張や延長ではなく、もはや別の個体を新たに作る試みだ。技術的には重なる部分も多いが、目指すものがまるで違う」

何となくわかるような、わからないような。視線を下ろすと、エディと目が合った。鼻も口もないのっぺりとした白面だが、じっと俺を見上げる目には好奇心の光が宿っているように見えた。

「あとお前に刻まれた魔術で興味深いのは、起動時の人格消去魔術がないことか」

人格消去――なんだ、その不穏な言葉は。と思った矢先、エディが言った。

「僕たちが新しい主《あるじ》と糸を繋《つな》いで目覚める時、それまでの人格や記憶は一旦消去されるんです」

「そういうことだ。このエディも俺と繋がってるから、こういう口調や性格をしてるが、もしそこのリリシュカが新たにエディと糸を繋いだら、これまで形成してきたエディの人格は破棄され、新しい人格になる。これがないと、昔の人格と新しい人格がぶつかってしっちゃかめっちゃかになるからな、当然の措置だ」

カレルが補足した。理屈はわかるが、なんとも無情な気がした。

「まあ、俺がエディと糸を繋いでいる限り、他の奴《やつ》が勝手にエディと糸を繋ぐことは不可能だがな。自律型に限らず、あらゆる人形は二重契約を防ぐ魔術を刻むことが法律で義務付けられている。重婚は禁止ってわけだ」

たしかに人が使っている人形の操縦を横取りできたら、色々と問題が起きそうではある。

「今日の検査は以上だ。特に故障個所《かしょ》などはなし。昼公演《マチネ》、夜公演《ソワレ》、どちらにも耐えうる魔法人形《マギアネッタ》であることは俺の名前で保証する。どこの誰が作ったものかは知らないが、お前が作ったわけじゃないなら法律に抵触するわけじゃない。そもそもこの劇団内で法律ほど無意味なものはないしな。そんなことより、素体部品が量産品じゃないから、気安く壊すなよ。一応、データは取ったから、再生産は可能だが、時間も手間も金もかかる」

「わかりました」

「って言ってるけど、リリシュカの人形の扱いは劇団一荒い。スクラップになる前に、シモン、ウチに来ないか？　エディを見てもわかると思うが、俺は、人形は丁重に扱う」

カレルはあくまで劇団の技師で非戦闘員だと聞いている。なら、彼のもとにいれば、劇団の危険な仕事をせずに済むかもしれない。震える程怖かった死ぬことも、殺すことも、もうなくなる。これこそが俺の願った事じゃないだろうか。しかし、ほんの少しの間があって、俺の口はこう答えていた。

「……遠慮しとく」

人形として、ぼうっとこの狭い研究室で飼い殺される。それは、病室で無為に過ごした最後の日々に似ている気がした。生きているのか死んでいるのか、よくわからない生殺しの日々。思い出しただけで、胸の辺りが冷たくなるような気がした。

「なら、さっさと行け。俺は忙しい」

「じゃあね。また今度！」

書類の山に没頭し始めたカレルに代わって、エディが手を振って見送ってくれた。

部屋を出るなり、リリシュカが言う。

「意外ね」

彼女は俺がカレルの提案に乗ると思っていたのだろう。

「消去法だ。オッサンにモルモット扱いされ続ける一生なんて、ゾッとする。お前に付き合う方がまだマシだ」

そう言いつつ、俺は不安になる。本当にこの選択が正しかったのだろうかと。俺が選ぼうとしている道はきっと、昨夜見たようなどす黒い血でまみれている。いっそ引き返すべきか、あの研究室へ。病室のような、チューブに繋《つな》がれた平穏へ。

「自分に選択肢があるなんて思っているなら、それは思い上がり」

不意にリリシュカが俺の顔を覗《のぞ》き込《こ》む。青みを帯びた灰色の瞳が冷たく俺を射貫《いぬ》く。

「あの時も今も、私は貴方《あなた》を意のままにできた。貴方が選べる道は、はじめからひとつだけ」

あの時というのは、今朝、グランマに詰められた時のことだろう。結局、俺が何を選ぼうとしても、俺のすべてはリリシュカの思うがまま。どのみち俺は操り人形で、人間としての生など望むべくもない。だとしても、だ。

「俺は自分で選んだんだ」

「そう」

俺の言葉にリリシュカは不敵な笑みを返したかと思うと、さっさと廊下を歩いていく。

俺は決して彼女を追いこさない速度でその背中を追いかける。

死にたくもないし、殺したくもない——今でも俺はそう思っている。けど、死にもせず、殺しもせず、俺はこの人形の体で生き永らえてどうするのだろう。何も、ないのだ。でも、リリシュカの人形でい続ける限り、俺には意味も、居場所もある。

窓から差し込む夕日に塗り潰されたリリシュカの、長い影が俺をすっぽりと覆い隠す。たとえ幻でも、今は追いかける影があることが救いのように思えた。

＊＊＊

「目下の目標は、上半期の終わりまでに特待生になること。罰金のことがなくても、エトワールを目指す以上、特待生入りは必要なことだと思っていたから、私のやるべきことは変わらない。七月十五日までにあと20万Ｃ《コルネ》稼ぐの」

寮室に戻って来るなり、リリシュカはそう言った。目的と情報の共有。リリシュカに協力すると決めた以上、それは必要なことだった。それに俺は、まだこの世界のことを何も知らない。疑問は無数にあった。

「その1Ｃってどのぐらいの価値？」

「相場って意味だと思うけど、１Ｃでワイン一杯。２Ｃでコーヒー一杯。サンドイッチが５Ｃ。牛のカツレツが12Ｃ。劇団の公演のチケットが20Ｃ。大体、こんなところ」

ワインの方がコーヒーより安いのかなど、引っかかるところもあるが、大体「１Ｃ＝１００円」ぐらいと仮定しよう（実際のＣの価値はもう少し高いのだろうが計算が面倒だ）。

「たしか特待生になる条件は、成績上位十位以内だったはずだけど、リリシュカは今、何位で、あと20万C《コルネ》ってのは、どういう計算なんだ？」

「私の成績は今、40万Cで、順位はエトワール候補になる上級生百二十人中四十位。特待生になるのは、いつも大体、七月時点での成績が60万C以上の人たち。絶対とは言えないけど、今年の成績上位勢もほぼ例年通りぐらいの成績だから、そう外れない予想だと思う」

「百二十人中四十位」と聞いてパッと浮かんだのは、中の上。その言葉は、俺自身にとっては馴染《なじ》み深いものだった。しかし、リリシュカは座学もできて、実技は言わずもがな。そもそも飛び級するほどの才能のはず。それにしてはパッとしなすぎる。といっても売上40万C。約４千万円だ。学生が稼ぐ金額では決してない。

リリシュカが話を続ける。

「成績は昼公演《マチネ》と夜公演《ソワレ》の合算。さっき言った通り、チケット代は20Cで、劇場の収容人数は約千二百人。といっても、毎回入りは八割程度だから、一公演あたりの売上総額は約1万9200C。ただし、諸々《もろもろ》の経費としてまず半分が差し引かれる。そして、残った9600Cを出演者たちで分配するのだけど、出演者に入る金額は、その公演で獲得した銀星の得票数による」

「銀星？」

リリシュカは机の引き出しから何かを取り出し、俺の掌《てのひら》にのせた。一見、銀貨のようなそれは、金属にしては重みも、指に触れた時の音も軽かった。たぶん、木か樹脂にメッキがなされたものだろう。

「チケットの半券をもぎる時に、これを代わりに観客に渡すの。そして、公演後、一番いい演技をしていたと思った役にこの銀星を投票する。その得票率がそのまま役を演じた舞《マ》巫《フカ》の取り分になる。私が舞台に上がる場合、得票率は平均6割ちょっと。毎回6千C前後の売上が私に入る」

毎回、舞台を見た二人に一人以上がリリシュカに投票しているということは、彼女は不動のナンバー1でアイドルならセンターというところか。

「固定客とか追っかけでも出てきそうだな」

「私たちは毎回仮面をつけているし、舞巫自身の名前も看板に載ることはない。観客が見るのは、舞台で演じられる役だけ。名前のない私たち自身に、贔屓《ひいき》の客というのはあまりつかない。とはいえ、体つきや演技に特徴のある舞巫だと、勝手にあだ名がついたりもするけど」

「リリシュカのあだ名は？」

「……人形姫。男役はほとんどやらないから」

誰が言い出したかは知らないが、的を射たあだ名だと思う。しかし、俺がそう思うのは、仮面の下のこの人間味を欠いた整った顔を知っているからだ。それとも、俺が顔から受け取っていると思っている印象は、その実、彼女の全身から発されているものなのだろうか。舞台の上で、そしてレッスンルームで、彼女は人形のように、いや、人形以上に、正確無比に動いてみせていた。

「じゃあ、いつも主役ってわけじゃないんだな」

「それはそう。脇役を演じることだってあるし、演者じゃなくて、裏方仕事の日だってある。裏方も公演には欠かせない存在だし、一公演300C《コルネ》はもらえる。これは経費からの支払い。そして公演の機会は各クラス週に二度。私の場合、平均すると毎月、昼公演《マチネ》だけで4万の売上になる」

4万円ではない。4万C、つまり400万円だ。これだけでも十分すぎる稼ぎだと思うが、これでまだ彼女の仕事の半分でしかないのだという。

「夜公演《ソワレ》の報酬はまちまち。自分で依頼を選べることもあるけれど、大半は担任、つまりジゼル先生から回ってきたものをこなすだけだから。もちろん、事前に先生に好みを伝えることはできる。たとえば『危険度は問わないから高額な依頼がいい』とか。結果的に、私に回ってくる依頼の報酬は平均すると1万程度。毎回1万というよりは2万の仕事のあとは5千の仕事、みたいなことが多い。……本当に要らない配慮」

リリシュカは不機嫌そうに溜息《ためいき》をついた。彼女としては、ひたすら2万の危険度の高い仕事だけをしたいのだろう。それが毎回、あの大男と戦うようなものなら、俺としては願い下げだ。

「それで、夜公演は月だといくらになる？」

「一カ月あたり……大体６万。昼と夜、合算して約10万」

「10万……」

思わず復唱してしまう。つまり、目の前の彼女は月に１千万円近く稼いでいる。命の代価にしては安いのかもしれないが、それでも恐るべき高給取りだ。ただ、そうなるとやはりおかしい。

「それなら今の時点で50万Ｃ稼いでるはずだろ。10万はどこに行ったんだ？」

そう、一カ月10万稼いでいるなら、ちょうど半期で60万。問題なくリリシュカは特待生になれる計算である。なのに何故《なぜ》、計算が合わないのか。

「人形代」

即答だった。たしかに初めて会った日も、この部屋には壊れた人形があった。そして、それが初めてでもないことは、グランマやカレルとの会話でも何となく察しがついていた。

しかしまさか10万Ｃ、１千万円分だとは。

「魔法人形《マギアネッタ》って、そんなにするのか？」

「この学校で使っているものだと大体３万Ｃ前後。今期は三体壊したから」

「三体なら９万だろ。残りの１万Ｃは？」

「手足の部品交換とか。自分の人形だけじゃなくて、練習中に他人の人形の腕を飛ばしたりしたこともあって、細かい出費を足すと、総計でおおよそ10万C《コルネ》の支出」

1千万円稼ぐ女は1千万円分のものを平気で壊す女でもあったらしい。ようやく彼女の成績がパッとしない理由がわかった。

「くれぐれも絶対に、俺は壊すなよ」

「ドクターも言っていたでしょう。貴方《あなた》は多少乱暴に扱っても、そう壊れない。だから大丈夫」

「丁寧に扱えって言ってんだよ！」

「善処する」

「……もういい。ともかくあと一カ月で20万C稼がなきゃならないんだろ？　いつもなら10万Cは稼げるから、そこは最低保証として、あと10万C……稼ぐアテはあるのか？」

「昼公演《マチネ》は、公演回数も決まってるし、これ以上大きく売上を伸ばすのは難しいと思う。だから、夜公演《ソワレ》で高額な依頼を回してもらうか、少額でも数をこなすかのどちらかだと思う。明日にでも、ジゼル先生に頼むつもり」

高額で危険な依頼を受けるか、安い依頼を沢山こなすか。どちらが良いのか、俺にはさっぱり見当がつかなかった。昨晩のように、ギャングのアジトでドンパチやらされるのはご免だが、安い依頼だから安全で簡単という保証もなさそうだ。暗澹《あんたん》たる気分で床に腰を下ろしている俺をよそに、リリシュカは机で本を読み始めた。俺は周囲に人がいると妙にそわそわして読書ができない性質だが、リリシュカはそうではないらしい。

（……いや、俺は置物なのか）

一定のリズムでページをめくるリリシュカを横目でぼんやりと見つめるうちに日は暮れて、やがて彼女は本を閉じると食堂に夕飯を食べに行った。

五章　『着せ替え館《メゾン・クローゼット》』への招待状

＊＊＊リリシュカ＊＊＊

「装填《そうてん》、構え、撃て！」

ジゼル先生の号令で、生徒たちが一斉に引き金を引く。体が震えるほどの轟音《ごうおん》が響く。いくらニズドの敷地が広いとはいえ、外の運動場で同じことをすれば、近隣住民たちは戦争か、血盟《クラン》同士の抗争でも始まったと慌てふためくことだろう。そうはならないのは、ここが運動場の地下に作られた射撃場だからだ。

「交代！」

先生の号令で、私はシモンと場所を交代する。そして号令とともにシモンに銃に弾を込めさせ、三十メートル先の的に撃ち込む。装填数は六発。しかし、新しく空いた穴は1発だけ。つまり、シモンは六発ともほぼ同じ個所《かしょ》を撃ち抜いたということ。私が直前に撃ち抜いた穴はその新しい穴の周りをなぞるように、どれも微妙に中心からずれていた。

（私の体以上に、私に馴染《なじ》む……）

私も私の体の扱いには自信がある。機械的に、極めて精密に、自分の体を人形と同じように扱うことにかけては、少なくともこの教室で、いや、この学年で私の右に出る者はいない。舞巫《マフカ》に求められる技巧は、いつだって人間の自然な在りようからは反している。舞台の上で、だらしない姿勢やそぞろ歩きは許されない。人工的な曲線と直線のポーズ、規則的なステップ、超人的な跳躍――あらゆる反自然の演技を体に叩《たた》き込み矯正する。私たちの実技練習とは、そういうものだ。そしてそれは昼の舞台での話だけではない。夜の舞台で必要とされるあらゆる戦闘技術も、訓練に訓練を重ねることで、頭で考えるより先に、相手の攻撃をかわしたり、急所を狙うことができるようになっていく。

ともすれば、私たちの日々は、河原に落ちている素朴な原石を、人間性という無駄を削《そ》ぐように磨き続け、鋭い光を放つ宝石に仕立て上げるまでの工程と言ってもいいかもしれない。

とはいえ、私の体が人体である以上、削ぎ落とすにも磨くにも限界がある、というのがあの的の結果だろう。手元の小数点以下の微細なブレは、数十メートル先では数ミリ、数センチに増幅されてしまう。しかし、シモンにはそれがない。彼は私の意思を寸分の狂いもなく反映する。今まで人形の質というのにこだわったことは殆《ほとん》どないけれど、シモンが別格なのはこの数日で既に実感済みだった。

そんなことを思っていると、シモンが声をかけてきた。

「なあ、俺の隣にいる子の人形、手が機関銃なのか？」

シモンの視線は左隣にいるモレルとその相棒の人形、ソスリコの右手に注がれていた。

ソスリコの手は、拳銃を持っていない。代わりにその手首は九十度、地面に垂直に折れ、関節部分からは銃口が覗《のぞ》いている。一般的な内蔵型の銃装だ。

「あれがどうかしたの？」

「いや、どうかしたっていうか……何でもない」

そのまま授業が終わっても、相変わらずシモンの視線はソスリコに向いていた。

「もしかして彼女みたいな方が好み？」

「好みって、いや、全然そういうんじゃなくて……」

「なになにモレルんの話？　訊《き》きたいことがあるなら本人に訊いちゃいな！」

どこから話を聞いていたのか、アマニータがモレルの腕を引っ張って、こっちに走り寄って来た。茶色の子犬が白い大型犬を引っ張っている画《え》を彷彿《ほうふつ》とさせる構図だが、その後ろにいるアマニータの人形ゴリアテは、モレルが大型犬なら、さらに巨大な熊のような大きさだ。いつもアマニータが踏み潰されないのが不思議に思えてしまう。

「私に、何か用？」

モレルが私に訊く。彼女はボルヘミアの東にあるスヴィエラントの出身で、言葉がたどたどしい所もあるが、物静かで理知的な子だ。そんな彼女が教室一賑《にぎ》やかなアマニータと大体いつも一緒にいるのは、最初こそ不思議に思えたが、今ではそれが当然でしっくりきている。

「私じゃなくて、シモン……私の人形が何か言いたいことがあるみたい」

「いや、その人形の手、機関銃だろ？　さっき隣ですごい勢いよく連射しててカッコいいと思ってさ。それだけなんだけど」

「ソスリコの右手、機関銃じゃなくて、自動連射機能付き小銃。機関銃だと、命中精度が落ちる。だから不採用」

「間違ったこと言って悪い。俺、武器のこととかあんま詳しくないから」

シモンの言葉にモレルは首を横に振った。

「褒めてくれたの、わかる。とっても嬉《うれ》しい。私もシモン、興味ある」

「え？」

「命中精度、すごい。関節の衝撃耐性、特別な機構？　でも、外見普通。素材は、何？」

モレルがぐっと顔をシモンに近付ける。モレルの方がシモンより少し背が高く、彼を見下ろす格好だ。シモンがたじろぎ一歩下がった。

「素体の基本スペックは、ジナとかが使っているコッペラ・インダストリーの汎用モデルに近いものらしい。ただ球体関節の内部に緩衝用のグリースが注入されてて、衝撃を分散できるようになってるとか。詳しいことはシモンでも私でもなくドクターに訊いて」

私がそう言うとモレルの目がいつになく輝いた。

「ありがとう！　私、訊いてくる」

「え、ちょ、モレルん!? 次、言語の授業だよ!?」

みんなと違う方向に勢いよく走っていくモレルをアマニータが追いかけていく。今度は大型犬が完全に主導権を握る格好だった。

シモンの視線はそんな二人の背中を追っていた。

「貴方《あなた》の好みはああいう内蔵型の装備?」

「好みってそういう……たしかに見た目にロマンは感じるけど、自分の体がああなるのはちょっとな。俺は、今のままでいい」

「なら良かった。私、仕込み武器はあまり得意じゃないから」

「リリシュカに不得意なんてあるのか?」

「人形はあくまで人形遣いの身体の延長。極端に人間離れした機構を備えた人形を、自分の体と同じように扱うのは難しい。そういう人形に対しては、本来発揮できる力の半分も発揮できなかったりする。少なくとも私の場合は、全身武装改造した人形より、素手の人形の方が上手《うま》く戦える自信がある」

モレルに対抗するつもりはなかったのだが、つい語気が強くなる。自分の人形に対する支配欲というやつだろう。我ながら、子供っぽくてむず痒《がゆ》くなる。

「それは一般論じゃなくて、あくまでリリシュカだけの話だからね。シモン、騙《だま》されちゃダメだよ」

後ろからヨハナが追いかけてきた。彼女は、昨日は一晩保健室で過ごし、今朝方、寮室に戻ってきていた。少なくともトマシュ邸で負った傷はもう大丈夫らしい。相変わらず、杖《つえ》はついていたが。ヨハナは苦笑しながら言う。

「魔法人形《マギアネッタ》の基本的な出力は人形遣いの扱える魔力の量と直結する。だから走る速度や、殴る威力なんかは人形の性能以前に人形遣いの能力に左右される。そしてリリシュカの扱える魔力量は破格だから、普通の人形に素手で殴らせるだけで大体事足りちゃうってだけ。でも普通、みんなそこまではできないから、人形に色んな改造を施して強化を図るんだ。私もフーガの手足は少し長めにして、関節にバネの機構を取り入れたりしているし」

「そういう人間っぽくないのは、扱いにくいって話じゃ？」

「リリシュカぐらい人形の動きを完璧に制御できる人間からすれば、小数点以下のラグも許しがたいと思うけど、そんなの気になる方が珍しいよ」

ヨハナがからからと笑う。その様は、昨日死にかけた人間とは思えない健全さがあった。

（まあ、あんなこともここじゃ日常茶飯事だし）

死にかけることも、銃を撃つことも、級友たちと雑談することも、ここでは何も特別なことなどではない。ごくごくいつもの石を磨く日々の一環だ。

＊＊＊

放課後、私はジゼル先生に教室に残るように言われた。

「お疲れ様です。シモンはすっかりクラスに馴染《なじ》んでましたね」

「意外と、みんな俺が自律型であることにそこまで驚いてなくて。むしろ初日の方がジロジロ見られてた気がするけど……あれは俺の顔に対してだったのか」

今日からシモンは私の正式な魔法人形《マギアネッタ》。なら何もはばかることはないと、私は教室でシモンと会話した。最初、他の生徒たちは「あ」と何かに気付いた顔になったが、あとはすんなり受け入れて、特に気にする様子もなくなった。私にとっては予想度通りの反応だった。

「みなさん見慣れてますからね。ドクター・カレルのエディ、私のルシアン、他にも色々、この劇団の大人たちの中には自律型を使っている人も少なくないので」

そう、先生の後ろに今も静かにたたずむ男性型人形、ルシアンも自律型だ。しかしこの人形、本当に無口で、たまに「ああ」とか「いや」とか呟《つぶや》くだけで、私もはじめは聞き間違えかと思ったぐらいだ。シモンにルシアンのことを伝えた時、案の定、彼は少し驚いた様子だったが、それでもジゼル先生の正体を知った時の驚きように比べれば蚊に刺されたぐらい反応が薄かった気がする。事前にカレルのエディを見ていたせいだろうか（むしろ、ジゼル先生が女性でないと知った時の反応が大きすぎた気もする）。

「とはいえ、現役の生徒で自律型を使うのはかなり珍しいですね。入手するツテが、まずありませんから。それに申告の必要もありますし。修了生なら話も別ですが」

「修了生？」

シモンが訊《たず》ねる。完全自律型であるシモンは私の脳と情報共有ができない。だから知らないことが多いのは当然で、私はシモンが疑問を口にすることを特に制限しなかった。シモンの質問にジゼル先生が答えてくれる。

「修了生というのは、ここで六年間の学びを修めた子たちのことです。ニズドの系列の施設や劇団は、この国じゅうにあって、そこで舞巫《マフカ》や職員として活動しています。ここにいるみなさんは、いわばまだひな鳥。その行動も使う道具の逐一も、巣《ニズド》の管理下にありますが、一人前になれば、仕事に使う道具も自己責任で自由にできます。少なくとも申告漏れで罰金を課されるなんてことはないですよ」

先生の言葉に微量の棘《とげ》が含まれているのを感じつつも、無視して私は言う。

「そんな話より、用件は何でしょうか？」

「そうでした。リリシュカ、早速ですがあなたに頼まれていた『危険でもいいから稼げる依頼』の件、ちょうど良さそうなのがあったので、ここにまとめておきました」

ジゼル先生は一通の封筒を差し出してきた。中身をあらためる。シモンの視線を感じて、私は要点をかいつまんで読み上げた。

「依頼人、紅貝通り『着せ替え館《メゾン・クローゼット》』協会……依頼内容は、協会員四名を破壊した者を探し出し、同等の罰を与えること。報酬は……4万C《コルネ》。ここに必要経費も含む。詳細については、執行人が依頼人から直接聞き取りのこと」

依頼人からして、曰《いわ》くありげな内容だとは思ったが、最も目を引いたのは4万Cという報酬だ。高額な依頼でも、2万Cぐらいが相場なのだから、これは相当の高額だろう。しかし、こんな依頼がいきなり私の所に来るとは考え難《にく》い。それこそ今の特待生たちに優先して斡旋《あっせん》されるべきもののはずだろう。私は疑問をそのまま口にする。

「他の舞巫《マフカ》は引き受けなかったんですか？」

「読んでもらってわかると思いますが、この依頼に関しては、報復対象が誰かまだ明らかになっていないんです。その捜索も含めてこの報酬ですから、時間的効率を考えると、特待生たちにとっては必ずしも美味《おい》しい話ではなかったみたいで」

たしかに、探偵ごっこをやって犯人を捜す時間を考えれば、その間に二、三件、殺しの依頼を受けた方が儲《もう》かる、という考え方もできる。ただしそれは、高い報酬の依頼がバンバン回ってくる彼女たちだからできる選択であって、私とは事情が異なる。

「引き受けます」

私に与えられた選択肢の中では、この依頼を受けないという選択はなかった。ジゼル先生も私の回答は予想通りだったのだろう。頷《うなず》いて言った。

「わかりました。では依頼人には、あなたが伺う旨を伝えておきますので、早速、そこに書かれた住所に向かいなさい。報酬は全額後払いですので、がんばってくださいね」

＊＊＊

寮に戻って、外出用の服装に着替える。夜公演《ソワレ》用の外套《がいとう》とネクタイではなく、街のどこを歩いていても特に違和感のないスリーピースのデイドレスだ。拳銃の入ったポシェット付きのベルトを提げたところで、私はシモンを部屋の中に入れた。シモンは頑《かたく》なに部屋の外で待っていると言って聞かなかったのだ。

「そういえば『着せ替え館』って何なんだ？」

部屋に入るなり、シモンはそう言った。

「どうしたの？　急にそんなことを訊《き》くなんて」

口を開いたのは私ではなく、同じ部屋にいたヨハナだった。彼女がらしくなく怪訝《けげん》な表情で私とシモンを交互に見る。

「依頼人が、着せ替え館協会だっただけ。変な誤解しないで」

ヨハナはすぐに合点がいったようで表情をやわらげ「なるほどね」と言った。わかりやすく首を傾《かし》げているシモンに私は軽く説明する。

「『着せ替え館《メゾン・クローゼット》』っていうのは、いわゆる娼館《しょうかん》のこと。そして紅貝通りは、このセマルグル市でも有数の歓楽街ラダ地区にある通り」

シモンが「ああ」と小さく声を上げる。何故《なぜ》ヨハナがあんな顔をしたのか彼も腑《ふ》に落ちたようだ。そして、おずおずと訊《き》く。

「つまり、女性が男性にそういうサービスをするお店ってことだと思うけど、何でそれが『着せ替え』の館なんだ？」

「愛玩用の人形のことを、着せ替え人形ということもあって、そこから来ているのだと思う。つまり、着せ替え人形の館。主に女性型の人形が人間の男性に接待をする店。逆もあるらしいけど、こっちは少数だって聞いてる」

「人形の娼館……そんなものがあるんだな」

私の説明にさらにヨハナが付け加える。

「生身の人間でそういう商売をするのは、法律で禁じられているからね。とはいえ、ほんの十年ぐらい前までは、法律が有名無実化していて、普通に人間が相手する店もあったんだよ。そこにいるのは人間じゃなくて人形だって理屈で、従業員は劣悪な環境でこき使われて、しかもそこから病気も蔓延《まんえん》して、一時期は深刻な社会問題だったとか。今は市の取り締まりが厳しくなって、そういう違法なのはほぼ絶滅したけど」

人形の娼館で働いているのだから、そこにいる者は人形だ。そんな乱暴な理論のもとに人形のように扱われる人々がいる——この話を初めて聞いた時、子供心にひどく腹が立ったことを覚えている。だから、それを止めようとした人を、私は心の底から尊敬した。当時、私はまだ幼く、そして純粋だった。今の私が聞いても、「まあ、そんなこともあるだろう、この街なら」ぐらいにしか思えないのだが。

「それじゃ、そろそろ行きましょうか」

シモンの顔に外出用の白面をつけ、日傘を片手に私は部屋を出た。

＊＊＊シモン＊＊＊

「意外と賑《にぎ》やかだな」

一昨日《おととい》の晩、俺が駆け抜けた無人の通りは、現在ひっきりなしに人々が往来し、店先からは談笑が聞こえてくる。子供は元気そうに走っているし、老人は杖《つえ》をつきながら鳩《はと》に餌をやっている。俺の目の前にあるのは平和そのものといった風景だった。

「意外？」

「この国って、大きな国の支配下にあるんだろ？　それにグランマの話じゃ犯罪も多いって聞いてたから、もっとこう、重苦しい感じじかと思ってたんだけど……」

「帝国はボルヘミアをはじめ領邦の自治権を認めている。最初からそうだったわけではないけれど、少なくとも今はそう。帝国の一部ではあるけど、圧政を布《し》かれているというわけじゃない。治安も場所と時間次第。少なくとも劇場近辺は比較的安全だと思う」

「なるほどな。じゃあ、あの人は何をしてるんだ？」

　男が、道端に立っている人形の両手を取って、人形に向かって話しかけている。距離があるせいで何を言っているのかはわからないが、人形に向かって一方的に話しかける異常な光景に見える。

「何って、人形通話だけど……それも知らない？　遠くの人と会話できる道具。まだ一家に一台とまではいかないけど、街角と、役所や病院みたいな大きな施設には必ずある。あと裕福な家にも。もちろん、劇団にも数体ある」

　まさか公衆電話まで人形になっているとは。見慣れぬ光景を前に俺の視線はさまよう。

立ち並ぶ建物は赤い屋根にクリーム色の外壁が多い。妹が昔、遊んでいたドールハウスを彷彿《ほうふつ》とさせる玩具《おもちゃ》のような街並みだ。ふと、大きな硝子《ガラス》張りの店が目に入った。人形の並ぶショウウインドウ、すぐ脇に値段の書かれた札が置かれている。「ボルヘミア製　最新モデル　3万5千C《コルネ》」――魔法人形《マギアネッタ》の販売店のようだ。最新型でこのお値段。なかなか気軽に買える代物ではないだろう。ましてバンバン壊していいものでは絶対にない。

「徒歩で行くには少し時間がかかるから、人形馬車で移動しましょう」

「人形馬車？」

リリシュカが視線で示したほうを見て、俺はすぐに合点した。道の向かい側から、人形が人力車よろしく幌《ほろ》付きの車を引っ張り走って来る。車に座っているのが主人の人形遣いなのだろう。人形馬車は俺たちの横をさっさと走り去っていった。

「この先の広場に貸し車屋がある」

「……俺が走るんだよな？」

「嫌なら魔法二輪でもいいけど」

リリシュカが言っている二輪というのは、さっきから何度かすれ違っている原付のような乗り物のことだろう。乗り心地は悪くないように見える。

「あれ、私の魔力で直接動かすから、少し速度が出るけど」

「……やっぱり人形馬車で行こう。俺が走る」

いわゆる虫の知らせというやつだ。たとえ馬扱いされることになっても、ここで選択を誤ってはいけない気がした。

＊＊＊

リリシュカに命じられるままにしばらく通り沿いに車を走らせると、それまで敷かれていた美しい石畳が途切れ、橋が現れた。橋の下は水の濁った川が流れている。

「なんか急に雰囲気変わったな。もしかしてこの先か?」

「そう、この先が本邦有数の歓楽街、ラダ地区」

橋を渡り切った先は、まだ日中だというのに人の気配は殆《ほとん》どなく、薄汚れて罅《ひび》の入った壁の建物ばかり。道端には吐しゃ物らしきものが平気で放置され、鴉《からす》の鳴き声がそこかしこからする。やがて俺は六角形の特徴的な外観を備えたレンガ造りの建物の前で車を停《と》めた。『リー姉妹の着せ替え館《メゾン・クローゼット》 一号』という看板が掲げられている。

「車、こんな所に放置でいいのか?」

「どうせ誰も盗まない」

リリシュカが入り口の扉をノックすると、中から一人の女性が現れた。鼻筋のすっと通った若い女性だが、その顔に似合わないしゃがれた声で「どうぞ」と俺たちを中に招き入れた。リリシュカが耳打ちする。

「あれ、人形だから」

「え?」

「皮膚が樹脂製で表情も動くようにしてある。高級な愛玩人形には珍しくない」

館内は六階建ての吹き抜け構造で、一階の広間からは上階の廊下や部屋の扉まで全て見える。出入り口のある一階だけ四部屋で、他は各階五部屋ずつある。広間のタイルは白と黒が交互にはめ込まれ、大きな花瓶や赤い絨毯《じゅうたん》の敷かれた階段が、いかにもな高級感を醸し出していた。人形はそのまま一階の階段の右隣にある部屋の前に俺とリリシュカを案内した。扉の奥から人形と同じ声がした。

「どうぞお入りになって」

「失礼します」

リリシュカが扉を開けると、二人の女性が俺たちを迎え入れた。

「ようこそ、ニズドの方。さあ、そこの椅子におくつろぎになって。わたくし協会の代表を務めているスザンヌ・リーと申します。気安く、マダム・スザンヌって呼んでくださいな。それと、こちらはわたくしの妹です」

「イボナ・リーよォ。よろしく」

姉妹とのことだったが、長身で狐《きつね》顔のスザンヌと、何から何まではち切れんばかりのイボナは正反対と言うべきか、デコボコの印象を受けた。とはいえ、ともに四十代半ばぐらいで、肩のあいたドレスや濃い化粧が、どちらも夜に属する人種であることをほのめかしていた。

「ご依頼の内容は、『協会員四名を破壊した者を探し出し、同等の罰を与えること』でしたが、詳しくお聞かせ願えますか？」

「ええ、もちろん」

そう答えたのは姉のスザンヌの方だった。

「あなたにお願いしたいのは、うちの大切な商売道具、愛玩用の魔法人形《マギアネッタ》四体分の仇討《あだう》ちですわ」

（え……）

　思わず声が出そうになったが、俺は吐息一つ漏らしてはいない。この姉妹の前では人形のように振る舞え、というのがリリシュカの俺に対する命令らしい。それにしても、人ではなく人形の敵討ちを依頼されるとは。しかし俺と違ってリリシュカにはまるで驚く様子はなかった。

「昨今、紙上を賑《にぎ》わせている連続殺人形犯《マギアネッタ・キラー》ですね？」

　リリシュカの質問にスザンヌが頷《うなず》く。

「さすが、ニズドの方。話が早くて助かりますわ。そう、今月に入ってもう四体、紅貝通りの着せ替え館《メゾン・クローゼット》の人形たちが、何者かに壊されてしまったの。この店が一体、妹の店が一体、そしてわたくしたちの系列店で一体、系列店ではないけれど、協会に所属する別の店でも一体……長いことこの街で商売を営んでおりますが、こんなこと初めてですわ。ただでさえ、愛玩人形は人が触れる所を全て樹脂皮膚で覆う分、値段が張るというのに……」

「人形が殺された状況をお聞かせください」

「この店で壊された人形は、わたくしがちょうどこの時間、開店準備のために出勤したところで見つけたんですの。店を開けようとしたら、なんと扉の鍵が開いていて、締め忘れたのかと慌てて中に入って館の中を確認すると……ああ、なんということでしょう。早速、一階の広間の入り口付近で見つけてしまったんです、無惨に壊れた人形を。それはもう酷《ひど》い有様で……手足や頭は砕けて、美しい顔は見る影もなくなっていました」

「つまり突き落とされたと？」

「ええ。この店も系列の店も、上階に行くほど上等のお部屋とおもてなしをさせていただく仕組みになっておりまして、壊された人形は最上階の部屋を担当する一番人気でしたの。犯人は、わたくしや従業員が帰った閉店後に忍び込んで、六階の部屋から人形を運び出し、手すりから突き落としたのだと思います」

「出勤時、館の鍵が開いていたとのことですが、この館の鍵を、ここの主人である貴方《あなた》以外で持っている人は？」

「妹のイボナですが、彼女とは出勤するまでずっと一緒にいましたからね」

「人形以外に何か壊されたり、盗《と》られたものは？」

「いえ、館の金庫や部屋の調度品などくまなく調べてみましたが、人形以外には全く手を付けられておりませんでした」

　リリシュカはそこまで聞いて、何かを考えるように唇に手をあてた。

「……物盗《ものと》りではなさそうですね。愛玩人形なら高値で売るルートもあるはずですが、壊してしまっては意味がない。店への怨恨なら店中の人形を破壊すればいいはずなのに、一体というのもおかしい……何か犯人に心当たりは？」

「わたくしたちにもサッパリ。もう気味が悪いし、このままじゃまた同じような事件が起こってしまうかもしれないし、それでニズドにお願いを出したの。警察はわたくしたちのことなんて、まともに取り合ってくださらないからね。それこそ、鍵はわたくしたちの不始末扱いで、『犯人はそこらの酔っぱらいだろう』なんて抜かして帰りやがったからな、あのポリ公ども！」

「お姉ちゃんってばァ、落ち着きなよォ、ねェ？」

青筋たてるスザンヌをイボナがなだめる。言葉の悪さはともかく、建造物侵入に器物損壊までやられて、このぞんざいな扱いは腹を立てても仕方ない。

「そういえば、事件が最初に起こったのは、この館ですか？」

「いえ、最初は妹のお店でした。状況はわたくしの店と全く同じで。出勤したところで壊されている人形を見つけたと。そしてその人形もまた店で一番人気の子でした」

「でも二件目の被害に遭われたはずのマダム・スザンヌの反応は、先ほど聞いた限り、予想外のことに動揺しているようでした。もしマダム・イボナから話を聞いていたのなら、鍵が開いている時点で、締め忘れではなく、自分の店も似たような被害に遭っていると考えるのが普通では？」

姉妹の顔が同時に曇った。スザンヌの方はやや視線が泳いだだけだったが、イボナは明らかに動揺しているようだった。そして口を開く。

「それは、お姉ちゃんが変なんじゃなくてェ、あたしが話さなかったからよォ」

「話さなかった？　店に何者かが忍び込んで一番の稼ぎ頭が壊されたのに、それをお姉さんに話さなかったのですか？　そしてお姉さんが知らなかったということは、警察にも話さなかったのだと思いますが、それは何故《なぜ》？」

「そ、それはァ……」

リリシュカの丁寧だが逃げる隙を与えない物言いに、イボナはタジタジになり、いつの間にかこめかみのあたりから汗が垂れ流しになっていた。

憐《あわ》れな妹を庇《かば》うように、スザンヌがハンカチで妹の汗を拭いながら言った。

「ご覧の通り、この子は少し気が弱い所がありましてね、姉に迷惑をかけてはいけないと、当初は事件のことを内緒にしようとしていたらしいんです。でも、この店でも同じ事件があったと知って、ぜんぶ打ち明けてくれたの」

「ごめんねエ、お姉ちゃん……」

不自然といえば不自然な行動だが、このイボナの言動を見ていると、たしかにそういう合理性を欠いた行動を取りそうな節はある。リリシュカも同じような所感を抱いたのだろう、ふぅっと溜息《ためいき》をついてそれ以上、その件を追及はしなかった。

「壊れた人形は、その後どうされましたか？　残されているなら、是非見せていただきたのですが」

「わかりました。少々お待ちを」

スザンヌがそう言うと、入り口で俺たちを案内してくれた人形が、彼女の無惨な同胞を引きずってきた。

「こちらがその人形、わたくしどもが仇《かたき》を取ってもらいたい、憐《あわ》れな犠牲者です」

俺とリリシュカの前にどさっと置かれたその人形の顔を覗《のぞ》き込《こ》み、リリシュカがハッとしたような顔になった。俺も、もし表情筋が動くなら同じような顔になっていただろう。

リリシュカが呟《つぶや》く。

「人形の目がない……？」

人形は後頭部が割れ、中の空洞が見えていたり、樹脂の皮膚が裂け、手足の関節が割れ、あらぬ方向に曲がっていたり、散々な姿だが、何より目を引いたのは、空っぽの眼窩《がんか》だ。

何もない虚空が俺とリリシュカを見つめていた。

「落下した際の衝撃で目だけ外れた？　人形眼は、落ちた程度では壊れないと思うのだけど……」

リリシュカの言葉にスザンヌが首を横に振った。

「この子の目は館のどこを探しても見つかりませんでした。そして、それは他の館の愛玩人形たちも同じ。みな、上階から突き落とされ、目を奪われているのです」

「眼球は、たしかに人形にとって欠かせない部品だけど、目だけあっても仕方ない。物盗《ものと》りなら人形ごと奪った方が金になる……それとも、持ち運びが楽だから？　でも、それなら一体の人形の目だけ抜き取るなんてやっぱり不自然……」

自分の思考を整理するようにぶつぶつと独り言をいうリリシュカ。しかし、そんな呟きは、突如、部屋の外からの奇妙な唸《うな》り声《ごえ》でかき消された。「ちょっと失礼……」とスザンヌが部屋を出ていく。そして「静かになさい！」と一喝。再び、部屋に戻ってきた。

「あの声は一体？」

「この館の従業員ですよ。よくある事なのでお気になさらず。ニズドの方でしたらご存じでしょうが、ここの従業員の大半は何かしらの病や事情を抱えております。近頃では地方から身ひとつで来た娘《こ》なんかも。新条例の施行以降、そう言った寄る辺なき娘に職と寝床を与えているのはわたくしどもだというのに、世間の風当たりの強さと言ったら……」

「ところでマダム・スザンヌ、この人形に接待してもらうなら、本来おいくらになりますか？」

スザンヌの言葉を遮るようにリリシュカが訊《たず》ねた。

「え？　それは……サービスの内容次第と言いましょうか」

「基本の指名料でけっこうです。言えない、ということはないですよね？」

「そうですね、ええと……」

スザンヌは指を三本、立ててみせた。３００C《コルネ》、３万円ぐらいというところか。

「3千C？」

リリシュカの問いかけに、スザンヌが頷《うなず》く。

(30万円!?)

こういう場所の相場を知らない俺でも、それが並外れた高額であることは予想がつく。

いくら一番人気の人形とはいえ、ぼったくり価格ではなかろうか。

「この館で最も安い子の値段は？」

「……３００Cです」

同じ風俗店で3万円の子と30万円の子がいるなんてあるのだろうか？　少なくとも俺の常識ではそんな値段の差は生まれないと思った。

「マダム・イボナのお店も同じですか？」

「ま、まァ。うちの系列の料金、全部お姉ちゃんが値段決めてるから。あ、でも三号館は一人遊び用だから、全部三分の一の値段よォ」

「一人遊び？」

「あら知らない？　人形だけ置いておいて、操るのはお客様自身。まあ、自分とヤるようなものだから、お値段もお安めでねェ。でも、新しい人形のお陰で、最近すこぶる評判がよくなってたのに……」

「イボナ！」

べらべらと喋《しゃべ》る妹を姉が鋭い声で牽制《けんせい》した。イボナはわかりやすく「あっ」と口に手をあてた。そんな二人の様子を見て、リリシュカが口を開く。

「……壊された人形は、四体とも全て自律型だったのでは？」

スザンヌの顔から表情がすっと消えた。イボナの方は姉にすがるような眼差《まなざ》しを向けていて、それで答えが出ているようなものだったが。しかし、壊された人形が自律型だったとはどういうことだろう。俺には事情がサッパリわからないのだが。

「なあ、リリシュカどういうことだ？」

そう俺が疑問を口にした途端、目の前の姉妹の目が大きく見開かれた。

「ご覧の通り、私の人形も自律型ですから、この料金差の意味も、お二人が何故《なぜ》隠そうとしていたかもわかっています。その上であえて言いますが、私はお二人がどういった経緯で人形を手に入れていようが、とやかく言うつもりはありません。そもそもニズドにおいて依頼内容の外部への口外は厳禁。契約書にもそう記載されていたはずですが」

「そうでしたわね。ええ、認めますとも。壊された人形がいずれも自律型であったと」

スザンヌはあっさりと認めた。

「自律型の人形が珍しいからって、そんなに料金が跳ね上がるものなのか？　自律型じゃなくても、人間みたいに動かすことはできるし、顔も感触も別に遜色はないんだろ？」

俺が疑問を口にすると、リリシュカはすっと立ち上がって、そのまま流れるような所作で俺の頬《ほお》をパシンと叩《たた》いた。ぐわんと、頭全体が揺さぶられ、勢いで白面が吹っ飛ぶ。

「いっ……たくはないけど、何すんだお前⁉」

衝撃の強さもあって思わず頬を押さえる。まだ驚きの方が強いがじわじわと怒りがこみ上げる。相手が男なら、ここらで掴《つか》みかかっていただろう。リリシュカは床に転がった白面を拾い上げながら、何でもないように言う。

「その反応」

「は？」

「自律型の人形は、驚きや不快、痛み、そういった刺激に対して、人間と同じような反応をする。一から十まで操られた人形だと、人形遣いが操って、痛がるふりをするのがせいぜいだけど、人格のある人形は、実際に痛みを感じなくても、痛みがあるかのように反応してしまう。もちろん、これらの反応は人形遣いが意識すれば、いくらでも消せるけど、着せ替え館《メゾン・クローゼット》では、むしろそういった反応こそ客のニーズだったのでは？」

「まったくもってその通りですわ。美しくて抱き心地も好くて、甘い声で鳴く人形ならいくらでもいますが、痛がり、恐怖し、不快に身をよじりながら、悲鳴を上げる人形はそうおりません。ただの人形を操って演技させても、当館のお客様には本物志向の方が多くて、安い演技はかえって不興を買ってしまいます。なかには経験上、人形に迫真の演技をさせられる従業員もいましたが、演技に身が入りすぎて、色々思い出してしまったのでしょう。演技中に錯乱して、人形でお客様の首を絞めかけてしまいましてね。さすがにこれはいけないと、そういうお客様のお相手は自律型にさせることにしましたの」

この館で行われている残酷で野蛮な行為。たとえ対象が人間ではなく人形だとしても、自分の倫理観では飲み込み切れないものだった。過去には、こういう欲望が生身の人間にぶつけられていたこともあるのだろう。それを思えば、人形で済んでいる現状はよっぽどマシなのだろうが、何だか釈然としない気持ちにはなる。リリシュカを見ると、その人形のようなすました顔に、さらに冷ややかな険しさが添えられた気がした。リリシュカがやや早口に言う。

「そんなリスクを払うぐらいなら、いっそそんな珍奇な嗜好《しこう》の客はとらなくていいのでは？」

「珍奇と仰《おっしゃ》いますが、この需要がなくなったことはわたしたち姉妹がここで商売を始めてから一度とありません。むしろ新条例が施行され、人が『着せ替え人形』でいられなくなってからというもの、需要は増すばかり。人形で性欲は簡単に、そして安全に発散できるようになったからこそ、『人らしさ』の需要は高まり、またそれを踏みにじることの悦《よろこ》びに高い価値がつくようになったのだと思いますわ」

自律型の件でリリシュカに問い詰められていた時と打って変わり、スザンヌは饒舌《じょうぜつ》に語った。イボナも姉の言葉に、今やうっとりと笑みを浮かべている。俺とこの姉妹の価値観が交わることはきっとない。そして、姉妹に向けられるリリシュカの眼差《まなざ》しは鈍く無感動のようでいて、その底に軽蔑の冷酷な棘《とげ》が光って見える気がした。淡々と彼女は訊《き》く。

「それで、自律型人形の目が盗まれたとなると、犯人がただの物盗《ものと》りの可能性は低くなると思いますが、いかがでしょう？　この館や系列店の一番人気が自律型だと知っているのは、上客だけのはず」

「ええ、自律型の人形についてご案内するのは、相応の金額を使ってくれた方や、別の上客からの紹介など、身元のハッキリした方に限らせていただいております」

「じゃあ、犯人は客の中にいるのか？」

俺の問いに、リリシュカは首を縦にも横にも振らなかった。

「可能性として、ないとは言えない。ここの上客の趣味は何となく理解できたでしょう？　人形をばらして、目玉だけ愛好するぐらいの変態がいても驚かない。とはいえ、自律型の目、つまり魔術の刻まれた魔導体自体に、通常のものより遥《はる》かに貴重な金銭的価値がついているのも事実だから、どこかから噂《うわさ》を聞きつけた盗人《ぬすびと》の可能性もまだある」

そこまで言うと、リリシュカは目を瞑《つぶ》り、何かを思案するようにしばらく黙っていたが、やがて、真正面からスザンヌを見つめて言った。

「犯人に、もう一体、人形を壊させるのはどうでしょう？」

　リリシュカの提案に、スザンヌとイボナは揃《そろ》って怪訝《けげん》な顔をした。顔は似ていないが、二人とも、しかめ面になると、右の眉だけ同じ角度でつり上がっていた。奇妙な相似形を眺めながら、俺は何となくリリシュカの言わんとすることを理解しかけていた。

「犯人をおびき出すってことか？」

「そう。相手が変態であれ、泥棒であれ、自律型の人形にだけ執着するなら、人形を用意して襲ってきたところを逆に捕まえればいい」

「いい考えですけれど、自律型の人形なんて、そう簡単に用意できるのものではありませんわ。わたくしも、さる縁から人形を手に入れましたが、さすがにもう一体、急に用意するのは……」

「本当に人形を用意する必要はありません。新しい人形を入荷したと、まことしやかに喧《けん》伝《でん》するだけでいいんです。そして人形の噂に釣られて、特等の部屋にやって来た犯人を、人形ではなく私が出迎えて捕まえます」

「なるほど……悪くない考えだと思いますわ。でも一つ問題が」

「なんでしょう？」

「新しい人形の喧伝ということですが、当館でお客様に新しい人形を紹介するときは、事前に覗《のぞ》き見をさせるのが決まりでして」

「覗き見？」

「部屋の扉についた覗《のぞ》き穴から、部屋の中にいる人形を確認するのです。容姿が自分好みで、そそられるかどうか。それを見てから、次回の来館時の予約を取り決めるという運びなので」

「つまり、曲がりなりにも自律型役の人形は必要ってことか」

何から何まで悪趣味な館だと思うが、たしかに馬鹿高い料金を払って、好みじゃない子と一夜をともにさせられるよりはマシだろう。問題は、その覗かれる人形をどうやって調達するかだが……。

「私がやる」

リリシュカの発言に、俺は思わず「はぁ?」と素っ頓狂な声を上げた。

「別に部屋の中で座って待っているだけなら、人形である必要もない。私が人形役を務めればいい」

人形役といっても、実際に何をどうされるでもなく、ただ小さなドアスコープ越しに一方的に見られるだけなのだから、リスクはあまりない。と、頭ではわかりつつも、どうにも腑《ふ》に落ちない自分がいる。無遠慮な視線は、時に手で触れられるのと同じぐらい不快なものになりうる。まして、この館に来ている男たちの視線は、それ自体が暴力のようなものだろう。いくら戦闘能力が高く、修羅場を潜《くぐ》り抜《ぬ》けてきたといえども、リリシュカは俺より子供、というか、妹と同い歳《どし》なわけで、俺は気が付いたらこんな事を言っていた。

「いや、だったら俺がやる」

部屋にいた女性たち全員が一瞬固まった。

「シモン、貴方《あなた》なに言ってるの……？」

「だから、俺が女装でもして、人形役になってその部屋で犯人を待つ」

俺だって好きで申し出ているわけじゃない。が、俺の矜持《きょうじ》や精神衛生を保つためには、これしかないように思えた。リリシュカは呆《あき》れかえったように溜息《ためいき》をついたが、リー姉妹の反応は違った。

「素晴らしい！　あなたの顔なら、きっと一晩で評判になりますわ。ねえイボナ？」

「そうねェ、お姉ちゃん。この中性的な顔、可愛《かわい》がりたい客はいくらでもいるわァ。あ、でもこの子、男性型だし、サイズの合うドレスあったかしら？」

「……それは、私の方で見繕います」

盛り上がる姉妹を見て、観念したのだろう。リリシュカはそう言った。準備時間と昼公《マチ》演《ネ》の予定もあるため、作戦の決行は三日後となった。

＊＊＊

帰り際、再びエントランスに戻って来た俺たちは、タイルの床の一部が大きく割れていることに気付いた。

「あそこから落ちたのか」

吹き抜けの六階を見上げる。首をほぼ真上に上げないと見えない場所だ。人形とはいえ、あんなところから突き落とされるのは可哀《かわい》そうな気がした。従業員がいない時間だったなら、起動もしていないのだろうが。

「……この件、『蛇の足《ハギィ・ノヒィ》』は黙って見過ごしているの？」

館の出口で、リリシュカが振り返ってスザンヌに訊《き》いた。『蛇の足』──トマシュが所属していたという犯罪組織だ。だが、一体何故《なぜ》、いきなりそんな組織の話になるのか。俺が疑問を口にするより先に、スザンヌが不機嫌そうな顔になって言った。

「彼らには当然、真っ先に報告しました。なのに『今は別件でそれどころじゃない』とか抜かして、全然相手にしてくれなかったんですの。挙句、解決はニズドに頼めなんて言いだして……一体何のための用心棒代だか、あのスカポンタンクソ野郎」

用心棒代という言葉でピンときた。夜の街で、飲食店や水商売の店が用心棒代という名目で犯罪組織にお金を納め、その代わりにトラブルを処理してもらうという仕組み。ゲームや映画で見たことがある。たしか「ケツモチ」と言ったか。『蛇の足』がこの娼館《しょうかん》のそれなのだろう。

「だから、わたくしたちはあなただけが頼りなの。どうかよろしくお願いしますね」

スザンヌはそう言ってリリシュカの手を強引に握った。リリシュカは「善処します」とだけ言ってその手を払った。

＊＊＊

館に入る前はまだ明るかった空も、今はすっかり暗くなっていた。俺は「あ……」と声を漏らす。

「この辺りは、日が暮れてから目を覚ます」

リリシュカが言う。日の光のもとでは灰色一色だったはずの街並みが、今はピンク色の街灯に照らされ闇に浮かび上がって見えた。通りは男たちと呼び子の女性人形で溢《あふ》れ、騒々しい程だ。

「本来、魔力で点《つ》く灯《あか》りは青みがかった色だけど、この辺りは街灯に赤い硝子《ガラス》を使ってる。市の指導で、危険地帯であることを示すための道標だけど、今じゃ逆に名物扱いね」

停《と》めてあった人形馬車にリリシュカを乗せて俺は引っ張る。人が多いせいで、行きほど軽快には走れない。のろのろと道を行く俺にリリシュカが話しかける。

「ラダ地区の中でも、この紅貝通り一帯は『蛇の足』の縄張りなの。そして、被害に遭った店はすべて『蛇の足』の庇護《ひご》下にある。そして、スザンヌが言っていた、自律型を購入したツテも、大方『蛇の足《ハギイ・ノヒイ》』でしょうね。八十五年式人形の販売、流通は血盟《クラン》にとっての大きな収入源だから」

あたりが騒々しすぎて、集中しないとリリシュカの声が聞こえなくなってしまいそうだった。そこら中で顔のついた人形たちが、木の看板を持って叫ぶ。「1時間、100C《コルネ》から」「お兄さん、遊びましょ」と。俺はふと気になってリリシュカに訊《き》く。

「あの魔法人形たちの人形遣いはどこにいるんだ？」

「どこって、それぞれの店の中でしょ？」

「屋内から人形の姿って見えるのか？　そもそも、あの『着せ替え館《メゾン・クローゼット》』でも、その……人形と客がそういうことをしている時、人形遣いはどこにいるんだ？　自動制御魔術があるとはいえ、自律型じゃない人形は人間がある程度、見て動かさないとダメだろ？　まさか客と人形がいたしてる部屋の片隅で人形遣いも一緒に見てるのか？」

いくら人間が直接相手できないとはいえ、ずいぶんとシュールな光景のように思えた。

「魔法人形と人形遣いの視覚は共有できる」

「そうなのか？」

「無条件に共有できるわけじゃなくて、道具が必要だけど。多いのは、視覚共有用のグラス……装着型の片眼鏡《かためがね》があって、それをつければ、人形の見ている光景を見ることが可能。ただし、あまり精度が良いとは言えなくて、かなりぼやけて見える。それで、人形遣いたちが仕事中にどこにいるかって話だけど、さっきの館なら、一階の三部屋。マダム・スザンヌの部屋以外は従業員用の控室で、そこに何人もの従業員が詰めて、遠隔で人形を操っている」

男と人形たちが蜜月を過ごしている上階の下で、人形遣いは狭い部屋にこもって、淡々とその人形を操っている――人形劇のような光景だと思った。リリシュカたちの劇団の人形劇《ギニョール》ではなく、俺の世界の人形劇だ。黒子たちは舞台の下で、決して姿を見せる事はない。

六角形の六階建ての舞台装置に思いを馳《は》せている俺に、リリシュカはさらに続けた。

「人形と視界を共有する方法はもう一つ。人形遣いの目も魔導体を入れた義眼にする。義眼化してしまえば、いつでもその目で人形の見ているものを見ることができる。たとえば、今、貴方《あなた》が右斜め前方の金髪の魔法人形の足下にいる黒猫を見ていることも、私の目にははっきりと見える」

「え？」

俺は思わず足を止め、リリシュカの方を振り向いた。リリシュカは右目を閉じて、もう片方の目でこちらを見つめている。

「お前の右目って、まさか義眼だったのか？」

「そう。それが何か？」

「全然それっぽくなかったら……いや、何でもない」

つい、ジロジロとその目を見ようとしている自分に気付いて、俺はまた正面を向いた。自分の体の欠損を他人に見られるというのは、決して愉快なことじゃない。友人やすれ違う人の視線が、自分の金属が剥《む》き出《だ》しの脚や関節に向けられるたび、何とも言えない不快さを覚えたことを思い出す。俺の周りにいた人たちはみんな優しかったから、馬鹿にされたことは一度もない。けれど、その眼差《まなざ》しから無自覚に漏れ出てしまう好奇心や憐みは、敏感な部分を勝手に指で撫《な》でられたような羞恥を俺に与え続けた。俺は、何を言っていいのかわからず、ただ無言で車を引っ張り続けた。次第に喧騒《けんそう》は遠のき、赤い街灯は途切れた。目の前には、行きにも通った小さな橋があった。まさに橋を渡ろうとしたその時、後ろから声がした。

「この街に赤い灯火《ともしび》を導入して、当時、有名無実化していた風営条例を正したのは、セマルグル市の前市長……私の父なの」

「父親が前市長？」

「そもそもこの市全域に常夜灯を設置したのも父。セマルグル市の治安を改善しようと、ありとあらゆる改革を断行し、犯罪組織の収入源にも規制をかけた。例の、娼館《しょうかん》で人間が接待することを厳しく取り締まる条例を作ったのもその一環。そういう所でしか働きの場がない人用に、職業斡旋所《あっせんじょ》を作ったり、彼らを雇う店には特別手当を出すよう制度を整えたりもした上でね」

人格的にも社会的にも立派な人物なのだろう。しかし、そうなると疑問が浮かぶ。

「じゃあ、なんでお前は劇団に？」

「父は殺された」

リリシュカは淡々と言った。俺は声も出なかった。

「今から四年前の、私の誕生日の夜。何者かが私たちの家に侵入し火を放った。父と母は焼け死に、兄もシャンデリアの下敷きになった。兄が突き飛ばしたから、私は間一髪助かったけれど、その時に散らばった硝子片《ガラスへん》が私の目に突き刺さった。そして、気が付いた時には病院のベッドの上だった」

「……犯人は逮捕されたのか？」

「いいえ。警察の発表によると、事件は、汚職が発覚しそうになった前市長が家族を巻き込んで無理心中を図った結果だそう。私がそのことを知ったのは、事件から一カ月経《た》ってからだった。ようやく目を覚ましてみれば、父は善良な為政者から、悪質な賄賂政治家に変わり、名前も剥奪《はくだつ》されていた」

「名前の剥奪？」

「あらゆる公的な書面からその名前を消されるということ。父の汚職は多岐にわたり、その罪は本来、死を以《もっ》て贖《あがな》うべきものと判じられた。けれど、死刑を下される前に、自ら命を絶ったことで、命ではなくその実績を、生きた証《あかし》を殺す、という罰が代わりに下された。

今じゃみんな前市長としか呼ばない。ただの名無しの犯罪者。でも、真実は違う。私はこの目で見たの。あのシャンデリアを撃ち落とした何者かを。逃げ去るその背を。父が清廉潔白な政治家だったかはわからないけれど、少なくともあの心中事件は何者かが仕組んだものだったはず」

俺はただただ空を見上げるしかできなかった。大変だったたね、とか、辛《つら》かったな、なんて言うのは違う気がした。俺も彼女ほどではないにしろ、それなりに深く絶望したことがある。けれど、俺の落ちた絶望と、彼女の落ちた絶望は、深さが同じだとしても別の穴だ。共感や同情で和らぐ痛みもあるだろうけれど、極めて個人的な体験によってもたらされた絶望とそれに伴う孤独は、それを経験した人間だけの聖域であり特権だ。私だけの痛み。俺だけの苦しみ。そう思えばこそ、何とか耐えられることもある。その聖域を安易な言葉で汚してはいけない。その特権を浅はかな同情で奪ってはならない。そう思うのだ。

歓楽街と大通りを繋《つな》ぐ橋には、そこだけ偶然生まれた真空地帯のように明かりは青い灯《とも し》火《び》一つだけで、星が天高くぽつぽつと輝いているのが見えた。

「その日から、目に映る世界が一変してしまった。全部、この右目のせいにも思えた。目が覚めた時には、もう私の右目はこうなっていたから。そして変化は目だけじゃなかった。体質も、何もかも変わっていた」

「体質が変わる？」

「たとえば、一族代々の黒髪が真っ白になっていたり、人並み以上に魔力が扱えたり」

　極度のストレスで一夜にして白髪に——歴史上の偉人にもそんな逸話があったはず。しかし、リリシュカの髪はグランマや俺の祖父母の白髪とはまるで違う。褪《あ》せた灰色ではなく、ちょうど今、空に浮かぶ星々のような冷たい光を帯びた銀色だ。

「それ全部、目の手術のせいなのか？」

「わからない。ドクターがあとで誰がどんな手術を行ったのか調べたらしいけど、記録は何も残ってなかったそう。ただ、髪の色は魔力の影響じゃないかって言ってた」

　何から何まで驚くような話だ。俺はただただ相槌《あいづち》と疑問を繰り返すばかりだった。

「劇団にはどうやって？」

「劇団と私を繋いだのも、ドクター・カレル。あの人が私を見舞いに来た、最初で最後の一人。ドクターは私の兄の学友で、色々手を尽くして妹の私が入院している病院を突き止めたの。もしドクターが、あの日、見舞いに来ていなかったら、私は新聞の発表通り自殺していたと思う」

「自殺？」

「世間で前市長の娘は死んだことになっている。心中事件の唯一の生き残りだったけれど、父の醜聞を恥じ、病室から身を投げたって。それは私がニズドに入団する際に、劇団の流した嘘《うそ》の情報なのだけど。その日、前市長の娘はたしかに死んだ。そしてリリシュカという舞巫《マフカ》が生まれた」

最早《もはや》かける言葉もなかったが、沈黙も耐え難く、俺はこんなことを言っていた。

「それ、本名じゃなかったんだな。偽名というか、生きるための新たな役名ってことか」

あはは、と夜の闇そのものが震えるような、乾いた響きが聞こえた。俺は驚いて後ろを振り向いた。リリシュカは歯を見せて笑っていた。

「別に生きたいから名前を変えたわけじゃない。生きるだけなら、名前を変えなくたって、この街を去ってひっそりと生きればいい。でも、そうやって生き永らえて私には何が残る? 何も。私が望んだのは、生きる事じゃなくて、自分に残された権利の執行。つまり、私から全てを奪った奴《やつ》らを、同じ目に遭わせる事。もともと、私はニズドに入団するつもりはなくて、ただ依頼をしたの。『家族を殺した奴を見つけて殺して』と。でも、グランマ曰《いわ》く、父を屠《ほふ》った相手は『セマルグルの闇そのもの』。特定するにしろ、報復するにしろ、私では到底払えない依頼料を突きつけられた。だから私はその依頼料をエトワールの褒賞で贖《あがな》うことにしたの。エトワールの本来の褒賞は、ニズドという組織から抜ける、つまり『卒業』の権利だけど、私はもうニズドの外に出る気はない。私は『卒業』の権利を返上する代わりに、私の願いを叶《かな》えてもらう」

たしかジゼル先生は六年間の学びを終えた者を『修了生』と呼び『卒業生』とは呼んでいなかった。つまり、エトワール以外、この劇団を抜けることは不可能ということだ。卒業し、元の一般市民として生活する――ささやかだが、限りなく貴重な権利すら捨てて、リリシュカは復讐《ふくしゅう》を果たすと言う。

灰色の双眸《そうぼう》に薄暗く灯《とも》る赤い光。それは歓楽街の余光なのかもしれないが、彼女の中に燻《くすぶ》る怨讐《えんしゅう》そのものにも思えた。死んだも同然の少女に宿り、彼女を生かす復讐の火。俺が彼女の瞳に貝の火を見出《みいだ》したのは偶然じゃなかったのだろう。だとして、復讐が果たされた時、その火はどうなるのだろう。

自分を生かす激しい火が燃え尽きた時、リリシュカは――

「シモン、あれ！」

俺の思考はリリシュカの鋭い声で強制的に断ち切られた。リリシュカは驚いた様子で橋の方を見ている。振り返ると、橋の上で、人が手すりを跨《また》ぎ、今にも飛び降りようとしている。俺はリリシュカが操るよりも先に、全力でその人影に向かって走り出し、殆《ほとん》ど身を乗り出していた男を後ろから羽交い締めにして橋に引き戻した。

「あんた、何してんだ！」

俺が怒鳴りつけても、男はむずがる子供のように手足をばたばたさせるばかり。四十代ぐらいのやや骨ばった細身の男で、リリシュカも駆けつけて話しかけたが「呼んでる」「行かなきゃ」と妙なことを口走っていて、まるで会話にならない。

どうしたものかと顔を見合わせる俺たちに、背後から声が投げかけられた。

「おいおい、またか」

振り向くと、恰幅《かっぷく》の良い赤ら顔の中年男がいた。

「最近、よく出るんだよな、昇天野郎」

「昇天、野郎？」

リリシュカが訊《き》き返すと中年男は下卑た笑みを浮かべて言った。

「人形とヤりすぎて頭とナニが空っぽになった奴《やつ》が、よくこの橋から飛ぶんだ。なんか急に声が聞こえるとか言って。巷《ちまた》じゃ『天使の囁《ささや》き』なんて言われてる」

「何それ……」

「大方、クスリでも決めてヤッてたんだろうよ。最近は金持ちだけじゃなくて、そこらの日雇いでも気軽に買える値段になっちまったからなぁ。男だけだと思ってたら、女でも飛ぶ奴が出る始末だ。先週もリー姉妹ンとこの従業員が飛んだばっかだ」

「まさか。そんなに自殺者が出たら、さすがに行政も対応するでしょう？　それに、あの娼館《しょうかん》の従業員が死んだなんて、新聞にも載ってた記憶はないけど……」

「ハハハ、ジャンキーが何人死のうが誰も困らねえよ。だから、そのまんまだ。新聞だって、着せ替え人形の連続殺人の方が、ネタとしてずっと美味《おい》しい。しがない水商売女の自殺じゃ、ありふれすぎて誰も読まないだろ？」

リリシュカは困ったような顔で飛び込もうとした男を見た。男は、今はもう抵抗もせず、茫洋《ぼうよう》とした眼差《まなざ》しを宙に向けていた。

「つか嬢ちゃん、こんなトコに来るとは、まだ若いのにお盛んだねえ」

男の視線が舐《な》めるようにリリシュカを見る。リリシュカは顔色一つ変えないが、俺は腹が立って、リリシュカの手を半ば強引に取って車に乗せる。そして、中年男のギリギリを全速力で走り抜けた。

「何しやがる、あぶねえじゃねえか！」

胴間声が後ろから聞こえたが、もうすでに遠い。

「運転、すっかり板についてきたじゃない。ちょっと荒いけど」

「そりゃどうも」

「それと、さっきの話は他言無用。ヨハナにも言ってないことだから」

さっきの話とは、リリシュカの過去や家族のことだろう。そして、他人《ひと》に言えないことを俺に言えるのは、きっと俺が人形だからだ。

「わかってる」

俺は地面を蹴って、来た道を駆けた。

六章　人形殺しと悪食

＊＊＊シモン＊＊＊

『着せ替え館《メゾン・クローゼット》』から戻った翌日。放課後、生徒たちの多くは教室にそのまま残った。生徒の中心にいるのはジナで「明日の昼公演《マチネ》に向けて、位置取りを確認しておきたい」と、てきぱき仕切っていた。なんだか文化祭や運動会の直前を思い出す光景だ。思えば、この劇団は年中文化祭みたいなものだ。

しかしリリシュカは特に気に留める様子もなく、さっさと教室を出ていく。

「明日の昼公演、リリシュカは裏方か？」

「演者だけど」

いるよな、こういう学校行事に消極的な奴《やつ》。俺は心の中で溜息《ためいき》をつく。別に、全員が全員、円陣組んで「オー！」とやる必要はないと思うが、斜に構えて、集団の機運に水を差すのは如何《いかが》なものかと思う。そういう態度をカッコいいと思っている奴はもれなく子供だ、と心の中で悪態をつきつつも、まだ子供だしな、とも思う。十四歳なんて、そんなものだろうと。享年十六の俺が思うのも滑稽だけど。俺は皮肉半分に言った。

「エトワールのために、俺に色々命令しといて、自分はサボっていいのかよ？」

「位置取りも振り付けも頭に入っている。少なくとも私がしくじることはない」

ここまで言い切られてしまえば、もう何も言えない。俺は黙ってリリシュカのあとについていった。

そうして連れてこられた部屋は、部屋中にあらゆる服という服がかけられ、服と服の間をかき分けないと前に進めないというほどの、まさに服のジャングルといった様相だった。それも普段使いの服ではなく、どこかのお姫様のものかと見まごうようなレースとフリルのふんだんにあしらわれたドレスだったり、山賊が着るのかというような毛皮のベストだったり、王様のマントや、妖精のレオタード、異国の神官服、そして、リリシュカと初めて会った日に彼女が身にまとっていた黒一色のドレスも、直接手が届かない所にかけてあった。その高さにある衣装については、そこらへんに立てかけてある、物干し竿《ざお》のような道具で引っかけて取るのだろう。

リリシュカはドレスのジャングルに首を突っ込み、そこにある衣装を物色している。そしてそのうちの一着を取り出すと、俺に寄越《よこ》した。

「……なんか違う」

気が付けば俺の手はリリシュカからドレスを受け取って、それを自分の体にあてがっていた。薄紅色のドレスは胸元がかなりあいたデザインだった。

「なんだよこれ……」

「自分で言ったじゃない。娼館《しょうかん》の人形役を引き受けるって。たしかに、貴方《あなた》の人形としての容姿は目をみはるものがある。けれど、役を演じるなら、衣装や化粧をその役に合わせる必要がある」

「愛玩人形っぽい衣装なんてあるのか？」

「今、探してるのは『夜の朝顔』の主役、サロンの女主人の衣装」

「それ、どんな話？」

「何人もの男を虜《とりこ》にさせてきた魔性の女が、やがて若い男に求愛され、真実の愛に気付く。けれど、彼女のパトロンの元帥が嫉妬して、若い男に決闘を挑む。そして元帥が若い男を殺そうとしたところで女が庇《かば》って絶命して終わり」

女子学生が演じる舞台としては、かなり爛《ただ》れている気がする。それにだ。

「この間、演じた舞台といい、なんか血なまぐさいな」

「人形劇《ギニョール》は元々人形同士を戦わせる決闘から派生しているから、剣を交える剣舞が見せ場として欠かせない。大抵の劇は、見せ場が殺し合いになるよう構成されてるの」

へえ、と相槌《あいづち》を打つ俺の手にまた別のドレスが手渡された。目の覚めるような紫色。生前の俺の服にも、持ち物にもこの色はなかったと思う。ドレスをあてがう俺を見て、リリシュカはまたも首をひねった。

「悪くはないんだけど、何だか衣装だけが浮いて見える」

その後もリリシュカはあーでもないこーでもないと言いながら、何着もドレスを引っ張っては首を横に振った。

「もう面倒だし、娼館で衣装借りたらどうだ？　あの姉妹、一応その道のプロだろ？」

「あの人たちにベタベタ触られたり、顔をいじられたいならいいけど」

そう言われてハッとする。時折、この人形の体を他人行儀に感じてしまうことがあるが、少なくとも今の俺はこの人形の俺に他ならない。あの白粉《おしろい》の粉が吹いている四十絡みの女性たちの前に生身ではないとはいえ、肌を晒《さら》したり、揉《も》みくちゃにされるのは、想像しただけで背中にぞわぞわと不愉快な寒気が走る、気がする。実際にはさぶイボの一つも立たないのだが。

「わがまま言って悪かった。意外とちゃんと考えてくれてたんだな」

「当たり前でしょう。貴方は私の人形。自分のものを他人にベタベタ触られるのは、ちっとも愉快じゃない」

俺に向けられるのは他人への配慮ではなく、私物への執着。だとしても表面上の扱いは変わらない。俺はいちいち不平を鳴らすのも面倒くさくなって、適当に相槌を打った。

「……この中じゃ、これが一番まし。それにああいう店は間接照明でどうせよく見えないし。あとはちょうどいいかつらを見繕わないと」

リリシュカはそう呟《つぶや》くと紫の衣装を抱えて、衣装部屋の出口に向かおうとした。すると、出口のドアが勢いよく開いた。

「リリちゃん見っけ！」

アマニータとその後ろにはモレルがいる。

「リリちゃんがここに来るなんて超超レアじゃん。もしかしてリリちゃんも衣装に興味持った？　衣装同好会入る？　ねえ、入る⁉」

アマニータの勢いにリリシュカも珍しく気圧《けお》されている様子で、俺に救いを求めるように視線を寄越《よこ》してきた。しかし、俺にもこの落ち着きのない犬みたいな彼女をなだめる術《すべ》はなかった。

「アマニータ、私たちの用件、同好会じゃなくて、リリシュカを呼び戻すこと」

モレルがそう声をかけると、アマニータはハッとして姿勢を正した。

「そうだった。リリちゃん、今すぐ教室に戻って、練習付き合って〜」

「一体、何なの？」

「ジナナんの真面目スイッチが入っちゃって。ほら、明日の見せ場の一つがジナナんとリリちゃんの四人舞《クアッド》でしょ？　とりあえず今、リリちゃんと背格好が近い子が練習相手させられてるんだけど、まあ、リリちゃんほど完璧じゃないからさ……全体的にレベルが低いとか色々言い始めて、この期に及んでみんな猛練習させられてる」

「ジナの勤勉さ、尊敬はする。けど、極端。本番は明日。この時間の練習、逆効果……」

二人の訴えを聞き、リリシュカが溜息《ためいき》をついた。

「で、私にどうしてほしいの？」

「ジナナんの練習相手になってあげて欲しいな～って。きっと不安なんだよ、ちゃんと舞台が上手《うま》くいくか。ジナナん、誰よりもグランマの期待に応えたいって思ってるし。だから、リリちゃんの完璧な演技を見せつけて、安心させたげてよ」

リリシュカは特に悩む素振りも見せず、首を横に振った。

「悪いけど、今、私忙しいから」

「そこを何とか！　……ってか、さっきから持ってるドレス、なに？　それ、リリちゃんが着るんじゃないよね。サイズ合わないし」

「『夜の朝顔』の女主人、ヴィオレッタのドレス。サイズは、ヨハナ用」

「そうそう、紫のビロードの生地にこだわったんだよね。女主人の威厳を出すためには安物じゃだめって。ドレープの形もヨハナの体形に合わせて、最も綺麗《きれい》な形になるように、モレルんに頑張ってもらったなあ」

「この衣装、アマニータたちが作ってるのか？」

俺が訊《き》くと、アマニータはニッと満面の笑みで言った。

「そうだよ！　このクラスの衣装は全部アタシちゃんがデザインしてんの！　で、縫製はモレルんがやってくれちゃう！　モレルん、アタシ的手先器用選手権堂々の一位だから」

「裁縫は、私だけじゃない。小道具係、みんな、分担してる」

モレルはわざわざ補足してくれたが、十分すごいことだと思う。そして、もう俺の中で、これは天啓だと確信があった。

「わかった。リリシュカをすぐに練習に向かわせる」

「はあ？　なんでシモンが勝手に決めるの」

「その代わりに、俺のドレスを見繕ってくれないか？」

俺がそう言うと、リリシュカは戸惑った顔になり、アマニータはらんらんと目を光らせた。モレルは特に何も変わらなかった。

「いいよ！　何かよくわかんないけど、面白そうだし！」

「ただ、ドレスより、今は練習が先決。ドレスの話はあと。いい？」

モレルの言葉に俺は頷《うなず》いた。

＊＊＊

重役出勤よろしく今さら練習に現れたリリシュカにジナは忌々し気に嫌味《いやみ》を言ったが、リリシュカは特に気にすることなく、ジナの手を取って、踊り始めた。すると、リリシュカのステップにあわせてジナも踊り始める。苦虫を噛《か》み潰《つぶ》したような顔は、片足立ちでくるりと一回転した途端、雑念のない真剣なものに変わっていた。長机が片づけられた教室の半分が、瞬く間に二人の舞台になった。そこに俺とジナの人形もいたけれど、主役はあくまで二人だったように思う。

一通り踊り終えると、リリシュカは言った。

「これ以上の練習が必要？」

「君は要らないだろうが、みんなは……」

「大輪の薔薇《ばら》は二輪で十分。その周りを同じぐらい目立つ百合《ゆり》や向日葵《ひまわり》で固めようとするなら、かえって全体がぼやける。周囲が雑草と枯草なら困るけど、そうじゃないことぐらい、ジナ、貴方《あなた》もわかるでしょう？」

「自分を薔薇だと言い切るのか、君は。相変わらず鼻持ちならないぐらい高慢だな……」

ジナは深々と溜息《ためいき》をついた。

「みんな、すまなかった。僕としたことが、少し焦ってしまっていたみたいだ。演者が全員揃《そろ》ったところで、本番の立ち位置だけ通しで確認させてほしい。今日はそれで解散だ」

ジナが深く頭を下げると、それまで息を詰めていた他の生徒たちも「やるか」「さくっと終わらせよう」と動き始めた。こういうことは珍しくないのかもしれない。みな慣れた様子だった。

＊＊＊

練習解散後、すっかり人のいなくなった教室でリリシュカがアマニータたちに事情を簡潔に伝えた。

「ほほう。それでシモンが着せ替え人形のフリをして、ヘンタイ野郎をとっちめると。じゃあ、動きやすさも考慮した方がいいかな」

話を聞きながら、アマニータは画用紙に鉛筆を走らせていた。モレルがぽつりぽつりとこぼす。

「着せ替え人形……デコルテ開いた服、多い。色、赤やピンク、人気。でも、特等の客、下品すぎるのは、駄目」

「店によっては、少女人形にピンクや水色のお姫様みたいなフリフリドレスを着せて接客させるのが人気って所もあるらしいけど……」

そう言いながらアマニータがじっくりと俺の顔を眺める。

「そういう砂糖菓子みたいに甘めな感じも、顔立ちだけなら似合うと思う。ほら、シモンヌってクリームたっぷりの紅茶……いや、コーヒーみたく凛《りん》と上品な顔だし」

塩顔やしょうゆ顔という区分は聞いたことあるが、クリーム入りコーヒー顔というのは初耳だ。しかし、何となく言わんとすることはわからなくもない。我ながらシモンという人形は端整な顔立ちだと思う。

「なんかこういう顔のエライ人、最近よく新聞とかで見るんだけど、誰だっけ？　ほら、なんか現場監督みたいな」

「現場監督？」

リリシュカが不思議そうに首をひねる。何も思いつかないようだ。しかし、モレルが口を開く。

「……都市開発局局長？」

「それー！」

何ひとつ現場監督要素がないのだが、モレルは何故《なぜ》、わかったのか。首を傾《かし》げる俺にリリシュカが言う。

「今、セマルグル市では行政主導で、空き家や古い土地区画の整備を行っている。彼女が言っているのは、その再開発事業の責任者。別に現場監督ではないけど」

たしかに土地整備の責任者なら、ぎりぎり現場監督という言葉とも結びつくかもしれない。しかし、アマニータが政治家の顔と名前を憶《おぼ》えているのは意外だった。

「そんなに有名な人なのか？」

「仕事ができるのもそうだけど、それ以上に、家柄がよくて、顔も写真うつりが良いから、人気が高い」

人は見た目が九割――ところ変わっても、人の性《さが》は決して変わらないらしい。俺がみんなに受け入れられているのも、この顔面のお陰か。作った人に会えたなら感謝しなければならないだろう。そんな日が来るのかはわからないが。

俺がそんなことを考えている間に、アマニータは鉛筆を一心不乱に動かし続けている。

「顔は中性的だけど、ちょっと身長が高すぎる。体も男性素体だから、フリルで無理に隠そうとすると、全体的に膨張して野暮《やぼ》ったく見えちゃう。んで、色は夜光蝶《ちよう》の翅《はね》のような青？　いや、鮮やかさよりも、もっと艶《つや》やかな、そうカワセミの羽の色！　……ってなわけで、こんなんどう？」

そう言ってアマニータが見せてきたのは、ドレスのデザインスケッチだった。ざっくりとした線だが、描かれているのが俺であることがちゃんと一目でわかる。俺が着ているのは、全身ピッタリとした青いドレスだった。首から鎖骨、そして腕の部分は塗り方が薄く、そこだけレースか何か透ける素材になっているらしい。同じドレスでも、衣裳《いしよう》部屋であてがったものよりだいぶデザインが落ち着いている。女装した自分の姿。そんな絵を見せられて、俺の口から洩《も》れた感想は「イケるな」だった。

「でしょでしょ！　露出は少なめだけど、透け感のある生地と、ボディラインの出るデザインで、アンニュイなエロスを醸し出してみたんだけど……ヤッバイ、アタシちゃん天才か？」

リリシュカも感心したように、アマニータのデッサンを眺めていたが、不意にその表情が翳《かげ》った。

「デザインは悪くない。けど、さっき説明した通り、作戦決行は二日後。日にちは多少ずらせるけど、あまり延びてしまうと、その間、私が別の依頼を受けられないから、やっぱり時間はかけられない」

たしかにドレスを二日以内に作るというのは、かなり無謀なことのように思えた。見栄《みば》えはよく、しかし、時間はかけるな。依頼した自分が言うのもなんだが、なかなかに注文の多いクソ客だ。しかし、モレルが答える。

「それなら、大丈夫。このドレス、一から作らない。昔の衣装、リメイク」

モレルの言葉にアマニータは「そうそう」と食い気味に頷《うなず》いた。

「新規作製、首まわりと袖のみ。あとは、シモンの大きさに合わせて調整。だから採寸は必要。でも、一日あればできる」

「明日の舞台はアタシたち裏方の道具係だし、本番当日は手空いてるから、パパっとやっといたげるよ。主にモレルんが」

「アマニータはやらないのか？」

「アタシちゃん、細かい作業はちょーっと苦手で。針とか握ると全部折れる」

「アマニータのゴリアテ、細かい作業、不向き。こういうの、適材適所」

なるほど、この世界では裁縫も人形にさせるのか。しかし、人形はあくまで使う人の身体の延長だとも言うから、アマニータ自身、あまり手先は器用じゃないのかもしれない。

デザインのアマニータ。裁縫のモレル。二人はうまい具合にかみ合っていた。

「ありがとう。報酬は材料費込みで一人200Cでいい？」

「お、気前いいね！　異議なし！」

「私も、それで十分」

それからモレルが巻き尺で俺の体の隅々を採寸して、その日は解散になった。

＊＊＊

翌日の舞台は、初めて演じた劇とは違い、ダンスショーだけの形式で、なるほど、ジナが隊列や陣形にこだわっていた意味がよくわかった。俺がリリシュカの手を取って踊っていたかと思えば、男物の衣装を身にまとったジナが颯爽《さっそう》とその手を奪って、舞台の中央でスポットライトに当たる。物語のない舞台であっても主役の概念はあるらしく、隊列が変わり、人と人形が目まぐるしく入れ替わっても、気が付けば舞台の中央にいるのはジナとリリシュカだった。リリシュカをリードし体を密着させて踊るジナ。リリシュカも艶《なま》めかしく手足を操ってそれに応える。俺は別の人形の手を取って踊りながらも、二人を絶えず横目で追い続けていた。舞台はつつがなく進行し、やがて幕を閉じた。そして、この日もダントツでリリシュカに銀星が集まった。

その翌日、アマニータたちが作った衣装を寮室まで持って来てくれた。

「めっちゃ自信作！　ね、着てみて！」

「いや、そう言われても今ここでか？」

「何か、問題？」

モレルが首を傾《かし》げている。

「女子三人に囲まれて着替えるとか、新手の拷問か……」

俺がそう言っても、モレルにしてもアマニータにしてもピンとはきていない顔だ。彼女たちは俺に親しげに話しかけてくれるが、あくまで人間と同じように受け答えできる人形として俺を扱っているに過ぎない。

「これから娼館《しょうかん》の客に見られるのに、ここでたじろいでどうするの？」

リリシュカが呆《あき》れたように言う。「誰のために体を張ってると思ってんだ」と言いたくもなったが、そもそもこの女装作戦は俺の自発的な提案だ。恨むなら、後先考えず義憤に駆られた過去の自分を恨むしかなかった。

「アタシちゃんたちにかかれば、チョチョイのちょいだし！　任せちゃって！」

実際、アマニータの言う通りだった。俺が目を白黒させているうちに、下着以外全部脱がされたかと思うと、次の瞬間にはもう青いドレスに袖を通していた。

「採寸通り、完璧……」

モレルがドレスのフリルやタックの位置を整えながら言った。こうして見るとかなりピタッとして生地に余裕がない。もし自分が生身の人間だったら、汗で張り付いて上手《うま》く着れず、余計汗をかいて、てんやわんやしていただろう。しかし、セラミックの艶《つや》やかな肌に目の細かいレースは張り付かず、するりと腕を通すことができた。

「ちょっと失礼して……」

「え!?」

アマニータが俺のドレスの胸元に手を突っ込んできた。すぐに胸の詰め物の位置を調整しているのだとわかったが、無いはずの心臓が飛び出るかと思った。さらに彼女は遠慮なくスカートのスリットにも手を突っ込み、中のワイヤーを整えた。

「いいんじゃない」

リリシュカが姿見をこちらに向けながら言った。そこには女性以上に女性的なS字の曲線を持つ自分の姿があった。

「最の高！　やっぱりアタシちゃんは天才だった！」

「シモン、これ」

大興奮のアマニータを無視してモレルが俺に長髪のかつらを渡してきた。

「この前、リリちゃんがつけてたのと同じヤツね」

言われてみれば、初めて舞台に上がった時、リリシュカは黒く長い髪をなびかせていた。今とは正反対だが、あれはあれで似合っていたように思う。リリシュカが慣れた様子で俺の頭にウィッグをつけ、ブラシで整える。リリシュカが俺の髪をいじっている間、モレルとアマニータが俺の顔を見つめながら腕組みする。

「化粧、どうする？　道具、持ってきてる。けど、美人だから、必要ない？」

「このままでも十分、って言いたいところだけど、今回は『着せ替え人形』役だからね。こういうのは、ちょっと盛るぐらいがいいんだって。白粉《おしろい》ははたかなくていいけど、口紅とチークはあっていいと思う。ってなわけで、化粧しちゃっていい？」

アマニータがリリシュカに訊《き》く。

「そうね、お願い」

よしきたと言わんばかりに、アマニータはモレルからポーチを受け取り、そこから筆やパレットのようなものを取りだした。妹のメイクポーチもそうだったが、化粧道具というのは傍《はた》から見ると絵具とか文房具の類いに見える。

「それ、本当に口に塗るのか？　赤すぎないか？」

「これぐらいが丁度いいんだって。今流行の病弱令嬢メイク的な？」

アマニータがそう言って筆にのせたのは、血のように赤い紅だ。俺としてはもっと淡いピンクとかナチュラルめな方が良いと思うのだが。

「んじゃ、今度は目を閉じて」

アマニータがどんどん俺の顔に色をのせていく。気が付けば目元まで何か色々な粉をはたかれてしまった。

「終っわり～！　ほら、目を開けて」

姿見に映っていたのは、熱に浮かされたように儚《はかな》げで、どこか蠱惑的《こわくてき》な深窓の令嬢だった。

「紅貝通りどころかラダ地区で一番の美人さんでは？」

「うん、綺麗《きれい》」

「まあ、悪くはないと思う」

アマニータ以外は淡々とした口調だが、全員その目には何かを成し遂げたような輝きがあった。

「それじゃあ健闘を祈ってるね～」

黒いマントを羽織ったリリシュカと青いドレスの俺をアマニータたちが見送った。

＊＊＊リリシュカ＊＊＊

シモンを六階の特等の部屋に置いて、はや六時間。私はマダム・スザンヌの部屋であまり気を張らずに待機していた。本来の部屋の主《あるじ》であるスザンヌは開館からずっと広間に出ずっぱりで、客の案内をしている。『着せ替え館《メゾン・クローゼット》』は十八時から始まり、二十五時には閉まる。一夜泊まれる店も多いが、ここはそういうサービスは提供していないらしい。

私は右目を閉じて、シモンが見ている景色を視《み》る。花柄の壁紙が全面に貼られた部屋は、ベッドも机もクローゼットも、艶《つや》やかで重厚な木材で作られていて、なかなかに上等なものであることが見てとれた。シモンが腰かけているベッドは、私の寮室の部屋のより、よっぽどマットが分厚く、かけられているシーツも絹の上等なものだ。枕も羽毛がたっぷり使われているのだろう、ふっくらぱんぱんに膨らんでいる。金のかかった調度品や華美な装飾にはさほどそそられないが、良いベッドと良い枕は少し羨ましい気持ちになった。

そんなどうでもいいことを思っていると、シモンの視線が部屋の出入り口の扉に向けられた。扉には小さな穴が開いている。こちらからは穴の外が見えないが、外からは穴を通じて部屋の中の様子、そしてそこにいる人形が見えるという仕組みだ。シモンが扉を見た理由はすぐにわかった。

部屋の外から遠く声が聞こえてきたのだ。

「最ッ高だよマダム！」

たぶん、マダムがシモンの部屋の前にお得意様を案内して、シモンを紹介したのだろう。客の男は、路上歌手か演説家かと思うほどに、よく通る声の持ち主だった。でなければ、六階の話し声が一階の室内にいる私の所まで聞こえてくるはずがない。この館の個室はいずれもしっかり防音がなされているのは確認済みだったが、廊下や広間は特にそういう素材は使われていないらしい。むしろ吹き抜けの建物は声がよくこだまする仕組みなのかもしれない。

「ああ、すごく私好みだ。何だったら今すぐ遊ばせてほしい！」

シモンはよっぽど男の趣味にハマったらしい。そんな風に言われているシモンが少し憐《あわ》れに思えたが、ああいう熱心で特殊な偏愛を持つ者たちは絶えず情報交換をしているのが常だ。うまいこと犯人の耳にまでシモンの噂《うわさ》が回ることを願うばかりだ。

それからしばらくしてマダム・スザンヌが部屋に戻って来た。今日の営業は終わりとの事。全部で十一人の客にシモンを紹介したと彼女は言った。

私は階段をのぼり、シモンのいる部屋に向かった。シモンはなんだかぐったりしている様子だった。

「世の中にはこんなにもヘンタイがいるんだな……」

「疲れてるところ悪いけど、ここからが本番。掃除を終えた従業員たちが帰って、マダム・スザンヌが館に鍵をかけて店を閉める。そうしたら本来ここは人形しかいない無人の館になる。けど、私たちは館に残り続けて、侵入者がいないか見張り続けるの」

「つまり人形を壊してる奴《やつ》を待ち伏せるんだな？　でも、さっき宣伝したばっかで、そんな都合よく現れるのか？」

「スザンヌとイボナの店の人形は、入荷してから一カ月経《た》ってから壊されたけど、他の二つの店は自律型が入荷した翌日には破壊された。姉妹は当初、自律型人形のサービスを本当に限られたお得意様だけに知らせていたから、なかなか情報が出てこなかったけれど、数週間経って段階的に声をかける客を増やしていったそう。ここから推察するに、犯人は獲物の情報さえ耳に入れれば、すぐに行動に移してるんだと思う。今回も、新しい人形の噂《うわさ》が耳にさえ入れれば犯人は来る」

「わかった。で、今度はあとどれくらい待てばいい？　まさか次の開店時間まで？」

「あと四時間ぐらいだと思う。六時になると、鉄道の始発が動き出す。この辺りで一夜過ごした人間が、最初に動き出す時間。多くはないけど、通りに人が増えるし、外も明るくなって、泥棒には向かない時間になる。だからマダムにも一旦六時に様子を見に戻ってきてもらうよう伝えてある」

「四時間か……」

七時間近く好事家たちの視線に晒《さら》され続けたのが、相当苦痛だったのか、シモンの呟《つぶや》きにはくたびれた哀愁の響きすらあった。人形でありながら、限りなく人間の感覚を有した存在。私に操られながら、私の意思とは別の意志を有するもの。今までの人形と同じに扱っていいのか、私は時々わからなくなる。

「嫌なら、私が代わるけど。人形役」

「いや、絶対ダメだ。お前にこんな真似《まね》させられるか。お前は下で待機しとけ」

一応、善意のつもりだったのだが、何故《なぜ》か全力で拒絶された。解せない。が、考えてみれば、そもそも女装すると言い出したのはシモン自身だった。

「……シモン、もしかして貴方《あなた》、女性の格好の方が好きなの？」

「違う!!」

やっぱり解せない。

やがてスザンヌたちが店を閉めるというので、私たちも一階の広間に降りた。今全ての部屋の扉は開け放たれた状態で、中には人形たちがいる。本来、あんな事件の後なのだから、個室も全て施錠するべきだ。しかしスザンヌは「においがこもってしみついたら困る」と開けっ放しにしていた。スザンヌは私に館の合鍵を渡すと、約四時間後の再会を約束して、従業員たちとともに館を出て帰っていった。

「私はマダムの部屋で待機しておく。シモンは六階の部屋に戻って。もし、誰かが来たら、私が合図を出す」

「貴方《あなた》の体を操って、指先なりを動かす。わかりやすいでしょ？」

「合図？」

シモンは「わかった」と頷《うなず》いた。

＊＊＊

そして三時間。寝ずの番になることは多々あるが、ここまで暇なのは稀《まれ》だ。空腹は耐えられるが、睡魔は手強《てごわ》く、私は自分の頬《ほお》を少し強めにつねってみる。シモンがいたら絶対にやらない。人形相手に見栄《みえ》を張ることもないとはわかっているのだけど。

私は暇つぶしも兼ねて、右目を閉じ、シモンの見ている光景を視《み》る。シモンは部屋の窓を眺めているようだった。外はまだ暗いが、じっと見つめていると、その暗さの底に透き通るような青さが見えてくる、そんな頃だった。

シモンがふと、何かに気付いたのか窓とは逆の方向を向いた。部屋の扉の方。彼は扉を開けるが、外は闇が広がっているだけで、特に何の変哲もない。

私は胸騒ぎがして、シモンの小指を動かしながら、マダムの部屋を飛び出した。と、同時に上階からガシャンと音がした。シモンの視界を視ると、さっきまで無人だったはずの窓辺には白面の人形が佇《たたず》んでいた。人形の背後で窓にかかっているレースのカーテンが風になびいている。

（窓から侵入した？）

バルコニーのような足場もない六階の窓だ。何か道具を使ったのだろうか。

「リリシュカ！」

六階からシモンの叫びが聞こえてきた。

「わかってる！」

私も叫ぶ。既に私は階段を四階までのぼっていた。シモンが人形に応戦しているのが視える。人形の手は鉤爪《かぎつめ》のようになっていた。武器であると同時に、あれが登攀《とうはん》道具だろう。

私は意図的にシモンの視界を視るのをやめた。真っ暗になった視界の中で、ぼんやりと赤い糸が浮かび上がる。六階のシモンのいる部屋から伸びる糸は、その真下の五階の部屋に繋《つな》がっていた。そこに人形遣いがいる。私は階段を駆けのぼり、部屋に突入した。

そこには視覚共有用のグラスをつけた男がいて、こちらを見るなり、跳び上がらんばかりに驚き、震える手でナイフを向けてきた。

「テメエがあの自律型の持ち主か？　近付くな！　ぶっ殺すぞ！　大人しくあの人形を、目を寄越《よこ》せ！」

私をこの着せ替え館《メゾン・クローゼット》の従業員だと思い込んでいるのだろう。既に男の程度は知れていた。

右目を瞑《つぶ》ると、シモンが今まさに人形の頭を撃ち抜き、その眼球に剣を突き刺しているところだった。

「貴方《あなた》の人形は既に壊れた。大人しくするのは、貴方のほう」

私は男が反応するより先に銃を構え、その両足に撃ち込んだ。男がその場に倒れ込むのとほぼ同時に、シモンが部屋に飛び込んできた。

「リリシュカ！」

「遅いじゃない」

私はそう言いながら、男の腕を後ろに縛り上げ、視覚共有用のグラスをはぎ取った。

「貴方、何者？　どうして自律型人形を狙ったの？」

「誰がテメエみたいなガキに言うか」

男がペッと私の靴に唾を吐いた。さすがに私がただの従業員ではないことには気付いているようだが、男はニズドのことを知らないのか、いや、知ってなお目の前の私を小娘と見て侮っているらしかった。仕方ない。私は唾を吐かれた方の足で男の頬《ほお》を思いきり蹴飛ばした。男が血の混じった痰《たん》を吐く。

「それもそう。私の仕事は貴方に情報を吐かせることじゃない。ただ、私は報復を執行するだけ」

私は『編み物針』を男の眼前に突きつける。切っ先から滴るような冷たい銀色の輝きを目にして、男が震えあがる。

「ま、待て！　俺はヴァレンシュタインんトコの奴《やつ》に頼まれただけなんだって。商売敵の邪魔したいから、そいつらの店の人形を壊して、目玉を盗んで来いって」

ヴァレンシュタイン一味といえば、この店の後ろ盾になっている『蛇の足《ハギィ・ノヒィ》』と対立している帝国の犯罪組織だ。殺されたトマシュが寝返ろうとした通り、今最も勢いのある組織の一つでもある。

「壊す人形を指定してきたのも、人形の目を盗むよう指示したのもヴァレンシュタイン一味？」

「そうだよ！　俺は金さえ積まれれば、何でもする。別に、どんな理由があるかとか野暮《やぼ》なことは聞かねえ主義だ」

「それで四体の人形を襲ったと？」

「ああ、そこの五体目に返り討ちにされたけどな。そいつも、違法製造された目の持ち主なんだろ？」

男はそう言ってシモンに視線を向ける。

「違法？」

「へへ、しらばっくれんなよ。俺が壊してきた人形の目は、どれもまだ真新しくてピカピカで、おまけに正規の製造番号もついてないなかったぜ」

「……真新しい目？　自律型なのに？」

世の中に出回っている自律型――カレルが正式に言う所の半自律型人形の人形眼は、十二年前の僅かな期間だけ製造されたものだけのはずだ。通称八十五年式。法律でその新規製造は禁止されている。その上、人形にまつわる魔術の刻み方、つまり術式順は、国で管理、秘匿され、他人が易々《やすやす》と真似《まね》できるものではない。開発者のドクター・シュルツが引退した今、新しい自律型の人形が作られるはずなんてない――そう思って、すぐにその認識が間違っていることに気付く。私はシモンを見る。自律型の真新しい人形。もしかして壊されている人形は、シモンと同じ、完全自律型の人形なのだろうか。そしてその人形を製造させた人物こそが、シモンの生みの親でもあるのだろうか。

「頼むよ、こいつを解《ほど》いて見逃してくれ。そうしてくれりゃ、あんたに依頼料の半分をくれてやる。半分でも結構いい額なんだぜ？　なあ？」

男の媚《こ》びるような声で、私は思索に耽《ふけ》るのをやめる。四十代半ばのひげ面の男。その歳《とし》で、その甘さで、よくぞ今日びこの街で生きてこられたなと逆に感心してしまう。それだけまだこの街の懐は広いということか。

「私は私の依頼を全うするだけ。つまり、契約に基づき、報復を執行する」

「おい、リリシュカ、何を……」

シモンの咎《とが》めるような声を無視して私は男の前にしゃがみこむ。そして、その目に『編み物針』を突き立てた。男が叫び声を上げるより素早く、左右どちらともに。声にならない叫びが部屋中にこだまする。

「これが報復なのか……」

「そう。人形と同じ目に遭わせてと言われたからそうした。あとでこの男をどうするかは、マダムたち次第」

　壊れた人形は、もう戻ってこない。なら、犯人に罪を償わせる方法は、失われたものと天秤《てんびん》の釣り合うだけのもの奪うしかない。不毛なのは百も承知だ。

　部屋のカーテンの隙間から青い光が差し込んでくる。男の悲鳴。遠く幽《かす》かな汽笛。街が眠りから覚める。

＊＊＊

　私は近くの辻《つじ》にある通信人形でスザンヌを呼んだ。しばらくして館に戻って来たスザンヌは、手足を縛られ目を布で覆われた上で床に転がされた男を見て、満足そうに頷《うなず》いた。

「さすがニズドの方。着せ替え人形も舞巫《マフカ》も、やはり金を惜しんではいけませんわね。安物とは演技の質がまるで違う。まあ、部屋が二部屋も潰されたのは想定外でしたが、致し方ありませんわ。この男がいれば、そっちはあいつらに請求できるでしょうし……」

　眼球泥棒を睥睨《へいげい》してマダム・スザンヌは言った。

「あいつらというのは……」

私が全部言い終わらないうちに、館の扉がバンッと荒々しい音とともに開け放たれた。小柄な男がドカドカと足音を立てて入ってきた。歳《とし》は三十代半ばぐらいだろうか。大きく開けられたシャツの胸元、首をぐるりと巻く蛇のような鱗状《うろこじょう》の刺青《いれずみ》。妙にぴっちりとした黒革のズボン。大きな刺し傷のある左右の手。男が裏社会を生きる人間だと一目でわかる。近づいてみると、男はシモンとほぼ同じぐらいの身長で、決して小柄ではなかった。そう見えていたのは、男の後ろにいるもう一人の若い男のせいだろう。これが大柄で、しかもガタイがよかった。口元を黒い布で覆い隠し、こちらも如何《いか》にもならず者と言った風体だ。

「ようマダム！　朝イチから辛気クセエ声で叩《たた》き起こしてくれるじゃねえか」

男の声は腹の底から出したようなバリトンで、この館の構造も相まってかなり響く。テンションの高さもあって、徹夜明けの頭には痛い程うるさい。

「ジギー、足でドアを蹴るのはやめてと言ってるでしょう」

ジギーと呼ばれた男はマダムの抗議など意に介さない様子で、地面に転がっている泥棒を覗《のぞ》き込《こ》んだ。泥棒は叫び疲れたのか、ぐったりしていたが、自分に迫る何者かの気配を感じて全身をこわばらせた。

「テメエがヴァレンシュタインの手先か。このジギー様のシマで勝手してくれちまって、イイ度胸してるなぁ、オイ？」

ジギスムント・ジルニトラ。通称、悪食ジギー。その名前は知っていた。紅貝通りを取り仕切る『蛇の足《ハギイ・ノヒイ》』の幹部。つまり、スザンヌの店の用心棒役だ。

「別に俺はあいつらの仲間じゃない。ただ金を積まれたから、仕事をしただけで……」

「誰が勝手に喋《しゃべ》っていいって言った？　なあ、ミハイル」

ミハイルと呼ばれた大柄な青年は、ジルニトラと血盟《クラン》の契りを結んだ弟分だろう。彼は眼球泥棒の頬《ほお》を、黒革の手袋で包まれた掌《てのひら》で叩いた。バシンという音だけでなく、ゴンと鈍い音が私の足の裏にまで響く。泥棒の頭蓋骨がタイルに叩きつけられた衝撃だ。男は血を吐き、カランと床に歯が転がった。

「あ、あ……」

布で目を覆っているからわからないが、泥棒の意識は飛んだんじゃないだろうか。さっきまで縮こまっていた手足が今はだらんと伸びていた。

「あーダメダメ。尋問ってのは、気を失わせちゃいけねえ。ほどほどに痛めつけて、ほどほどに意識を保たせるのが、イイ尋問ってヤツだ。っつーわけで、さっさと水汲《く》んで来い。ぶっかけて、色々聞き出すぞ」

「やめてくださる!?」

マダム・スザンヌが声を荒らげた。

「尋問でも拷問でも、やるなら他でやって！　これ以上、この館を汚さないで！　ここの売上は貴方《あなた》たちにとっても大切なもののはずでしょ！」

ジルニトラは肩をすくめてみせた。

「悪かったって。でもマダム、アンタは所詮、雇われだ。口の利き方には気をつけろ」

ジルニトラがスザンヌの顎を片手で鷲掴《わしづか》みにする。静寂の中で歯がカチカチとぶつかる音が聞こえた。

「……もう帰っていいのかしら？」

私がそう言うと、ジルニトラがスザンヌから手を放してこちらを見た。

「おっと挨拶が遅れたな、ニズドのお嬢ちゃん。はじめまして。俺の名前は……」

「別にそういうのは結構。私たちは依頼をこなしているだけなので」

「そう言うなって。この間のトマシュの件といい、今度の件といい、近頃は、本当に世話になってるからな。今後ともよろしく頼むぜ」

ジルニトラが私を見下ろして言う。笑みを浮かべているが、眼光はその首の入れ墨が連想させる通り、まるで獲物を見定めている蛇のように鋭い。

「然《しか》るべき理由、然るべき報酬があれば、私たちはいくらでも依頼を請け負う。でも、それは貴方たち相手に限った事じゃない」

「それはつまり、相手がヴァレンシュタインみたいな帝国のハイエナどもだとしても、ってことだよな？」

「当然」

「亡霊の分際で……」

低く唸《うな》るような声に思わず、身構える。ジルニトラの口は動いていない。口元を布で覆っているからわかりにくいが、そのすぐ後ろにいるミハイルが言ったのだろう。ジルニトラが厭《いと》わし気な眼差《まなざ》しを部下に向けながら口を開く。

「ニズドはそういう組織だ。その在り方は、この街の古い掟《おきて》で保証されてる。それにケチつけて、ましてこっちから喧嘩《けんか》売るなんて、この街じゃ自殺行為に等しい。『舞巫《マフカ》を殺していいのは、舞巫が俺たちを殺しに来た時だけ』……お前だってわかってるだろ？」

「ああ……」

ミハイルはほとんど溜息《ためいき》のような返事をして、そっぽを向いた。血盟《クラン》において上下関係は絶対のものであるはず。それがよくこんな反抗的態度を許されているものだ。

「よそのことにあまり口を出す気はないけれど、幹部から裏切り者を出したり、敵対組織に縄張りを荒らされたり、おまけに部下の教育もロクにできてないのは、どうなの？」

私がそう言えば、ジルニトラはわざとらしく肩をすくめた。

「コイツは血を分け与えた、言うなれば俺の半身。生意気な所も可愛《かわい》いモンさ。それにまだ新人だ。慣れるまでボロが出るのは仕方ない。それで言うと、トマシュのジジイと今回の件も似たようなモンか。新規事業の弊害。新しいコトをしようとすると、横槍《よこやり》やら思わぬトラブルやらは避けられない」

新規事業──その言葉が引っかかった。それはつまり、自律型人形を娼館《しょうかん》に高く売りつけて、さらにその売上の幾分かを自分たちの組織に上納させることを指しているのか。

（……いや、その売りつける人形の製造のこと自体を指してる？）

人形の違法製造は、古くから犯罪組織の収入源のひとつだ。貴族が製造権を独占しているため、この国の人形の値段はなかなか下がらない。そこで犯罪組織は、安い人形をこっそり闇で売り捌《さば》いている。その需要は決して馬鹿にできない。

（でも、こういう組織の違法人形はハッキリ言って質が悪い。まして、完全自律型なんて作れるとは思えないけど……）

疑問は残るが、だからこそ私はかまをかける。

「その新規事業が、自律型人形の製造と販売？」

私がそう口にした途端、ジルニトラの目にぎらりと刃物のような殺気めいた光が宿った。あたりだ。そしてその視線は床に転がっている眼球泥棒にも向けられた。

「さてはあのクソ野郎、なんか余計なこと言ったな？」

ジルニトラは再び視線をこちらに戻した。

「まあ、想像に任せるぜ。ただ想像するのは勝手だが、口出しも手出しもさせる気はない。俺らがお前らに手出しできないように、お前らも依頼がない限り、俺らには手出しできない。そうだろ？　所詮、同じ掟《おきて》で縛られた同じ穴のムジナだ。ったく、口惜しいぜ。こんなに好みなのに手ェ出せねえんだからな」

盛大な溜息《ためいき》をつくジルニトラの視線の先には、私ではなくシモンがいた。

「マジで俺の好みドンピシャなんだけど。なあ、ニズドのお嬢ちゃん、この魔法人形《マギアネッタ》、いくらなら売ってくれる？」

「……売らない。それにシモンは男だけど」

「つまり上も下もツイてないってことだろ？　別に構わねえよ。むしろそっちの方が色々なアタッチメントで遊べてお得じゃん。上につけてヨシ、下につけてヨシ。んで俺が上でも、下でもヨシ。ってなわけで、ダメ？」

「論外。これ以上、私の人形に汚い言葉を使わないで。下品な目を向けないで」

私はジルニトラを睨《にら》むが、相手は特に気にする様子もなく、地面に転がっている泥棒男をミハイルに担がせた。

「用事は済んだし、そろそろ帰るわ。正しい尋問のやり方を新人にレクチャーしなくちゃいけねえからな。マダム、ニズドにはきっちり報酬を支払っておいてくれよ。じゃ」

ジルニトラはガハハハッと下品な笑いを響かせながら玄関のドアを蹴り飛ばし、ミハイルはそのあとを追って館から出ていった。スザンヌが深く溜息をつく。

「ニズドの方。依頼完遂の署名をいたしますので、少々お待ちください」

スザンヌは自室に消え、広間には私とシモンだけが残った。

「とんでもない奴《やつ》らだったな……」

シモンがしみじみと言う。

「ええ。あいつはまさにこの街の暗部を代表する男だもの」

私の言葉に、ピンときていないのか、シモンは首を傾《かし》げた。

「前に言ったでしょ? 私の父を殺したのは『この街の闇そのもの』って。父は犯罪組織の違法な収入源を潰し続けた。違法な娼館《しょうかん》、違法製造の人形、薬物……だからきっと父を殺して陥れたのは、規制で割を食った組織のいずれか。その中にはもちろん、『蛇の足《ハギイ・ノヒイ》』も含まれている。それどころか候補の筆頭だと言っていい」

あのジルニトラという男が父を殺した可能性だって十分あり得る。もし違くても、あの男のやっていることの大半は父の志に反するものだ。決して、相容《あいい》れる事などできない。

私はジルニトラの去った出入り口の方を睨《にら》みつけていた。そんな私に、シモンが気まずそうに言う。

「……けどさ、俺らが今日もらう報酬って、結局、あいつらの金だよな?」

「矛盾してるのはわかってる。でも、ニズドにいる限り、今日の依頼主が、明日の報復対象にだってなる。誰が父を殺したかわからないなら、そう、全部殺し尽くせばいい」

殺し尽くす——血の滴る指先で書いたような言葉は、口にするだけでどこか鉄の味がした。それでも私は言葉を続ける。

「もちろん、エトワールになってニズドの力で犯人を割り出せれば、それが一番スマート。けれども、その願いが叶《かな》えられなくても、私が舞巫《マフカ》である限り、いずれは必ず犯人を殺せる。ううん、絶対殺してみせる」

　私は何か間違ったことを言っているだろうか。シモンはしばらく押し黙って、やがて
「なあ、リリシュカ……」と私の名前を呼び掛けた。

「何？」

　シモンの言葉には一瞬の間があった。

「いや……今日は夜通しで疲れたろ？　今日が休みで良かったな」

「何言ってるの？　安息日は、夕方から昼公演《マチネ》があるじゃない」

　シモンと初めて会った日も安息日の昼公演だった。気が付けば、あれからもう一週間が経《た》とうとしていた。

七章　冷血なる燔祭《はんさい》

＊＊＊シモン＊＊＊

『着せ替え館《メゾン・クローゼット》』の依頼のあと、一番最初に来た依頼は、ある老齢の紳士からのものだった。

「娘を傷物にした男に報復してもらいたい」。その紳士は静かにそう言った。報酬は1万5千C《コルネ》。報復対象の男は、薬の売人で、本人もかなりの中毒者だった。

「『白昼の星《ポルドニッツア》』？」

「そう、それが薬の名前。成分自体は医療用の鎮痛薬とかにも用いられるものだけど、犯罪組織の連中が、配分を変えたり、妙な混ぜものをして、依存性や幻覚作用を高めている。彼らの収入源のひとつ。それこそ『着せ替え館』の帰りに見た飛び降り未遂の男も、中毒者だと思う。あそこまで症状が進んでいる人はあまり見ないけど」

　ロクでもない薬なのは十分わかった。

　女に薬を盛るのがその売人の常套手段《じょうとうしゅだん》で、リリシュカは客の振りをして男に近付くと問答無用で男の下半身に弾丸を撃ち込んだ。股間を押さえて苦悶《くもん》の声を上げる男を見て、俺は自分にはないはずのナニかが痛む気がした。リリシュカは依頼人の紳士に連絡して、男の身柄を引き渡した。が、この時、ちょっとしたトラブルが起きた。紳士の足下に力なく転がっていた男が、最後の気力を振り絞って、自分の腕に薬を打った。薬の持つ鎮痛効果と精神高揚、それらを頼んでのことだったのだろう。薬を打った男は、紳士を突き飛ばし大通りに向かって走り出した。追いかけた俺たちが橋の上から川を覗《のぞ》き込《こ》むと、男の背中がぷかりと濁った川面《かわも》に浮かんでいるのが見えた。飛び込みをするには、浅すぎる水深だった。以前、紅貝通りで見た男もあと少し遅ければ同じ道を辿《たど》っていたのだろう。

「因果応報だ」とだけ呟《つぶや》いて、紳士は立ち去った。「後味悪いな」と溜息《ためいき》をつく俺に、リリシュカは「どんな結末でも、報酬がもらえれば関係ない」と顔色一つ変えなかった。

その翌日、今度の依頼は、金貸しの女からで「借金を踏み倒した男にけじめをつけさせろ」との事だった。報酬は5千C。俺はリリシュカに操られるまま、男が賭場から出てきたところを不意打ちして気絶させ、女が懇意にしている闇医者のもとに連れて行った。数時間後、裏通りに打ち捨てられている男の下腹部には手術痕ができていた。この期に及んでも、男は地べたでぐうぐうとイビキをかいて寝ていた。使った麻酔がよっぽど強力だったのだろう。「マメの代わりに石でも詰めてやればよかった」と女は忌々し気に男の顔を踏んづけて去っていったが、男はまだムニャムニャと夢の中だった。男には申し訳ないが、その平和そうな顔には少しほっとしてしまった。

それから昼公演《マチネ》を二回挟んで四日後、今度の依頼はある年配の女性で、「息子を殺した男を同じ目に遭わせてほしい」と言ってきた。「息子はあの男に……」と言葉を詰まらせる女性に、リリシュカは「事情は承知していますので」と淡々と話を断ち切った。依頼の報酬は1万C《コルネ》。リリシュカは早速、報復相手の男の家を突き止めると、男の留守中に飲食物に睡眠薬を混ぜた。夜になって男が帰ってくる。窓の外からこっそり中をうかがっていると、男が食事中であるにもかかわらず食卓に突っ伏して寝ているのが見えた。リリシュカと俺は再び家に忍び込むと、俺はリリシュカに命じられるままぐっすり眠っている男を毛布にくるみ、床に転がした。その間、リリシュカは部屋中の窓という窓を念入りに戸締りした。一体何をするのか俺にはさっぱりわからず、部屋中をキョロキョロと眺めた。というのも、男の部屋には興味を引くものがあった。

「帝国のくびきを引きちぎれ」「志願兵は実質的徴兵」「貴族を許すな」――そんな言葉が躍るチラシの束が、部屋のあちこちに積まれていた。

リリシュカにチラシの意味を訊《き》こうした矢先、彼女からワイン瓶を握らされる。さっきまで食卓の上にあったものだ。「これは?」と口にする間もなく、俺の手は床に向かってワインボトルを傾けていた。男をくるんだ毛布が、徐々に葡萄色《ぶどういろ》に染まっていく。しかし、薬で熟睡している男が目を覚ます様子は全くない。ワインが空になるとリリシュカは部屋にあるチラシの何枚かをくしゃりと丸めて毛布の周りに撒《ま》いた。どこか儀式めいた光景。リリシュカはマントの中からマッチを取り出して擦った。

「……何する気だ？」

リリシュカの手元でゆらゆらと小さくきらめく赤い火。その炎の行く先は予想がついた。

しかし、何のためにそうするのか、俺にはさっぱりわからなかった。

リリシュカはマッチを落とした。火は丸められたチラシに燃え移り、さらにワインのしみ込んだ毛布に青白く延焼する。唖然《あぜん》とする俺をよそにリリシュカは速やかに家の外に出て、俺もそれに続いた。

「さすがに火はマズいだろ……」

俺はリリシュカのあとに従いながら、小声で言った。今回の依頼、殺人の報復である以上、男を殺すことは覚悟していた。が、火を使うとは想像もしていなかった。

「狭くて閉じ切った部屋なら、早いうちに酸素がなくなって、自然と鎮火する。もし、延焼しそうだったら速やかに通報する」

リリシュカには延焼しない算段があるらしいが、それでも関係ない人に被害が出る可能性だってある。何故《なぜ》、そんな剣呑《けんのん》な手段を取ったのか、俺には理解しかねた。

「殺すだけなら刃物でも毒殺でもいいだろ。あれじゃ生きながら全身火あぶりだ。なんでそんなむごい真似《まね》……」

「私は報酬分の仕事をしただけ。それに、貴方《あなた》が殺したんじゃない。私が火を点《つ》けたの。私の仕事にいちいちケチをつけないで」

リリシュカがきっと俺を睨《にら》みつける。夜闇の中でも灰色の瞳に薄赤い遊色がゆらめくのが見えた。その途端、喉を絞められたように、俺は一切の声を発することができなくなってしまった。リリシュカが魔力で俺に命じたのだ。リリシュカは物言わぬ俺を従えて、しばらく男の家からやや離れた小道に隠れて様子をうかがっていた。果たして、すべてはリリシュカの計算通りに事が進み、一時間後、夜の街が異臭騒ぎで騒然となった。翌日の新聞によると、臭いの元の部屋からは男の焼死体が一つ、腹と頭は燃え、手足だけが残っているという奇妙な姿で見つかったという。原因は、深酒と火の不始末。毛布にくるまって寝ていた男は自分の体の脂でじっくり焼かれ、脂が少ない手足だけが焼け残ったのだと、その記事には書かれていた。その後、リリシュカは依頼料の振り込みを確認した。依頼人はリリシュカの仕事に納得したらしい。

しかし、俺の中には釈然としないものが残って、結局、あの夜以来、リリシュカと口を利いていない。たしかに俺はリリシュカの魔法人形《マギアネッタ》になることを自ら決めた。この世界で生きるため、そのためなら殺すことも仕方ないと飲み込んだ。でも、だからこそ犯す罪は必要最低限でありたかった。そして、それは俺だけじゃなく、リリシュカにもそうであって欲しかった。彼女も復讐《ふくしゅう》のため、仕方なく必要な罪だけを犯している、と。いつの間にか、俺は勝手にそう思って、そして裏切られたように感じていた。

今日も俺は黙ってリリシュカの操る通り依頼をこなす。ついさっきまで請け負っていたのは、先日の金貸しの女からの依頼で、依頼内容も報酬もそのまま、ただ相手が違うだけだった。俺は操られるまま借金まみれの男を闇討ちして金貸しに引き渡し、リリシュカは報酬を受け取った。

　現時点でのリリシュカの成績は49万7千C《コルネ》。十五日間で9万7千C稼いだことになる。普段は10万稼ぐのに一カ月かかるというから、約二倍のペースだ。素晴らしき快挙。しかし、喝采が上がることはなく、六月が過ぎていく。

＊＊＊リリシュカ＊＊＊

「貴方《あなた》にピッタリの依頼がありましたよ」

　ジゼル先生がそう言って書類を差し出してきたのは、七月三日の放課後だった。差し出された書類を受け取り、中身を確認する。

「……書類不備？」

　私より先にシモンが口を開いた。気持ちはわかる。こんなにも余白の多い依頼書は初めてだった。依頼人の名前はなく、ただ「報酬3万C。詳細は此方《こちら》にて」と住所が書かれているだけだった。

「もしかして『お得意様』からの依頼ですか？」

私の問いかけに、先生は頷《うなず》いた。噂《うわさ》には聞いたことがある。それなりの立場にある人々が、秘密裏に処理したい案件を直《じか》にグランマに持ちかけていると。しかし、実際にその依頼を見るのは今回が初めてだった。余白の多い依頼書を見つめる私にジゼル先生が言う。

「グランマから私に相談があったんです。この件、貴方《あなた》に任せてみるのはどうか、と」

報酬3万C《コルネ》。待ちに待った大口の夜公演《ソワレ》だ。しかし内容はまるでわからない。報酬の額は大抵、リスクや手間に比例するもので、場合によっては3万Cでも割に合わないこともある。思うに、グランマは私を試しているのだろう。特待生に、いや、エトワールになりたいのなら、これぐらいこなしてみせろと。

「もちろん、引き受けます」

ジゼル先生は「では書かれた場所に行くように」と言って去っていった。

「行きましょう」

私がそう言ってもシモンは無言だ。彼はあの夜以来、一貫して私にだんまりを決めている。一方で、ヨハナやジゼル先生に対しては、ちゃんと返事をする。そのことに私は腹を立てたりはしない。その口を閉じるように願ってしまったのは私の方なのだから。

無言のままシモンは私の後ろをついてくる。それで十分だった。

＊＊＊

依頼書に記載された住所は、まさかの先月侵入したトマシュ邸の近所だった。とはいえ、間に呆《あき》れるほど広い庭を持つ屋敷が一軒挟まっているから、ご近所さんという感覚はないだろう。指定の住所の場所に建っていたのは、この辺りでは珍しくない二階建ての立派な邸宅だ。門の前に立つ守衛の魔法人形《マギアネッタ》に取次ぎを頼む。やがて中から生身の執事の老人がやって来て私たちを屋敷に招き入れた。

「本日はよくぞお越しくださいました」

二階の応接室で私たちを迎えてくれたのは、若い男だった。黒い髪をワックスで綺麗《きれい》に撫《な》でつけた、色の白い、神経質そうな、世間一般でいう美男。そして、私はその顔を知っていた。男に促されてソファに座ると、執事が私の前にティーカップを置いた。

「まず、不躾《ぶしつけ》な依頼を引き受けてくださったこと、感謝いたします。立場が立場だけに、あまり大っぴらに依頼するわけにはいかず……」

「今を時めく開発局局長ともなればそうでしょうね、オイデン卿《きょう》」

「自己紹介の手間が省けそうですね」

私の言葉を受け、男は静かに言った。クリシュトフ・オイデン――新聞で名前を見ない日はない、市の再開発計画の責任者だ。歳《とし》は三十代前半だったか。政治家にしては年若く、有能で、おまけに顔も良いときて、市井での評判はすこぶるいい。ただ、写真で見た時は、いかにも弁舌爽やかな青年実業家みたいな顔だと思ったのだが、目の前の男はそういった覇気や生気に乏しかった。アマニータがシモンと似ていると言った時はピンとこなかったが、今なら少しわかるかもしれない。そして写真で見せる華やかで活力に満ちた顔が表向きのものだとして、その仮面を剥《は》いだ彼はニズドに一体何を頼もうというのか。

「私が頼みたいのは、ある男の殺害です。その男は既に三人の人間を殺《あや》め、今また新たな獲物を求めています」

オイデン卿《きょう》はそう言うと、懐から折りたたまれた紙片を私に差し出した。三枚。いずれも新聞の切り抜きだ。それらの記事に目を通し、私は眉を顰《ひそ》める。

(建設会社の経営者が襲われた強盗殺人、元大臣の猟銃事故、地元名士の大往生……)

いずれも最近見たばかりの記事。強盗殺人はともかく、他の二つは特に事件性はなかったはず。しかし、今こうして差し出されたということは、オイデン卿の依頼と無関係であるはずがない。つまりだ。

「彼らは事故や寿命でなく、何者かに殺害されたということでしょうか?」

オイデン卿が頷《うなず》く。その蒼白《そうはく》なかんばせは、部屋に差し込む圧倒的な夏の日差しのせいか。部屋は、南向きの大きなガラス戸から直接バルコニーに出られる設計になっていた。

「公に発表されている死因は、全て警察の欺瞞《ぎまん》情報です。被害者はいずれもそれなりに名の知れた貴族。中には大臣経験者もいます。それが『活動家』に殺されたとあっては、ただでさえ不安定な情勢をさらに揺るがしかねない」

　ようやく話が見えてきた。古くから人形の製造権や高額の年金をはじめ、様々な特権を有する貴族たちは、領邦化後も帝国によってその身分を保障され続けている。そのことに反発を覚える人は多く、中には徒党を組んで暴力に訴える者もいる。先日、私が焼殺した男も、そういった活動家の一人だ。

　活動家による、貴族への嫌がらせや襲撃事件は決して珍しくない。そして、その暴力性は彼らが憎むべき貴族だけでなく、身内に向くこともある。仲間割れや、仲間内での制裁事件がやたらと多いのも活動家たちの特徴で、私が焼殺した男は、脱退しようとした仲間を暴行し、深夜の人形工房の炉内に放置した。翌朝、炉に火が焚《た》かれると職人たちはいつもと違う臭いに気付いたという。

　彼らは、奪った命の代償も、愛国心の御旗《みはた》のもとなら踏み倒せると思っている節がある。三人もの貴族の命を奪ったという活動家も、そういう手合いなのだろう。

　オイデン卿が溜息《ためいき》交じりに言う。

「犯人の真意は不明ですが、抗議や宣伝が目的なら、いつ『自分たちが犯人だ』と声を上げてもおかしくない。そんなことになれば、善良な市民は動揺し、何より、治安維持の名目で帝国が介入する可能性もあります」

「だから一刻も早く、そして秘密裏に犯人を闇に葬る必要がある、と？」

「ええ。本来これは私ではなく警察からニズドに頼んで然《しか》るべき案件なのですが、警察内部には、ニズドを頼るのはあくまで最終手段にしたいという派閥もあり……散々もめた挙句、良識ある人々が私を通じて依頼を出したいと打診してきましてね。私としても、亡くなったお三方には再開発事業で多大な恩義もありましたので」

ニズドには警察からも少なからず依頼が来る。むしろ『お得意様』の正体の殆《ほとん》どは彼らなのだが、それを厭《いと》う派閥があるというのも、無理からぬことだろう。市民生活を守る組織が、よりによって非合法の殺し屋集団（しかもその構成員は年端も行かない女子）を頼るなんて、道理とプライドの両面で納得できないだろう。

しかし、そういった大人の事情などどうでもいいことで、私にとっての関心事は依頼を全うできるかどうかだけだ。

「それで、私は誰を殺せばいいのでしょう？」

私は訊《き》く。

三人の貴族の命を奪った活動家、オイデン卿《きょう》は最初から男と言い切っていた。犯人が何者かは既に判明しているのだろう。

「その男は、トルバランと呼ばれている組織の頭目です」

その名前に、私は思わず顔をしかめる。子供の頃、散々聞かされたものだ。悪い子はトルバランの背負う袋に詰め込まれて、遠い所に連れ去られてしまう。それは、この国に住む人なら一度は聞いたことのある昔話の怪人の名前だった。

「ふざけた名前……」

「彼らが名乗っているわけじゃありません。警察や彼らのことを知る者たちの間での通称だそうで、それは、彼らの大半が志願兵の……」

パン、と乾いた破裂音がオイデン卿の言葉を、そのこめかみごと撃ち抜いた。途端に男の肉体が糸の切れた人形のようにソファに倒れ込む。

「坊ちゃま！」

後ろに控えていた執事が慌ててオイデン卿に覆いかぶさり、彼の名前を呼ぶ。私は老人をよそに、テーブルより低くしゃがみ込みながら、オイデン卿が倒れ込んだのと逆の方向、砕けたガラス戸の方を向いた。狙撃手はまだこちらを狙っているかもしれなかった。

「シモン！」

私と違ってシモンは弾丸を撃ち込まれたところで死なない。シモンにバルコニーに出るよう命じ、その目を通して、あたりを見回す。オイデン卿を貫いた弾はほぼ水平だった。狙撃するならこの二階と同じ高さの建物のはず。

（……いた！）

五軒先の赤い屋根の上に、今まさに逃げようとしている人影があった。私はさらにシモンに命じる。跳べ、そして走れ、と。バルコニーの向こうから声が聞こえた。

「お前はどうすんだ!?」

久しぶりに聞くシモンの声。緊急事態を前に、互いに意地を張る余裕はなかった。

「必ず追いつく、だからともかく追いかけて！」

主《あるじ》の頭を抱きかかえ、その名前を叫び続けている老人に、私は警察と医者を呼ぶように言った。老人の腕は真っ赤に染まり、その赤はソファと床にもおびただしく飛び散っている。オイデン卿《きょう》の手足はピクリとも動かない。私は外套《がいとう》を翻し、シモンのあとを追った。

＊＊＊シモン＊＊＊

ライフルを背負った男の背中を追いながら、俺は確信していた。こいつはトマシュ邸で出会ったあの大男、フランケンだと。顔こそ見えないが、その大きな背中は見間違えようがなかった。フランケンは、足場の悪い尖《とが》った屋根でも、その巨体からは想像できない程、軽やかに跳んで見せる。が、俺はその背中を決して逃さない。徐々に縮む距離。風を切る感覚も、心臓の鼓動もないが、二本の足で地面を蹴るほどにこみ上げる高揚感があった。

男が隣の屋根に飛び移ろうとしたその時を狙って、俺は足下のレンガが砕ける程、強く屋根を蹴って、男の背中にしがみついた。男は飛びきれず、地面に向かって墜落する。その背中に飛びついた俺も一緒だ。二人して、家と家の僅かな隙間の小道に転がった。男と俺はほぼ同時に立ち上がったが、男はライフルの銃口をこちらに向けていた。この距離で、どう弾を避《よ》けるべきか。そんなことを考えている俺に、男は、銃身を槍《やり》でも繰り出すように突き出してきた。銃の先がしたたかに俺の肩を打つ。痛みはないが衝撃で体がよろめく。さらに男はバットでも振るかのように、銃の持ち手側で俺の首を思いきりぶっ叩《たた》いた。

「ゴリラかよ！」

　硬い木材がメキメキと割れる音が聞こえて、俺は思わず悪態をつく。頑丈さ勝負で勝ったのは俺で、ライフルはへし折れていた。すかさず俺は男に飛びつく。が、銃を捨てた男の右手が俺の顔を鷲掴《わしづか》みにする。魔法義肢の恐るべき怪力。俺の足はいつの間にか宙に浮いていた。

　男の指の隙間から見たその顔は傷だらけだった。盛り上がった傷跡が口や顎、頬《ほお》に無数についている。一体、こいつは何だ。

「シモンを放しなさい」

　男の鼻先すれすれを弾丸が通過する。男の手がパッと離れ、俺は地面に足をつける。見ればリリシュカが銃を構えていた。男の目がリリシュカの銃口に向いたのを確認して、俺は男から距離を取る。そして背中の鞄《かばん》から剣と拳銃を取り出す。

「貴方《あなた》たちは何者？　何が目的？」

　俺とリリシュカはともに男に照準を合わせていた。いくら男が強力な義肢を持っているとはいえ、心臓も頭も狙われていたら、迂闊《うかつ》には動けないだろう。

「これは、正義だ。彼らは、清算しなくちゃ、ならない」

男が口を開いた。決して大きくない声だが、地を這《は》うような低い響きが体にまで伝わって来た。

「貴方《あなた》、何を言ってるの？」

そう問いかけながらも、リリシュカは決して銃口を下ろさなかった。少なくとも目の前の男に対しての油断は一切なかった。

「リリシュカ！」

「後ろ！」と叫んだ時には、小道の入り口に立ち止まった人影がこちらに何かを投げ込むのが見えた。男の仲間だろうか。それを確認する間もなく、煙が小道に充満し、俺たちの視界を奪った。男の影もその白煙の中に消える。リリシュカがいる以上、闇雲に発砲はできない。煙の中から何かが激しく叩《たた》きつけられる音と、「うっ」とくぐもった悲鳴が聞こえた。途端、俺は体から急に力が抜けるのを感じた。体を支えきれず、その場にひざまずく。視界が急に暗く狭まる。

（リリシュカ！）

声にならない声で叫ぶ。かすかな視界。煙が消えた後に残っていたのは、ぐったりと地面に倒れているリリシュカと地面に飛び散った赤いシミだけだった。

＊＊＊

気が付いた時には、俺はニズドの保健室にいた。といっても、人間扱いではないので、リリシュカの横になっているベッドの足下で体育座り状態だった。リリシュカは既に目を覚ましているが、その頭には包帯が巻かれている。

「お前、大丈夫か!?　ケガは!?」

立ち上がってそう訊《き》く俺に、リリシュカは不機嫌そうな顔をして答える。

「突き飛ばされた時に頭を打っただけ。これはただのたんこぶ」

そう言って、後頭部をさすっていた。俺が気を失ったのは、リリシュカが気を失って魔力が切れたからだろう。

「ああ、もうムカつく！　あの男のせいで、３万の依頼がなくなった。こっちは１Ｃ《コルネ》でも多く稼がなきゃならないのに」

リリシュカが髪をわっとかきあげながら叫んだ。あまりにもらしくない態度だ。

「金はあとでも稼げる。今は、それよりも怪我《けが》を治さないと」

俺はなだめるつもりで言ったが、リリシュカは頭を抱えたまま、ぞっとするほど冷めた声で呟《つぶや》いた。

「……ほっとしているんでしょう？　依頼がなくなって。人を殺さなくて済んで」

「え？」

「元人間だとか、そんな話を信じているわけじゃない。それでもこの半月、間近に見た貴方《あなた》は、ものの考え方も感じ方も、限りなく人間だった。人殺しを躊躇《ためら》い、非道を嫌悪し、そして自らの過ちに罪悪感を抱く。至極真っ当で、健全な人間そのもの」

リリシュカの言わんとしていることの意味がわからず、俺はただ黙って聞いていた。

「貴方を見ていると、私は私が削《そ》ぎ落《お》としたはずのものを思い出しそうになる。見たくもない鏡を見せつけられているような……それが……それが、煩わしいの！」

リリシュカが俺を睨《にら》んで声を振り絞る。「なんだよそれ」と俺が言いかけたところで、リリシュカが頭を押さえた。傷が痛むのだろうか。

「安静にしてなさいって言ったでしょ！」

衝立《ついたて》の向こうから保健医のブランカ先生が現れて、リリシュカの様子を見始めた。

「叫んだり興奮したりすると、治りが遅くなる。ともかく、今日はここで絶対安静。その人形は自律型？　じゃあ、部屋に戻して魔力を切って、体力を温存しなさい」

ブランカ先生はリリシュカをベッドに寝かしつけながら、俺をしっしとまるで野良猫でも追いやるように部屋から追い出した。俺はなす術《すべ》もなく、とぼとぼと寮室に戻った。

＊＊＊

　俺は無人の暗い寮室の隅でぼんやりと体育座りしていた。保健室でのリリシュカは、今までに見たことがない程、感情的で幼く見えた。俺を睨む、潤んだ瞳が脳裏にちらついてしまう。人を撃っても、生きたままあぶり殺しても、顔色一つ変えなかった彼女の、一体何を俺はそこまで刺激してしまったのだろう。

「戻ってたんだね」

　部屋の灯《あか》りが点《つ》いた。ヨハナが戻って来たのだ。部屋着姿で、髪の毛は少し濡《ぬ》れている。シャワー上がりだろう。

「大変な目に遭ったみたいだけど、お疲れさま」

「ああ……」

「なんかそうやって隅っこで縮こまってると、昔のリリシュカみたい」

　俺は顔を上げる。ヨハナはベッドの上からいたずらっぽくこちらを見ていた。

「私がこの部屋にやって来たばかりの頃のリリシュカも、そうやって部屋の隅で暗い顔してた」

「あのリリシュカが？　一体、何があったんだ？」

「ルームメイトが亡くなったの」

「ルームメイト？　ヨハナ以外のってことか？」

　俺の疑問に、ヨハナはベッドの上でストレッチをしながら、話し始めた。

「ちょうど一年前、私は友人とある夜公演《ソワレ》を引き受けた。ただの血盟《クラン》同士のいざこざ。そう聞いてたんだけど、まさか工事用の魔法人形《マギアネッタ》が出てくるなんてね。アマニータのゴリアテよりも大きいんだよ。そんなのに蹴飛ばされて高所から落下。この脚はその時やられてね。股関節脱臼。二カ月はロクに歩けず、結局、私は留年した」

　ヨハナは苦笑しつつ、左の太ももをさすった。

「けど、私は運が良い方。私と一緒にいた子は全身の骨が砕けて死んじゃった。その子がこのベッドの前の持ち主。そしてリリシュカの三人目のルームメイト」

「三人目？」

「前の二人も、同じように夜公演で死んでる」

「じゃあ、去年までに三人？　そんなに死ぬもんなのか？」

　俺は目をみはる。ヨハナが腰を下ろしている何の変哲もないベッドが、途端に不気味なものに見えてきた。ベッドの下にある収納ケースは棺《ひつぎ》、ならその上にあるのは墓石か。

「公演中の死は珍しくない。四年生は六十人いるけど、五年生になる頃には四十人、六年生にあがると二十人。私たちは夜毎《よごと》ふるいにかけられ、最後まで舞台に残っていられるのは、全体のたった三分の一」

　毎年一クラス分の生徒がごそっといなくなる。恐ろしい引き算だが、ここに来てからの日々を思えば、十分あり得る話だ。トマシュ邸で見た死体の数々、報復対象のならず者たちの末路。リリシュカたちが一方的な死刑執行人であり続けられるとは限らない。いつ、自分たちが死体の側になってもおかしくはないのだ。

「でも、さすがに入団二年目で三人は多いかな。だからリリシュカも応えたんだと思う。それで私に対しては、初めから距離を取ろうとしてきたっけ」

いつか生徒たちがリリシュカを指して「死神」と言っていた。その意味が、今、ようやくわかった。

「リリシュカは誤解されがちだけど、本当は優しい子だからね」

「そう言えるヨハナの方がよっぽど優しいだろ。あんな辛辣なこと言われてさ」

俺はまだリリシュカがヨハナにした仕打ちを忘れたわけじゃなかった。不自由な足を狙い、裏方に回れと言い放った、あの冷酷さを。

「あれはたぶん私には四人目になってほしくないってだけ。劇団には、表舞台を退いても後方支援として活躍する道もあるし。それに、優しくない子が、色んなルールを破ってまで私やジナを助けに来てくれると思う?」

トマシュ邸の救出劇。当時は俺も違和感を覚えていた。けれど、あの時は他に考えることがありすぎて、それ以上考えることはしなかった。あれだけ辛辣なリリシュカが、何故《なぜ》、あそこまでヨハナたちを助けるのに必死だったのか、考えてみればそこに合理的な理由はない。あるとしたら、ただ、友達に死んでもらいたくはないという、あまりに真っ直《ま》ぐ《す》で不器用な善性ぐらいだ。

「だったら言えばいいだろ。言葉にすれば勘違いされることもない。俺だって……」

「彼女なりの自分を守る方法、じゃないかな。敬遠されてた方が楽だから。親しくなったら、失った時、辛《つら》くなるでしょ？　でもその真っ当さは、ここじゃ致命傷。人一倍柔らかで血の通った心を守るには、誰よりも分厚く冷たい氷をまとうしかない」

ヨハナは立ち上がるとリリシュカの机に近付いた。そこには読みさしの分厚い本が置かれていた。ヨハナは本の頁《ページ》をぱらりとめくる。

「『魔術経済学概論』だって。こんな難しそうなのも、すらすら読めちゃうんだから本当に尊敬しちゃう。でもね……」

ヨハナが本の中から何かを取り出して俺に見せた。それも本だった。分厚いハードカバーの本に比べれば一回り以上小さいペラペラの冊子だ。

「それは？」

「青少年向けのペーパーバックだね。探検家が秘境で宝物を探したり、探偵が難事件を解決したりするのもあれば、架空の国を舞台にした戦記だったり、内容は色々。ともかく、十代の少年少女たちの間で流行《はや》っている空想物語」

「リリシュカのやつ、そんなの隠し読んでたのか？」

復讐《ふくしゅう》のためなら人を殺すことも厭《いと》わず、常に涼しい顔をした人形のような少女。俺はリリシュカをそう見ていたし、それはある意味、正しいのだと思う。彼女は、そういう役《リリシュカ》を演じていたのだから。でもいくら役に没入したところで、素の彼女が消えるわけじゃない。役に耐えかねれば、素顔の子供が叫ぶことだってある。潤んだ瞳で俺を睨《にら》みつけたリリシュカの顔がまた浮かんだ。

死にたくない。殺したくない。ひどいことはしたくない――俺がぶつくさ口に出し、態度に出していたこと全てを、リリシュカも感じて、それでもあえて感じないフリをしていたとしたら。俺は俺の無神経さにようやく気付いてしまった。失わざるを得なかったものを、何でもないようにちらつかされる苦しみや怒りなら俺だってよく知っていたはずなのに。俺はそっと、自分の右脚に視線を落とす。

「私はリリシュカのそういうところ、好きだよ」

自己嫌悪に陥っている俺をよそに、ヨハナは冊子を分厚い本に挟み元通りにした。そして続ける。

「優しいのに辛辣で、臆病なのに気高くて、感情的なのに理性的で、温かいのに冷たくて、人間なのに人形みたいな。矛盾だらけで、チグハグなところ全部」

ヨハナが俺に向かって微笑《ほほえ》む。全て見透かすような、緑の瞳。何もかも包み込むような優しさは、何もかも飲み込むような深い穴でもあるようで、俺は少しだけ不気味さを覚えてしまった。むしろここまで教えてくれた彼女に感謝すべきなのに。

「絶対安静なんて言われても、リリシュカの事だから、明日の昼公演《マチネ》には必ず間に合わせてくるよ。だからシモンも心配しないで、休みなね」

ヨハナが言った。考えてみれば、今こうして俺がヨハナと話しているのは、リリシュカが魔力を切らずにいてくれる証拠だ。視覚共有しているから、まだケースに入っていないうちは切るべきじゃないと判断してくれているのだろうか。

リリシュカの安眠を妨げるわけにはいかないと俺はベッド下の寝床に潜り込む。リリシュカを突き飛ばして逃げおおせた義肢の男。殺された依頼主。迫る特待生発表の期日、そして俺とリリシュカの関係性。不安も懸念も尽きないが、いずれも何をどうしていいのかさっぱりわからず、俺は瞼《まぶた》を閉じるしかなかった。瞬く間に意識は途切れた。

＊＊＊

翌日、ヨハナの予言通り、リリシュカは何でもない顔で寮室に戻って来た。頭の包帯も外れていた。しかし、肝心の昼公演は、リリシュカにしてはだいぶ精彩を欠いていた。あの研ぎ澄まされた刃物のような冴《さ》えた手足の伸びはなく。跳躍は足に鉛でもついているかのように、重い。結果、彼女の銀星はジナに次ぐ数に落ち着いていた。ジナは他の生徒た

ちから「やったね」「さすが我らが王子」と称賛の言葉をもらっていたが、ちっとも嬉《うれ》しくはなさそうで、リリシュカのもとに大股歩きで近づくと「なんだ、あのヘロヘロの演技は！」と声を大にした。

「たんこぶのせいでバランスが取れなかった」

俺ですら、なんだそりゃと言いたくなる言い訳をするリリシュカに、ジナも面食らったのだろう。一瞬言葉を失い、やがて「だったら次の公演までに治してこい！　このオタンコナス！」と言って立ち去っていった。

しかし、そんな罵りも特に響いた様子もなく、リリシュカは舞台の上から今は無人の観客席を眺めていた。照明が落とされ、客席は闇に沈んでいる。その虚空に何かを探すように、彼女は右目を閉じていた。それからすぐのことだ。四年生以上の全ての劇団員が、緊急招集として劇場に集められた。

＊＊＊

「諸君、今しがた、大型公演の依頼が届いた。報復対象は配られた人相描きの男だ」

舞台の上にはグランマ一人が立っていた。前列から男の顔が描かれた紙が回ってくる。そこに描かれていたのはあの傷だらけのフランケンだ。しかし本当の名前は違うらしい。

コシチェイ・カーロフ、四十三歳、元軍属。身体的な特徴なども列挙されている。

「四名の貴族の命を奪い、この街の平穏を脅かしたその男に、命を以《もっ》て罪を贖《あがな》わせること。それが依頼主の望みだ。報酬は8万C《コルネ》。君たちの活躍を期待している」

グランマの言葉に、リリシュカたち四年生はざわついたが、六年生にいたっては静かなものだった。単純な人数比もあるだろうが、淘汰《とうた》の末に生き残った先鋭たちはさすがに落ち着きが違っていた。一方、すぐ傍《そば》では「8万とかヤバすぎ」とアマニータがみんなの心の声を代弁してくれていた。

「貴族四人で8万ってことは、一人あたり2万？　やっぱ貴族様の命は高いね。あ、でもその前に『蛇の足《ハギイ・ノヒイ》』の幹部もヤッたんだっけ？　じゃあ、1万6千C？」

「血盟《クラン》の人間は、たぶん、換算してないと思う」

「君たち、静かに！」

アマニータ、モレル、ジナがやんや言っているのが聞こえるが、隣に立つリリシュカは人相書きに視線を落としたまま神妙な顔をしている。今朝、保健室から戻って来て以降、俺とリリシュカは最低限しか話していない。ヨハナからあんな話を聞いた後では、さすがに大人気なく無視したりはできないが、馴《な》れ馴《な》れしく話しかける雰囲気でもない。距離感を測りあぐねて俺は独り言のように言った。

「あの殺された依頼人、有名な政治家だったんだろ？　ニュースになってないのか？」

「……オイデン卿《きょう》の件は、今朝の新聞だと、急病のため一週間ほど休養を取る、とだけ報じられてる。先に殺された三人と違って、現役で影響力と知名度があるから、『活動家』に殺されたなんて話は表には出せない。たぶん、近いうちに容体が急変して病死したとでも報じられるはず」

リリシュカは視線を落としたまま、淡々と言った。その視線の先にあるのはコシチェイという男の人相書き。元軍人らしいが、一体何が目的で貴族と犯罪組織の幹部を殺したのだろう。まるで脈絡がないように思える。

「理由が何であれ、舞台に上がらなきゃ、報酬は得られない」

俺の心を読んだのか、それとも自分に言い聞かせているのか、リリシュカはそう言うと、複数人で固まって話し合っている生徒たちを尻目に寮の方へ歩き出した。

＊＊＊

部屋に戻るなり、リリシュカは黒い外套《がいとう》とネクタイを取り出して支度をし始めた。

「コシチェイの居場所、どうやって突き止めるんだ？」

「見当はついてる。男が煙の中を逃げる時、靴とベルトに私の血をつけたから」

「ベルト？」

「服は洗われたり着替える可能性が高いけど、ベルトはあまりいじらないでしょう？」

リリシュカが指輪をはめた左の掌《てのひら》をこちらに見せる。かすむ視界の中で見えた赤いシミの意味がようやくわかった。あの煙のなかでもリリシュカは何とか男の腰に取りついていたらしい。結果、たんこぶができるほど叩《たた》きつけられ引きはがされたが、それでも彼女は一矢報いたのだ。澄ました顔でよくやるよ、と感心してしまう。

「それで場所は？」

「スワログ地区。古くから鉄工所や人形の工房があって工場勤務者とか、それこそ再開発事業の作業員なんかが多い地区。夜のうちに、魔力の痕跡を追ったから、間違いない」

「夜って……昨日の夜!?　保健室を抜けて!?　一人で!?」

「そうだけど」

事もなげにリリシュカは言った。怪我《けが》をした当日に、たった一人で敵のアジトを探りに行っていた、と。とすれば今日の昼公演《マチネ》でヘロヘロだったのも納得がいく。しかし、問題はそこじゃない。

「いつも好き勝手に命令しといて、なんでこう肝心な時に限って一人で行くんだ、この大馬鹿！」

俺は叫んだ。自分でも何でこんなに叫んでいるのかよくわからない。リリシュカが明らかに困惑した顔をしている。

「何を怒鳴っているの？　死にたくないんでしょう？　危険な目に遭いたくないんでしょう？　だったらいいじゃない」

「よくない！　俺は、お前に死なれたら困る！」

とっさに俺の口をついて出た言葉。そうとしか言えなかった。どんなに不本意な出会いだったとしても、一度縁ができた相手に、名前を知る人に、死んでほしくはない。人として、当たり前の感覚だ。

「……少し身勝手で短絡的だったのは認める」

リリシュカが気まずそうに目を逸《そ》らして言った。本当に反省してくれ、と思うと同時に、これが彼女なりの精いっぱいなのだろうと、俺は溜息《ためいき》をつく。

「俺も変に意地張ったり、事情も知らずに文句ばっか言って悪かったよ。でも、俺は他の人形と違って、糸で繋《つな》がっていても、お前の頭の中はわからない。だから、ちゃんと言葉が欲しい。何のために、何をしたいか、お前の口で言ってくれ。そのうえでなら、多少の無茶《むちゃ》は聞く」

「多少で、人も殺せる？」

リリシュカが俺を見上げて訊《き》く。

「……そうだな。お前が腹くくっている以上、俺も覚悟決めるしかないと思ってるよ」

まだ葛藤はある。けれどさっき口にした「死なれたら困る」という言葉の方が、より自分の芯に近く、密度の高い感情のように思えた。殺したくもないし、死にたくもない――では、葛藤の天秤《てんびん》が等価で、引き金を引く覚悟としては不十分だ。けど、死にたくもないし、死なせたくもない――なら、天秤は傾く。引き金にかけた指はきっと動く。

　俺の答えを聞いて、リリシュカは少し目を伏せた。俺の言葉を吟味しているのか、それとも他に思う所があるのか。その目は、どこか憂いを含んだように青みがかって見えた。

やがて、彼女は顔を上げて言う。

「私は何があっても、エトワールにならなくちゃいけない。だから今から一緒にアジトに乗りこんで、コシチェイを殺して」

「一応訊くけど、ヨハナとか他の奴《やつ》と手を組む気はないのか？」

　俺は劇場で他の生徒が互いに協力し合う算段をつけているのを耳にしていた。しかし、リリシュカは首を横に振る。

「依頼が組織全員の抹殺なら、たしかに一人だと荷が重い。けど狙う相手が一人でいいなら、やりようはある。それに何より、８万が４万になるのは嫌」

　俺は呆《あき》れながらも「わかった」と答えた。

八章　トルバランの子供たち

＊＊＊リリシュカ＊＊＊

ラダ地区を抜けた先に広がるスワログ地区。ラダ地区も独特の臭いがするが、ここもまた独特だ。常にどこか煙と工業用油の苦い臭いがして、寝不足と怪我《けが》も相まって重い頭にさらに負担をかけてくる。こんなにも痛みや不快を感じるのは久しぶりのことで、だから私は取り乱してしまったのだろう。コシチェイを取り逃がして、殴られた挙句、保健室で目覚めた時のことを思い出す。

殴られれば、痛い。痛いのは、怖い。私は人間で、人形じゃない——忘れていた感覚が呼び覚まされて、どうしようもなくなってしまった。それでシモンに当たってしまったのだから、本当に情けない。それでも、こうして私に付き合ってくれるシモンという人形の人格は、きっと私よりだいぶ大人に作られているのだろう。何となく、製作者の顔が透けて見える気がした。

「ここはなんなんだ？」

「魔法人形《マギアネッタ》の工房群。元々はここで職人が人形の体や顔を作っていたけど、素体部品は帝国製に圧されて、廃業したところが多い。魔導体の加工技術は、帝国にも負けないから、そっちの工房はまだまだ健在だけど……」

そんなことを話しながら、ある建物の前まで来た。それなりに大きいが、建物の外壁には蔦《つた》が絡まり、窓は破れ、それが人々の仕事場としてはもう長らく使われていないことが一目瞭然だった。建物の外に積まれた木箱の中に、殆《ほとん》ど朽ちた人形の頭がぎっしり入っている。ひび割れ、ぼろぼろのそれは、しかし白面ではない。目玉はないが、小顔で頬《ほお》に丸みが見えるそれは子供の顔だった。きっと子供のお遊び用の人形を作っていた工房だったのだろう。半世紀前の法律によって、この国で今、顔を持つ人形といったら、大概はこういった子供用の人形か着せ替え人形ぐらいだ。

「もしかして、ここ？」

シモンが声を潜めて訊《き》く。私は頷《うなず》いた。昨晩、自分の血の魔力を辿《たど》った時、魔力はここに留《とど》まった。その時はさすがに一人で中まで侵入を試みるのは危険だと判断し、引き返したが、今度は違う。私は建物の裏口と思《おぼ》しき扉を見つけると、音を立てないようにゆっくりとノブを回した。金属が少し軋《きし》む音を立てたが、扉はゆっくりと開いた。薄暗い廊下が奥に続いていく。シモンが背中の鞄《かばん》から銃と剣を取り出して腰に挿す。私は足を踏み出した。

＊＊＊

人形の足だけが大量に積み上げられた部屋、人形の腕だけが大量に積み上げられた部屋、人形の胴だけが大量に積み上げられた部屋、そんな部屋を次々に進んでいく。

人の形をしたものであっても、個々の部品に分けられてしまえば、それは人形ではなくただの物体でしかない。そもそも、人形は人間ではなく、意思のない道具。それは当然なのだが、バラバラの部品たちは、逆説的に、人間も所詮、血と肉でできた肉体という物体なのだと語りかけてくるようだった。気が付けば、私たちは眼球のない頭ばかりが積まれた部屋にいた。

私は扉の陰から中の様子をうかがい、シモンに目配せした。隣の部屋はこれまでの部屋と比較にならないほど広く、二階分をぶち抜いて作られているのか、高さもあった。四方の壁に二段積みの棚があって、そこに完成された目のない人形が所せましと並んでいる。人形に囲まれるように部屋の中央は組み立て用の作業台と作業スペースになっていて、そこに義肢の男――コシチェイはいた。

作業員が出入りするこの扉から入ればさすがに男も気付き、真正面からやり合うことになる。そんな愚は避けたい。私は今いる部屋の壁の上部に取り付けられた部品搬入用のコンベアのチェーンとその搬入口に目をやる。各部屋で作られた部品はコンテナに入れられ、フックでこのコンベアに引っかけて、男のいる組み立て部屋まで送られて、組み立てられるのだろう。チェーンは錆《さ》びつき、コンベアとしてはもう機能していなそうではあるが、搬入口は何も問題ない。私はシモンに命じて肩車してもらい、その四角い穴によじのぼった。そしてシモン自身は自力でのぼる。荷物用の搬入路の中はのぼりの勾配になっていて、私たちは這《は》って進んだ。狭く暗い通路の先は、組み立て部屋の奥に繋《つな》がっていて、そこから部屋の二階部分の足場に降りられた。

私は銃を構える。コシチェイは椅子に座り、手の中で何かを弄んでいるようだった。人相書きによると彼は元軍人。それが何のために血盟《クラン》の幹部や貴族を殺し回っていたのか。気にならないと言えば嘘《うそ》になる。が、私の役は彼を殺すことであって、捜査するのは別の役だ。役を全うしてこそ、報酬は得られる。

シモンにも銃を構えさせて背後を守らせつつ、私は周囲の様子を確認した。一階の通用口からハンチング帽の人物が部屋に入ってきて、コシチェイに近付いていく。コシチェイが特に警戒していないあたり、彼の仲間だろう。さて、どうしたものか。

(まずコシチェイを狙撃し、仲間は無視して来た道を戻る？　いや、あの仲間も殺して一階から出た方が早いか……)

その時、私の目は、コシチェイとその仲間にのみ向いていた。

「おい、リリシュカ……」

情けない声が背後から上がって、私は右目を閉じた。左目でコシチェイを注視しながら、右目でシモンの視界を視《み》る。私は自分の目を疑った。とうとう右目がおかしくなったのかとさえ思った。私の右目には、ここにいてはならないものが映っていた。

「……ヨハナ?」

私は振り返らずにはいられなかった。そこには銃口をこちらに向けているヨハナと、その後ろに影のように佇《たたず》む彼女の人形、フーガがいた。

暑さも寒さもさして感じないはずの体なのに、血の気がさぁっと引いていくのがわかった。引き金にかけた指先が、上手《うま》く操れず、勝手に震える。

「そんな顔しないでよ。別に危害を加える気はないから」

ヨハナは場違いな微笑《ほほえ》みを浮かべていた。

「なんでヨハナがここにいるんだ!?」

声の出なくなっている私の代わりにシモンが叫んだ。

「何故《なぜ》って、私もあなたたちが言う、トルバランの一員だからだよ」

「はあ!?　でもトマシュ邸で、お前はあの男に襲われただろ?」

「あれは逆で、私はコシチェイの仕事を援護するためにいたの。まあ、コシチェイは強いから、私が行く前に殆《ほとん》ど仕事を終えてて、結局、帰り道にニズドが手出ししないように、足を引っ張る役目ぐらいしかすることなかったけど」

ヨハナの視線が私から逸《そ》れる。その先には、ゆっくりと二階に上がってきているコシチエイがいた。私はシモンにコシチェイの動きを注視させながら、ヨハナを問いただす。

「どうして、ヨハナがあの男と組んでいるの？　ニズドを裏切ったの？」

ヨハナが申し訳なさそうな顔をする。一体、いつから裏切っていたのか。何故、裏切ったのか。私には見当もつかなかった。誰より優しくて、誰もが頼りにするクラスの年長者。そして私が一番長く共に過ごしたルームメイト。それが、どうして……。

「彼女は、裏切っていない。ニズドに入る前から、彼女は、私たちの、同志だ」

答えたのはヨハナではなく、階段をのぼり切ったコシチェイだ。男の発声が独特の切れ目を持つのは、その口元の大きな傷のせいか。もしかしたら、口の中も負傷しているのかもしれない。この期に及んで、状況を冷静に分析している自分がいた。コシチェイが言葉を続ける。

「彼女の両親は、私の部隊の、所属だった。私は士官学校出身の、正規兵で、彼女の両親は、志願兵だった」

その情報に驚きはなかった。昔、ヨハナが教えてくれた。彼女の両親は、貧しい田舎で娘を育てるために、親戚にヨハナを預け、自分たちは兵士として戦地に赴いたと。領邦化以降、ボルヘミアは貧窮した国民に対し、兵士として帝国に出稼ぎに行くことを奨励している。それが志願兵制度。彼らは真っ先に過酷な最前線に送られる。ヨハナの両親もそうして前線で死亡。彼女はしばらく親戚をたらい回しにされ、ある施設からニズドに拾われたという。

そして活動家の正体が元兵士だというのも、知ってしまえば納得だった。前線で冷遇され、帰還しても心身の故障で社会に上手《うま》く馴染《なじ》めず、事件を起こす例はたまに聞く。この男も、前線で国や体制を恨み、その復讐《ふくしゅう》に部下の遺児を巻き込んだのだろうか。

「リリシュカ、話を聞いて」

ヨハナの声が飛ぶ。私は、自分が撃たれるかもしれないということを無視して、銃口をコシチェイに向けていた。ヨハナの声がなかったら迷いなく引き金を引いていただろう。

コシチェイは無表情のまま、ゆっくりと近づいてくる。そして、ずっと手の中で弄んでいたものを私に見せてきた。それは眼球だった。

「トマシュ邸で、見つけた人形眼だ。これには、今は禁止された、半自律思考魔術が、刻まれている。これを手土産に、トマシュは別組織に、寝返る気だった」

「……もしかして、それが金庫の中身？」

私の問いにコシチェイは頷《うなず》いた。トマシュが襲撃された時、その部屋の金庫が空になっていた。まさか、あの中身が、半自律型の人形眼だとは。

「この半自律思考魔術には、重大な欠陥が、ある。特定の条件下で、人形の疑似人格と人形遣いの人格、本来分かたれるべき思考領域が、混濁する。つまり、人形の思考に、人間の思考が侵される」

コシチェイが口にしたのは、いつかシモンが口にした懸念そのものだった。自分の脳の中に魔術で人形用の思考領域を作る。一つの脳に二つの思考。言葉にすれば、確かに危険なことのように思えるが、私の常識や経験がその可能性を否定する。

「まさか。そんな危険物なら、国がとっくに回収してるはず。でもそうはなっていない。身近にも安全に運用されている自律型人形は多い」

脳裏に、カレルやジゼル先生の姿が浮かぶ。彼らは自律型人形と生活し、心身共に健康だ。しかし、私の言葉にヨハナの表情が明らかに曇った。

「私の両親はね、東部前線で国が支給した自律型人形を遣って戦っていた。そして、ある日『天使の囁《ささや》き』を聞いて味方に発砲し、それをきっかけに、部隊は錯乱した兵士同士で殺し合いを始めた」

「天使の囁き……」

たしか紅貝通りでも聞いた。薬物中毒者が、自殺を促す幻聴を聞くことがある。その幻聴を指す言葉だと。

「それは人形じゃなくて、薬物症状のはずじゃ……」

「どちらも、だ」

私の言葉を遮るようにコシチェイが言った。

「半自律思考魔術と、薬物。この二つが揃《そろ》うと、人形と人の思考を分割するはずの、魔術的境界が、崩れる。そして、当時、軍で使っていた、鎮痛剤には、あの悪名高き『白昼の星《ポルドニツツァ》』と同じ成分が、含まれ、大勢が濫用していた」

仮にコシチェイが言っていることが事実だとして、そんな大きなスキャンダルが今日まで公にされないなんてことがあるだろうか。と、私は自分に問いかけ、そして気付く。活動家に殺されながら事故扱いの貴族たち、ありもしない罪で名前ごと消された政治家——市政ですら捏造《ねつぞう》や隠蔽はある。国の世論を左右する事柄なら、より大きな力が働くぐらいあるだろう。

「欠陥品の人形、軍紀の乱れ、志願兵の一斉自殺。それらの汚点を、封印するために、八十五年式の自律型人形は、問題の詳細を伏せたまま、製造だけが止められた。それだけでも許しがたいのに、まだこの人形で、金儲《かねもう》けしようとする奴《やつ》らがいる。『蛇の足《ハギイ・ノヒイ》』と、それとつるんでいた貴族どもだ。全部、殺さなくちゃ、ならない……あいつらが、魔術を、流出させなければ……」

私はようやく理解する。新規開発された魔術は申請を義務付けられ、国によって厳重に管理される。一介の犯罪組織が複製するなど不可能だ。しかし、魔術を管理する省庁のトップが一枚噛《か》んでいるなら話は変わる。殺された四人の貴族の中にはたしかに、産業大臣経験者がいた。他の三人がどういう協調関係かはわからないが、彼らも何かしらの見返りの代わりに『蛇の足《ハギイ・ノヒイ》』に協力していたのだろう。そして、その事実が惨劇を生き残った男の逆鱗《げきりん》に触れたということか。

　コシチェイは不自然に震えはじめた義手で己の顔を覆っていた。そんな彼にヨハナは憐《あわ》れむような目を向けていた。

「錯乱事件で、部隊の殆《ほと》んどは全滅して、コシチェイも腕を失った。軍を抜けた彼は、部下の遺族たちを訪ねた。彼らがちゃんと暮らせているか気がかりだったから。大半は遺族年金でそれなりに暮らせていたけど、何人かの子供は親戚に年金だけ取られて酷《ひど》い扱いを受けてた。私もあの日、コシチェイが来なかったら、馬小屋で餓死してたと思う」

　まるでここが舞台の山場だと言わんばかりに、ヨハナが沈痛な面持ちで訴える。

「私はただ、両親の仇《かたき》を取りたかっただけ……リリシュカならわかるでしょ？」

　私が家族の仇を討つためにニズドに入ったように、ヨハナもコシチェイと組んでいる。

私に、ヨハナの行動を否定する道理はなかった。

　だから私は、コシチェイに向けていた銃の引き金を引いた。

　弾丸はコシチェイの後頭部を掠《かす》って通り抜けた。ヨハナのフーガが、引き金を引くより早く、私に蹴りかかってきたのだ。その踵《かかと》には刃物が仕込まれていて、風切り音とともに私は自分の髪が数本、散るのを見た。

「リリシュカ！」

　シモンが流れるような動きで私とフーガの間に入り、フーガに殴り掛かった。フーガをシモンに任せ、ヨハナを目で追えば、既に彼女は私から距離を取っていた。そして彼女は叫ぶ。「どうして!?」と。

「両親の仇討《あだう》ちなんて、リリシュカはお前に話したことないだろ！」

フーガの回し蹴りを胸すれすれで避《よ》けながらシモンが大声で返した。その通りだった。彼女を信じてはならない。私の本能がヨハナの左足に銃口を向けさせていた。心はまだついていけない。「ヨハナは大切な友人」「ぜんぶ悪い冗談だ」と混乱する私を置いて、「足さえ潰せば、殺せる」と、舞巫《マフカ》としての私が一発、また一発とその足下に撃ち込む。

後ずさるヨハナ。背中は壁。その足がとうとう止まる。私の手は止まらない。

（え……）

狙ったはずの足が、視界からさっと消えた。代わりに、右側から強烈な衝撃。視界がぐわんと揺れる。ヨハナの左足が私の首めがけて叩《たた》きつけられたのだ。

「ウソ、今の庇《かば》った？　絶対、入ったと思ったんだけど」

ヨハナが目を丸くして言った。私自身、驚きだ。私はとっさに銃を持つ手で、彼女の蹴りから自分の首を庇っていた。しかし、驚いたのはそれだけじゃない。

「ヨハナ、その足は……」

高く勢いよく足を蹴り上げるには、少し足を引いて勢いをつける必要がある。股関節が硬い人ならなおさら、勢いに頼まないと足は上がらない。しかし、ヨハナの背には壁があり、足を引く余地はなかった。ヨハナの足は、その筋力と股関節のバネだけで、あれだけの勢いの蹴りを繰り出したのだ。股関節を痛めて、杖《つえ》までついていた人間の技では到底ない。

「怪我《けが》も全部、嘘《うそ》だったの？」

「嘘って言うと語弊があるかな。私、体中の関節、外せるから。ほら」

先ほどまでの哀《かな》しげな顔は何だったのだろう。うっすら笑みさえ浮かべて、ヨハナが自身の左肩に手をかける。石臼で何かを挽《ひ》くような音がして、その肩がだらんと下がった。

その様は、ヨハナの人形であるフーガを思わせる。そして彼女は何でもないように、不気味な音とともに再び肩の位置を戻した。

「あの事故がなかったら、リリシュカと同室にも、同じ学年にも、なれなかったでしょ？目的が果たせた時点で、さっさと治してもいいと思ったけど、リリシュカみたいに優しくてちょっと気難しい子の前では、弱ってるぐらいが丁度いいと思って」

丁度いい――その言葉の意味が私にはよくわからなかった。ヨハナは一体なにを言っているのだろう。

「あと、どうせこの仕事が終わったら、適当に死んだことにするつもりだったからさ。負傷してた方が、不自然に思われなくていい」

そう言って、ヨハナは私に向かって手をかざした。その手にはいつの間にかナイフがきらめいている。今度は私が逃げる番だ。素早く一歩飛びすさる。しかし、彼女の腕は、私の想定より遥《はる》かに素早く、私の首元すれすれを突いてきた。その手を掴《つか》んで逆に引き倒そうと思うよりも先に、彼女は腕を引っ込め、再び、突いてくる。

(今度こそ、確実に仕留める!)

ヨハナの刺突を左手でいなし、そのがら空きの胸に銃口を向けたその時、血塗《ちまみ》れの自分の左手が、銃を掴む自分の右手を押し出して邪魔した。私の左手にはヨハナが握るナイフの刃が深々と突き刺さっていた。

「リリシュカ!」

シモンが叫ぶのと同時に、ヨハナが私のみぞおちのあたりを蹴飛ばしながら、ナイフを引き抜いた。私はシモンの足下まで転がった。シモンは既にフーガの片腕を引き千切っていた。

まだやれる。殺さなきゃ。私は自分の足に、腕に命じる。「動け《アギト》」と。しかし、蹴りのせいなのか、刺されたせいなのか、腰が立たない。指も上手《うま》く動かない。さっきは意識しなくても、自然と体が動いたのに。自分の意志と感情と肉体と、それらを繋《つな》ぐ糸が全部切断されたかのように、私は混乱していた。

「私は、君と敵対するつもりは、ない。ただ、君とは、協力し合える、と思ったんだ」

背後からコシチェイの声がした。

「フーガを、止めてくれ、ヨハナ。リリシュカ、君もだ」

私は深く溜息《ためいき》をつき、言われた通りにした。逆らっても、背後のコシチェイか目の前のヨハナに始末されるのが目に見えていた。ちらりと一階に視線を向けると、物音を聞きつけてか、コシチェイの仲間らしき人物が三人に増えていた。

「私は、あの忌まわしい、人形で儲《もう》けるやつらを、皆殺しにしたい。つまり、ジルニトラも、『蛇の足《ハギィ・ノヒィ》』も。全部、だ。奴《やつ》らは、生白い、貴族とは違う。一人でも多くの、力がいる。私たちは、君の力を、借りたい。きっと、君の父上も、それを望んでいる」

やはり、彼らは私の出自を知っている。私以外で、私の事情を知っているのは、ニズドの職員ぐらいのはずだ。内通者がいるのか。疑問が浮かんだが、質問は自分の出自を肯定するようなもの。私は口をつぐんだ。

「君がニズドにいるのは、家族の復讐《ふくしゅう》のため、だろう？　だが、ニズドは、金さえもらえば、『蛇の足』の依頼も、受ける。君にとっては、矛盾だ。だが、私たちと組めば、心置きなく、奴らを殺せる。だから……」

コシチェイがそう言って義肢化されていない左手を差し出す。私は自分の掌《てのひら》を見る。ナイフが貫通した左手は血塗れだった。

「リリシュカ、私たちと来て。復讐を果たそう。リリシュカの家族だって喜ぶよ」

ヨハナが耳元で囁《ささや》いた。そして、彼女は血塗れの私の手にその手を重ねて、コシチェイの手を握らせた。

「なにが『家族が喜ぶ』だ」

それまで押し黙っていたシモンが吐き捨てるように言った。

「真っ当な家族なら、娘が人殺しになるのなんて望まないだろ！　望んでんのはお前らのクセに、都合よくすり替えんな！」

ああ、そうだ。父も母もきっと私が人殺しになるのなんて、望んでない。それでも私は、復讐《ふくしゅう》を選んだ。でも、それは家族のためじゃなくて、自分のため。自分がそうしたいから、そうする。これは、私の復讐なのだ。この復讐だけは、誰にも奪わせない。

私はヨハナの手を振り払い、コシチェイの手をはたく。

「貴方《あなた》たちの事情なんて知った事じゃない。私はニズド・カンパニーの舞巫《マフカ》。報酬をもらい、依頼人の代わりに報復をするだけ」

コシチェイは、怒るでもなく、血の付いた自分の手を見て、静かに言った。

「決裂か。なら、悲しいが、君には、死んでもらおう」

シモンは既に腕を構えている。私は、指先を動かす。

その時だ。

ドガン、と聞いたことのないような爆音が響き、建物が、地面が、空気が、全てが揺れた。壁際に設置されていた棚が倒れ、中に収められていたおびただしい数の人形が押し合いへし合い、床に倒れ込むのが見えた。

「いったい……」

「伏せろ！」

　コシチェイが、私とヨハナの頭を手で押さえつけた。シモンもフーガもしゃがむ。再び、爆音。そして、今度は熱風。コシチェイの脇の下から見えたのは、建物の外壁に空いた、大きな穴だった。

「これは設置型で、投げるものじゃない……」

「あぁ？　壊せたンだからいいだろ？」

　空いた穴から男たちが人形を踏み越え、ぞろぞろと入ってきた。男たちの先頭には、『着せ替え館《メゾン・クローゼット》』で会った二人組、ジルニトラとミハイルがいた。それを認識したのとほぼ同時に、パン、パン、パン、パンと発砲音が響いた。くぐもった声と、甲高い悲鳴、そして、バタンと倒れる音が聞こえた。ジルニトラの背後にいた男たちが撃ったのだ。

「オイオイ、ちゃんと頭狙ってやれ。あーあ、アイツあんな苦しそうじゃねえか。ったく中途半端が一番辛《つら》いんだぜ？　ほら、俺が手本を見せてやる。こうやってイかせンだよ」

　ジルニトラが銃を撃つ。バタンとハンチング帽の男が倒れた。

「おい、いるんだろ。トルバランさんヨォ。さらった子供じゃなくて、俺はお前本人に用があるんだ」

コシチェイはほとんど無表情だった。そして小声で言った。

「君たちは、行け」

「貴方《あなた》は？」

「全員、殺し尽くす」

「あの人数、いくら貴方でも無理でしょ。人形もないのに」

トマシュ邸でのコシチェイの殺戮《さつりく》っぷりは知っている。しかし、あの時の彼には人形がいた。そしてその人形は私が壊した。ジルニトラたちはざっと二十人近くいる。つまり、人形も合わせて四十人。いくら魔法義肢でも、無謀に等しい試みだ。

「あとは頼む」

コシチェイがそう言うと、ヨハナは頷《うなず》き、私の手を引いた。シモンも私に小声で「ともかく脱出だ」と囁《ささや》いた。私はしゃがんだ姿勢のままヨハナの後に続いて、二階の出入り口に近付いた。

「お前らが、探してるのは、俺だ！」

背後でコシチェイが吠《ほ》えた。

足場が揺れる程の衝撃。何かがぐちゃっと潰れる音。男たちのどよめき。

「あーあ。ちゃんと避《よ》けねえから……お前ら、囲め！」

乱闘の音を背に、私たちは扉を開け、建物の中を駆けた。

＊＊＊シモン＊＊＊

ヨハナを先頭に、建物の中を走り抜け、辿《たど》り着いたのは、出口ではなく、小さな部屋だった。人形の部品を詰めるためのコンテナが何個も積まれている。訝《いぶか》し気な眼差《まなざ》しを向けるリリシュカに対し、口元に人差し指を立ててみせるヨハナ。黙って見ていて、ということだろう。ヨハナはコンテナのひとつの蓋を開けた。そして手招きする。コンテナの底は、下り階段に通じていた。

「もしかして地下通路？」

リリシュカが小声で訊《き》くと、ヨハナは頷き、中に入った。フーガも身を屈《かが》めて、主人に従う。リリシュカが俺の目を見て頷く。どこに繋《つな》がっているかわからないが、ここは腹を括《くく》るしかない。遠くでは、銃声や爆発音が聞こえていた。

リリシュカに続いて、俺も箱の中の闇に足を踏み入れる。蓋が閉じる。真っ暗闇かと思えば、先行する二人の手元には携帯式の灯《あか》りがあった。以前、魔力で光らせるものだとリリシュカが教えてくれた。青白い光に導《みちび》かれ、長い階段を下る。

「ここは？」

階段が途切れ、広い通路のような場所に出た。水が流れているわけではないから、下水道ではないだろう。

「避難通路兼シェルター。この国が他国に攻められた時、王族とかお偉いさんが脱出のために使う道だね。他の都市への脱出が難しい場合も想定して、避難所として使える場所もしつらえられているとか。まあ、使われなかったけどね」

地上からは十分距離を取ったからだろう。いつもの声量でヨハナは答えた。明るげな声が闇にこだまする。今、彼女が何を考えているのか、俺にはさっぱりわからなかった。

「トルバランは全部で何人？」

リリシュカが訊《き》いた。

「私を入れて十三人。あ、いや、さっき三人死んだから、十人か」

「全員が、貴方《あなた》と同じ戦争遺児？」

「ううん。子供はさっき死んだ三人も含めて七人。コシチェイを除く残り五人は、最近入ったばかりの一般人。コシチェイが、行き倒れの面倒を見て、そのまま居ついた感じ」

「なら、全滅は免れない」

「うん、きっとそうだね」

あの人数、さすがのコシチェイも死ぬのだろうか。相手は二十人近く、それも人形遣いだ。俺はコシチェイがリリシュカに語っていたことの半分もちゃんと理解している自信はないが、彼なりに信念や正義があることは、わかった。そのために、ヨハナたち子供まで巻き込んでいたのはクソだが、そもそも彼が駆けつけなかったら、ヨハナはひっそり死んでいたのだろう。他の子どもたちも似たようなものか。みな、自分は最早《もはや》死んだものと、すすんでコシチェイに協力したのかもしれない。死者の心を知る術《すべ》はない。が、生者は別だ。俺は訊く。

「ヨハナ、お前はこれからどうするつもりだ？　ニズドに戻るなんて言わないよな」

「さすがにそこまで面の皮は厚くないよ。セマルグルを出たら、どこか静かなところで隠《いん》棲《せい》でもしようかな。リリシュカもどう？　コシチェイの手前、さっきはトルバランに誘ったけど、本当は復讐《ふくしゅう》なんてどうでもいいんだ、私。だからさ、二人で逃げちゃおう？」

まるで歌い出すような軽やかさで、ヨハナは言った。わからない。かつて自分を救ってくれた、そして今さっきも俺たちを逃がすために、命を懸けた男の願いを「どうでもいい」と石ころを蹴飛ばすみたいに言えてしまう彼女の心が。青白い魔法の火に照らされた、彼女の微笑が、ニズドで見ていたいつものそれであればあるほど、俺は彼女に得体の知れなさを感じる。

俺の中のヨハナは、常に笑顔を絶やさない、優しく、親切で、頼りになる年長者だった。その心は、思春期の揺らぎを脱して、安定そのもの。それは常に一定のリズムを刻み続けるメトロノームにも似て、リリシュカやジナのような棘《とげ》のある子も、いつの間にか彼女のリズムに乗せられ、落ち着きを取り戻していく。しかし、人間である以上、常に感情が一

定なんてのは不自然だ。時に落ち込み、時に怒るぐらいが、人間だろう。なのに、彼女は今も一定のリズムを刻み続けている。そのリズムは、まだ混乱している俺の（そしてきっとリリシュカの）心をまるで無視している。寄り添うのではなく、全てを自分の感情の波形に飲み込もうとする。その精神の在り方がある種暴力的で、支配的でさえある気がした。故意なら極めて悪質だし、無自覚ならそれはまた別の悪質さを持っているだろう。

だから彼女の言う「二人で逃げちゃおう」も、その悪質さが端的に出た言葉にしか聞こえなかった。たとえ、それがリリシュカにとっては最善の選択でも。ニズドもトルバランも、彼女の手を血に染める場所だ。第三の道は決して悪い話じゃない。でも。俺はリリシュカにその女の手を取ってほしくないと、そう思ってしまった。

「逃げる、ね……私がそれを許すと？」

リリシュカが銃を抜いた。俺も銃と剣、どちらにも手をかける。ヨハナは困ったという風に、頭をかいた。

「駄目？　あ、じゃあ取引しよう？　私がニズドに依頼を出すから、ここは見逃してよ」

「依頼？」

「トルバラン十二人の命を奪った奴《やつ》らを殺してって、ごくありふれた報復の依頼だよ」

「そんなバカげた話……」

ヨハナは一歩進み出て、リリシュカの銃をそっと握った。

「リリシュカが言ったんだよ。私はニズド・カンパニーの舞巫《マフカ》。報酬をもらい、依頼人の代わりに報復をするだけって。報酬を得てエトワールになりたい。父親の仇《かたき》かもしれない犯罪組織を根絶やしにしたい。いずれにしてもリリシュカにとっては願ってもない話だと思うけど」

リリシュカの瞳が、青い火に照らされ、冷たく輝いた。

「私の過去をどこで知ったの？」

「依頼が成功した暁には、それも報酬に含むよ。とりあえず、手付金で1万。成功報酬で4万、どう？」

計5万。美味《おい》しい話には違いないが、一体、これだけのお金を彼女はどこに隠し持っているというのか。不思議に思わずにはいられない。リリシュカだって、同じ気持ちだろう。だとしても、彼女が何を選択するかは容易に想像できた。

「ジルニトラの居場所は？」

「ジルニトラはしばらく、彼の表向きの住居には帰ってない。今のアジトは半自律型人形の隠し製造所。その所在は、長らく不明だったけど……まあ、コシチェイの置き土産に期待かな」

置き土産とは一体何のことだろう。訝《いぶか》しがる俺をよそに、ヨハナはリリシュカの左手を取った。そして自分でつけたその傷口に指を這《は》わせた。爪が赤い傷口に沈む。見ている俺が痛みを想像し不快になる一方で、リリシュカは顔色一つ変えなかった。

「結局、私のためには、泣いてくれなかったね」

ヨハナの言葉に、リリシュカが顔をしかめる。ヨハナは血に濡《ぬ》れた中指で、自らの唇をそっとなぞった。

「あの子たちのためには泣いたのに」

艶《つや》やかに濡れた唇がにんまりと笑みを浮かべる。一瞬の間があって、リリシュカの瞳に火花のような冴《さ》えが宿った。それで察した。リリシュカは俺に命じなかったが、俺は自分の意志で引き金にかけていた指に力を込めた。しかし、俺の銃は何かに勢いよく弾《はじ》き落とされた。そして驚く間もなく、ガシャンという音とともにあたりが一切の闇に包まれた。暗闇の中を駆ける足音が聞こえる。あとで気付いたが、フーガがナイフを投げて俺の銃とリリシュカの灯《あか》りを立て続けに取り落とさせたのだ。

「じゃあ、今日のうちにでも依頼を出すよ。もちろん、リリシュカを指名してね」

闇の奥から声が聞こえた。リリシュカが手探りで外套《がいとう》から燐寸《マッチ》を取り出し、火を点《つ》けると、そこにはもうヨハナもフーガもいなかった。

リリシュカは灯りを拾うと、迷路のような道をほとんど迷いなく進んで、やがて、階段に繋《つな》がる横道を見つけた。階段をのぼると、そこはラダ地区のある裏路地の突き当たりだった。もうすっかり日は暮れている。リリシュカと俺は急いでニズドに戻った。

九章　血風のフィナーレ

＊＊＊シモン＊＊＊

ニズドに戻ると、リリシュカはまず支配人室に赴き、グランマに事のあらましを報告した。スワログ地区の人形工房跡地で、指名手配されていたトルバランのコシチェイを見つけたこと。しかし、ヨハナの裏切りに遭い、仕留め損なったこと。明かされた彼らの目的。そして、そこをジルニトラたちが襲撃。ヨハナとリリシュカは脱出できたが、トルバランのメンバーはコシチェイ含め全滅したであろうこと。グランマは頷《うなず》いた。

「実は、依頼主から既に連絡があってね、スワログ地区で火災があって、現場に駆け付けると、人相書きの男と他十一人の死体が見つかったと。使われた工事用爆薬や重火器などの痕跡からして、襲撃犯は『蛇の足《ハギイ・ノヒイ》』だとも。コシチェイの依頼は取り下げられた。残念だが、報酬は誰ももらえない」

リリシュカは落胆していなかった。そして何となく察してはいたが、俺は一つ訊《たず》ねた。

「今回の依頼主は警察？」

「ああ。公にできない事件の犯人や、警察では手出ししにくい場所に逃げ込んだ者の処理は、我々に任せられることが多い」

改めてニズド・カンパニーという組織の抱える闇の深さを思い知る。と同時に、この組織を出し抜いたヨハナが恐ろしくもなる。

「それで、ヨハナは見失ったと聞くが、実の所、君が脱走をほう助した……ということはないかな？」

グランマの瞳が真正面からリリシュカを見る。リリシュカは顔色一つ変えずに答える。

「いいえ。まんまと逃げられました。こんな傷までつけられて」

リリシュカがハンカチを巻いた手を掲げてみせた。地下通路の暗がりではあまり気にならなかったが、地上に出た途端、赤い雫《しずく》をだらだらと滴らせる手を見て俺はギョッとした。リリシュカは何でもない顔をしていたが、俺があまりに騒ぐから、面倒くさそうに外套《がいとう》の中からハンカチを取り出した。白いハンカチは瞬く間に赤く染まり、今ではすっかり錆茶色に変色していた。グランマへの報告より先に、保健室に行くべきだと言う俺の忠告は無視された。

「ヨハナの実力を見誤っていたのは私の落ち度ですが、そもそも私を疑い責める前に、ヨハナの正体に気付けなかった劇団の検査体制こそ見直されるべきでは？」

支配人の前でも物怖《ものお》じしない態度は、一周回って流石《さすが》だと思う。グランマも苦笑する。

「それを突かれると痛い。油断がなかったと言えば嘘《うそ》になる。十二歳から十六歳の少女。この条件だけで、大概の怪しい人間は弾《はじ》けるからね。もちろん、ここに来る者は様々な出自があるが、身辺調査も行う。それを潜《くぐ》り抜《ぬ》けられてしまったとなると……まあ、今後はより一層、目を光らせることにするよ。他に何か報告は？」

するとと、リリシュカがやや伏し目がちに言った。

「私のルームメイトだった三人の死因を、改めて調べてもらえますか？」

「なるほど。それもヨハナが仕組んだじゃないかと、君はそう疑っているんだね？　いいだろう。これも再発防止措置というやつだ」

ヨハナは本当に三人もの命を奪ったのか。それとも、単にリリシュカをからかってみせただけなのか。俺は、リリシュカの手に巻かれたくすんだ赤が滲《にじ》むハンカチに目を向ける。ヨハナがリリシュカに向ける偏執は、どちらの可能性も肯定している。ヨハナは間違いなく、リリシュカの心身を傷つけて遊んでいる。

「ジゼルです、入室の許可を頂きたく」

「入りたまえ」

ジゼル先生が一枚の紙を持って部屋に入ってきた。

「リリシュカを指名した、匿名の依頼がありましたので、届けに来ました」

「読んでもらえるかな？」

「同朋《どうほう》十二人の命を奪った者とその協力者に、その代償を、命を以《もっ》て支払わせること。前金は1万C《コルネ》。成功報酬は4万C。追加で協力者一人につき2千C……支払いは、成果を確認でき次第。前金はしっかり同封されていました」

　ジゼル先生が読んでいるそばからグランマは笑っていた。匿名の手紙の差出人が何者か、この人にはわかっているのだろう。そして、彼女はリリシュカを見て言った。

「どうする？　引き受けるだけ引き受けて前金だけ頂くという手もあるが」

「4万の報酬をみすみす逃す気はないです」

「ジゼル先生。そういうことだそうだ」

「承知しました」

　リリシュカは支配人室を辞した。さっさと寮室に戻ろうとするので、無理やり保健室に引っ張って行った。ブランカ先生は、リリシュカの顔を見てまず渋い顔をして、手の怪我《けが》を見るとさらに渋い顔をした。

「最近よく見る顔だね、まったく。ただの切り傷なら絆創膏《ばんそうこう》だけど、こりゃ縫わなきゃならないよ。幸い、神経や腱《けん》は全部逸《そ》れてるから、後遺症は残らないと思うけど」

　そう言いながら人形に命じ消毒液を傷口にかけていた。もう、その画《え》だけで俺は痛い。ところが、やはりリリシュカは顔色一つ変えない。そして、ブランカ先生が注射器を取り出すとリリシュカは言った。

「麻酔は要らないです。この後の公演に差し支えるので」

「馬鹿か!?」と俺は叫びたかったが、衝立《ついたて》の向こうのベッドに誰かが寝ている気配がしたので、俺は言葉を飲み込んだ。ブランカ先生も、「そうかい」と針と糸を取り出した。俺はしばらくそっぽを向いていた。

「できれば、今日一日安静にしていて欲しいんだけどねえ」

「明日は休養します」

リリシュカは先生に一礼して、保健室を出た。そして今度こそ、準備のために寮室に戻った。

＊＊＊

銃弾の補充、ナイフの刃こぼれの確認、そしてハンカチの入れ替え、黙々と準備を進めるリリシュカに俺は声をかける。俺もボロボロの服は既に着替えを終えている。

「本当に、手、大丈夫なのか？」

リリシュカの左手には清潔な白い包帯が巻かれている。

「ちゃんと動く」

「そうじゃなくてまだ痛いだろ、普通」

「そういうの、感じないから」

「感じない？」

「私、首から下の感覚がほとんどないの」

「はあ⁉」

リリシュカには何度と驚かされてきたが、ここに来て、まだ驚かされることがあったとは。俺は思わず、大声を出した。リリシュカがびくりと肩を震わす。

「別に責めてるわけじゃない。ただ、そういう重要な話はもっと早く共有してほしいわけで……」

俺は呆《あき》れつつも言葉を選んで言った。

「一応、前に言ったじゃない。この右目になって、色々体質が変わったって」

「そのレベルは『色々』の範疇《はんちゅう》じゃ済まされないだろ。体の感覚がないって、じゃあ、痛み以外にも、触覚とか、暑さ寒さも感じないってことか？」

リリシュカは頷《うなず》いた。

「だから、目が覚めて最初は歩くことすらままならなかった。自分の足が床を蹴っているのか、その実感さえなかったから。物を掴《つか》んでも、握力の調整ができない。それこそヘタクソな操り人形《マリオネット》みたいだった」

その感覚は、最早《もはや》、俺の想像を絶していた。生前、片足を失った俺でさえ、大抵の感覚は残っていたのだから。そして人形になった今、痛覚や触覚がないという点では同じだが、俺は動作にまるで困難を感じていない。これは、人形眼に刻まれた魔術とリリシュカの操作のおかげだろう。あらゆるものが、俺の手足を支え操っている。その支えがなくなったら、つまり糸が切れたら、俺もそんな状態になるのだろうか。

「でも、何度も転んで、段々自分の体の扱い方がわかった。人形と同じ。指の先まで意識して操る、ただそれだけのこと。だから私は人形と自分の体を同等に扱いこなせる。そして、痛みという制限から解かれた私の体は、厳しい訓練にも人一倍耐えられて、筋力も、事件前の倍以上出せるようになっていた」

一見、ただの少女であるリリシュカの恐るべき身体能力の理由がようやくわかった。彼女は何でもないように言ったが、体の扱い方がわかるまで、彼女は一体、何度転んだのだろうか。肉体に痛みがなくても、無様に転がって、床を這《は》って、立ち上がって、また転んで……屈辱は心を蝕《むしば》む。立ち上がり続けたのは、やはり復讐《ふくしゅう》のためだったのだろうか。

「痛みがないのは、わかった。けど、大量に失血したり、内臓が破裂すりゃ、普通に死ぬんだろ？　前にも言ったけど、お前が傷ついたら俺も困る。だから、あんまり無茶《むちゃ》はしないでくれ」

「わかってる。私が死んだら、貴方《あなた》も動かなくなるものね」

「そうじゃなくて……いや、それもあるけど、知った顔に死なれたら普通に嫌だろ」

俺の言葉にリリシュカはキョトンとしている。どうやら、俺の言葉は俺の意図せぬ形で伝わっていたらしい。

「お前だって嫌だろ、そういうの」

「そうね……」

　思い出す顔が色々あるのだろう。歯切れ悪くうなずくリリシュカを見て、俺は話を変えることにした。

「それで、ジルニトラがどこにいるのかは、わかってるのか？　たしかヨハナが、コシチェイの置き土産がどうとか言ってた気がするけど」

「コシチェイの手には私の血がべったりくっついていた。コシチェイが、もしジルニトラに触れられていれば……」

　リリシュカはそう言って右目を閉じてみせた。

「なるほど。お前の血の跡を追うわけか。その便利な能力、他の奴《やつ》は使わないのか？」

「私ぐらい血液の魔力濃度が高くて、かつ、魔導体の入った義眼を持った人間ならできる」

　つまり、ほとんどの人間にはできない芸当らしい。そして、ふと思う。リリシュカが魔力の痕跡を追ってあの工房に来ることをヨハナははじめから予想していたのではないだろうか、と。全て計算ずくで、リリシュカを誘い出したんじゃないか、と。何となくだが、そんな気がした。

「シモン、そろそろ行きましょう」

「俺は良いけど、お前は大丈夫か？　昨日から動きっ放しだろ？」

「むしろ目が冴《さ》えてきた。今なら何でもできそうな気がする」

徹夜の一夜漬けでテストに臨んだ時の俺みたいなことを言っていて、「ほんとに大丈夫か？」と口に出かかったが、飛び級するほどの天才を凡人と一緒にするのも失礼だろう。

「じゃあ信じてるからな」

俺はそう言って、リリシュカの後について部屋を出た。

＊＊＊

真夜中なのを良いことに、俺はリリシュカを抱き上げ、夜道をひた走る。リリシュカの指示通り、道を行ったり曲がったりして、やがて辿《たど》り着いたのはアーケード街だった。といってもさびれた商店街などではない。入り口は、馬鹿デカい立派な門がそびえ、アホほど高い天井には幾何学的な金の格子が組まれ、そこに無数の硝子《ガラス》がはめ込まれている。その一枚一枚が星空を切り取った額縁のようで、俺はつい見惚《みと》れてしまう。俺の腕の中でリリシュカは言う。

「ボルヘミアは、古くから硝子や宝石の加工業が盛んだった。魔導体の加工技術が優れているのも、その影響。そういった伝統を街づくりの意匠に取り込む、というのが、オイデン卿《きょう》の再開発のコンセプトのひとつだった」

高級そうな白亜の店舗や硝子のショーウインドウ横目に駆け抜けていくと、やがてそれらの建造物の集大成と言わんばかりの大きな建物が見えた。

「主に『外』からの客を見込んだホテル。この地区で最も高い建物になる予定だそう」

その工事中の巨大建築は煌《きら》びやかなアーケードの終点でもあった。硝子の天蓋が途切れると、急に、様相が変わった。存在する建物のスケールが十分の一ぐらいになり、外壁の殆《ほとん》ど剥《は》がれたような灰色の建物ばかりになった。

「まだ整備が追い付いていないの。元々この辺りの建物は権利関係がややこしくて、長らく、不法滞在者のたまり場だった。それで難航していた再開発事業を見事動かしたのが、あのオイデン卿。彼なしで、今後がどうなるかは想像もできない」

リリシュカの説明を聞きながら人気のない廃墟《はいきょ》を歩いていく。しばらくすると、リリシユカが周囲をキョロキョロし始めた。

「この辺りなんだけど……ここで途切れている？」

俺は人気のない道に突っ立っていた。リリシュカを降ろして、しゃがみ込む。何の変哲もない、古い石畳だ。だが、よく見ると、石と石の間の隙間の色が妙に濃い部分が見える。

俺はその隙間を指でなぞる。指の第一関節ぐらいなら入る隙間だ。何とはなしに、俺はすき間に指を突っ込んだまま腕を持ち上げた。石畳がそれこそ畳一畳分、ガバッと開いた。きっと本来は人形の体だから持ち上げられたが、生身の人間だったら到底、無理だった。

複数人で開ける仕掛けなのだろう。石畳の下には、人形工房で見たような地下に続く階段があった。

リリシュカが怪訝《けげん》そうに言った。

「どうして気付いたの？」

「急に閃《ひらめ》いたというか、リリシュカが間違えるわけないし、絶対なんかあると思って」

「そう……ともかく、魔力はたしかに続いてる。先に進みましょう」

携帯式の灯《あか》りを点《つ》けて、リリシュカが先行して階段を降りていく。俺も彼女の後に続いた。

＊＊＊

階段はひたすらに地下に続いていた。闇に向かってリリシュカは迷いなく階段を降りていき、俺は後に続く。魔力の灯りに照らされ、リリシュカの髪は青白く輝いて見えた。

やがて、階段は終わりを迎え、俺たちは平坦《へいたん》な地面を踏んだ。しばらくは工房地下と同じような通路が続いたが、不意に光が漏れている横道を見つけた。物陰から中を覗《のぞ》いてみると、その空間の異様さに俺は息を呑《の》んだ。リリシュカも目を見開いていた。打ちっぱなしのコンクリートで舗装された外壁と地面。その壁中に張り巡らされた配管。見上げる程高い天上。ニズドの劇場か、それ以上の広大な空間に、様々な機械が並び、絶えず動いている。ある一角では、細長い金属の手のようなものが幾本も動き回り、火花が飛び散り、ある一角では青白くドロッとした液体がパイプを伝い、別の機械の中に注がれていく。そしてその機械が時々、物凄《ものすご》い轟音《ごうおん》と共に蒸気を吹きだしてみせる。機械のほかにも、入り口近くにはタンクとたっぷりの水が入った貯水槽があり、その中を覗くと水底に数多《あまた》の眼球が沈んでいるのが見えた。リリシュカが俺の耳に小声で囁《ささや》く。

「……あれは人形の眼球に用いられる硝子《ガラス》を加工する圧縮機で、あっちの機械が魔導体に術式を刻む刻印機。そして奥にあるのが、魔力炉。ここにあるあらゆる機械の動力源になっている」

「つまりここが人形眼の製造工場なんだな」

俺が声を潜めてそう言えば、リリシュカは頷《うなず》いた。

「ジルニトラはここにはいない。他の奴《やつ》らに見つからないうちに、あいつを探す」

物陰から覗く限り、製造区画にはまばらだが人がいた。人形らしき人影も一緒だ。リリシュカは製造区画には立ち入らず、通路を進んだ。壁面には青い灯りが点いているがどこも仄暗《ほのぐら》い。細心の注意を払って、通路を進んでいくと、所々横道があって、行き止まりの空間が広がっているのも見えた。たぶん、この場所の本来の目的は、王族用の避難シェルターなのだろう。ヨハナが言っていたことを思い出す。それが今やならず者の巣窟というのは、何だか諸行無常という気もする。

しばらく通路を進むと、遠くから青白い光に照らされて伸びる長い影が二つ見えた。ジルニトラ本人か、それともその部下か。ともかく鉢合わせるわけにはいかない。リリシュカは素早くすぐそばの横道に身を隠した。

「……のヤツ、あの怪物みたいな男に脳天カチ割られてたな」

「でも、あいつクスリで相当イカれてたし、殺されなくても近いうち脳ミソぶちまけてたんじゃないか?」

げらげらと笑う男たちの声が近づき、やがて遠くに消えていく。俺は遠くなる声に耳を澄ましながら、あたりをうかがう。逃げ込んだ先は薄暗い小部屋だった。何故《なぜ》か大量の人形がびっしりと置いてある。

「……ここは一体?」

俺の問いかけに、リリシュカが手持ちの灯《あか》りで人形を照らした。どれも薄汚れていて、手足にひび割れが入っているものも少なくなかった。

「どれも中古の一般的な魔法人形《マギアネッタ》。この中古素体を洗浄したり修理して、新しい人形の素体として使ってるのかも」

男たちの声は完全に消えていた。リリシュカは横道から顔を出し、あたりを確認すると、また通路へと戻った。それからリリシュカに付き従う事しばらく、やがて彼女は足を止めた。

通路から繋《つな》がる空間。リリシュカと共に覗《のぞ》き込《こ》むと、そこは工事資材の置き場だろうか、天井は高く、打ちっぱなしのコンクリート壁に囲まれた広い空間の一角には、土嚢《どのう》や木材がうずたかく積まれていた。その中央で男が二人、向かい合っていた。ジルニトラとミハイルだ。距離があっても男たちの声はよく響いて聞こえた。

「それが老人たちを殺し回っていた殺人鬼か……大男が、随分小さくなったものだな」

「始末した証拠が欲しいって言うから、引き千切ってやったが、クソ！　手間取らせやがって、俺の一張羅が台無しじゃねえか」

ジルニトラが地面に何かを叩《たた》きつけた。ゴトリと鈍く硬質な音を響かせて転がった人の腕。たぶん、コシチェイだったもの。それをミハイルは興味なさそうに見下ろしている。

「二人とも、今ここで仕留める」

リリシュカが俺にだけ聞こえる声で呟《つぶや》く。俺は頷《うなず》いて銃を構える。俺はミハイルの、リリシュカはジルニトラの、それぞれこめかみを狙う。そして、引き金を引く。

弾が発射されるのと、ミハイルが動くのはほぼ同時だったように思う。ミハイルがジルニトラを突き飛ばした。俺の撃った弾はミハイルの後頭部を掠《かす》めただけだが、ジルニトラを狙ったリリシュカの弾はジルニトラを庇《かば》ったミハイルの側頭部に命中していた。その場に倒れ込むミハイル。ジルニトラは無傷ではあるが、怯《おび》えた顔でこちらを見た。

「お前ら、どうしてここが⁉」

リリシュカは銃を構えたままジルニトラに近付いた。

「いくらで雇われた？　俺ならその倍の額出すぞ！　だから！」

これが犯罪組織の幹部の姿だろうか。コシチェイに縊《くび》り殺されたトマシュにしてもそうだが、情けなさすぎる。リリシュカの背中につきながら、俺はそう思った。

「公演中に依頼主の鞍替《くらが》えはご法度だって、貴方《あなた》たちでも知っているでしょ？」

リリシュカは真っすぐにジルニトラの眉間を狙っていた。

「はは……そうだったな。ハハ、ハハハ！　モチロン知ってるぜ！　テメエらに命乞いなんざ意味ねえって！」

ジルニトラがげらげらと大口を開けるのと、そのすぐ後ろの壁がガラガラと共に崩れるのはほぼ一緒だった。壁際に積まれた土嚢《どのう》も崩れる。俺はとっさに瓦礫《がれき》と土煙から庇《かば》うようにリリシュカの前に立つ。

「ったく、煙てェじゃねえか。誰だよこんなトコにゴミ放置しやがって！」

土煙の向こうから聞こえる下品ながなり声。煙がおさまり、剥落《はくらく》したコンクリートの山を踏みつけて立っていたのは、ジルニトラとついさっきまで頭を撃たれ倒れていたはずのミハイルだった。リリシュカが右目を瞑《つぶ》って彼らを睨《にら》みつける。

「あいつ、顔つきの自律型人形……」

「俺は新しいオモチャを卸す時は必ず、まず自分で試してみる主義でなァ。で、ご覧の通り相性バツグン、感度良好だったから晴れて増産体制にしたってわけ」

ミハイルが人形だったこと、それは最早《もはや》、俺にとって些事《さじ》だった。ジルニトラの後ろの壁は完全に崩れ落ちて、背後には別の空間が広がっている。そして、そこにいたのは、俺の背丈の倍以上はあろう、巨大な人形だった。サイズがサイズだけに素裸で、しかもバランスを取るためなのか人間よりはゴリラや猿人類といった体のバランスで、太く長い腕に対し、脚は短小だった。俺は唖然《あぜん》としつつ、訊《き》く。

「リリシュカ……あれは一体？」

「建設作業用の人形……だったもの」

この世界でいう重機のようなものだと思えば、その大きさの意味は理解できた。しかし、それだけでは説明のつかない異形をその人形は呈していた。

「建設用の人形ってのは、『そこ』にドリルをつけるもんなのか？」

「まさか。あれはどう考えても、あいつの趣味。本当に悪趣味」

これがいわゆる男根のメタファーというやつか。いや、ぶっちゃけ直喩だろ。と、益体もない事を思ってしまうのは、このどうしようもない危機的状況において、悲観しないための精神のカウンター作用か何かなのだろう。

「たった二人に対して、そんな御大層《ごたいそう》なものまで出すなんて大人げないいんじゃない」

リリシュカが溜息交《ためいき》じりに言う。

「たった一人の舞巫《マフカ》に二十人規模の血盟《クラン》が壊滅させられた例もある。しかも、その舞巫は、銀髪のぞっとするほどイイ女だったらしい。こちらも全力で相手しなきゃウソだろ」

リリシュカが厭《いと》わし気な眼差《まなざ》しを通路側の出入り口の方に投げた。俺もそれとなく視線を向けると、そこはいつの間にかジルニトラの部下たちで固められていた。

「アイツらはただのギャラリーだ。もちろん、手出しはさせない。でも、見られてた方がそそるだろ？」

手は出さない。その言葉が事実だとしても、この場から逃がさない、という意思も強く感じられた。

「部下の手前、見栄《みえ》を張りたいのはわかるけど、その人形、貴方《あなた》には分不相応じゃなくて？」

リリシュカの冷たい眼差しが、異形の人形を貫く。ジルニトラは笑う。

「ああ、人形遣いの身体と乖離《かいり》するほど人形の扱いは難しくなるってやつか？　ンなの、小手先のテクニックなんてどうでもよくなるぐらい圧倒的なパワーで攻めりゃあイイ。それにこの特注パーツに関しては、あながち、俺の身体から離れてるってわけじゃない。俺のココは義肢化してるからな。そこの人形にもあとで味わわせてやるよ。だからその前にまず、俺のアスモデで孔《あな》あけてやらねえとなァ！」

アスモデと呼ばれた巨大人形が俺とリリシュカに向かって突っ込んできた。俺はリリシユカを抱えて素早く避《よ》ける。あの突進に当たれば、ちょうど頭のあたりを潰される。人形にとっては、手足を潰されるよりはマシなのだろうが、どのみちご免だ。リリシュカが囁《ささや》く。

「あの大きさの人形は、私でも長時間扱えない」

リリシュカを抱えながら走り続け、相手の魔力切れを狙う。できなくはないと思った。現に今、俺は巨大人形に追いつかれることなく走り続けている。

「そういう萎えるプレイはナシだろ」

銃弾が肩を掠《かす》める。振り向くと、ジルニトラの隣にいるミハイルが銃口をこちらに向けていた。

「あとスタミナ切れなんてダセぇことはしねえから、安心しとけ」

ジルニトラはそう言うと、ミハイルから注射器を受け取り、自分の首にその赤い溶液を打ち込んだ。どこかで見た光景だ。

「もしかして『白昼の星《ポルドニッツア》』？」

「あの薬には色んな効能があるけど、血中の魔力代謝の向上もその一つ。一時的だけど、通常の倍近くの魔力を取りこめるようになるから、こうなると、持久戦に持ち込むのは難しい」

「でもミハイルは半自律型だろ。だったら薬は自殺行為じゃ」

コシチェイ曰《いわ》く、自律型人形の遣い手が『白昼の星《ボルドニッツア》』を服用すれば錯乱、最悪、死に至るという。ジルニトラが、その危険性を知らないとは考え難《にく》い。

「副作用を抑える術《すべ》を見つけたか、もしくはとっくにおかしいのかもね」

リリシュカは鼻で笑ってみせた。その顔に悲観の色は皆無だ。

「どっちにしろ薬なしじゃロクに立てないヘタレ野郎なんて、私たちの敵じゃない。そうでしょ？」

リリシュカがそう言うなり、俄《にわ》かに四肢に力がみなぎるのを感じた。俺の腕がリリシュカを高く放り投げる。彼女は宙を舞いながらジルニトラめがけて銃を撃つ。が、予想通り、銃弾は全てジルニトラを庇《かば》うミハイルの背中に防がれた。俺はその攻防を尻目に、くるりと踵《きびす》を返し、走って来る巨大人形に向かって逆に突っ込んだ。人形の股下をスライディングしながら、その股間に何発も銃弾を撃ち込む。

「ハッ、そんな短小でイケるわけねェだろ」

「ゴチャゴチャうるせえ！」

俺は叫びながら、人形の膝裏を殴りつけた。ギシッと軋《きし》む音がした。もう一発殴ろうとして、人形の回し蹴りが俺の腹に直撃する。俺は、壁際まで吹き飛ばされる。

「まだイってないよな？　アスモデのやつ、ここンとこすっかりご無沙汰で欲求不満なんだ。前は、家にしがみつく不法滞在者どもを家ごと、ドリルで潰すのが仕事でよォ。飛び散る血、絡まるハラワタ、遠心力で吹き飛ぶカラダ、ガキどもの泣き叫ぶ声。あァ、思い出しただけで滾《たぎ》る。お前は自律型なんだろ？　カラッポでもいい声で鳴いてくれよ」

自分の何倍もある人形が、俺を叩《たた》き潰そうと両腕を振り下ろす。俺は地面を強く蹴って、再び人形の膝裏に回った。

ジルニトラを狙い、ミハイルと格闘しながらも、リリシュカは俺の意図に気付いている。熱いような痺《しび》れるような感覚が右腕を駆け抜け、そのまま力となって拳に流れ込む。全身全霊の右ストレート。バキッとその膝の球体関節にヒビが入る。あと一発。アスモデの太い腕が、俺を薙《な》ぐように振り払われる。

俺が吹っ飛ばされるのと、球体が砕けるのはほぼ同時だった。中から緩衝材なのか潤滑油なのか、ドロッとした液体が飛び散って、さながら割れた生卵のようだった。人形が片膝を折る。俺はすぐさま起き上がり、アスモデの背に飛びつき、そのまま、その太い首によじのぼった。俺はすぐさま起き上がり、アスモデの右目に剣を突き立てた。俺の体を通し、剣を通し、リリシュカの魔力が人形の目に注がれる。真っ赤な火花が散る。しかし、人形はまるで意思を持つかのように両手で俺を掴《つか》み、引きずり降ろそうとする。

「ハハハ！　俺が、俺のアスモデがその程度でイくか！　逆に昇天させてやるよ！」

アスモデが俺の両脇を抱えて持ち上げて、俺の体を奴《やつ》の回転するドリルにあてがおうとした。すぐ足下から鋭い金属音と機械の振動を感じる。このまま体を下ろされたら下半身からバラバラにされるのは必定だった。

俺は両手両足でアスモデの胴にしがみつき、なんとか抵抗を試みるが、アスモデの手が俺の肩を掴《つか》んで強引に引きはがそうとする。体格差でいえば、大人と幼稚園児ほどの違いがある。リリシュカの魔力でも、この体格差からくるパワーの違いは覆しがたいらしい。

俺はほとんど海老反《えびぞ》りのような体勢でアスモデにしがみついていたが、背中のあたりにドリルの先端が迫っているのが、音と振動でわかってしまった。

「下の口が嫌なら、じゃあ、上の口から行くか？　オラ、しっかり咥《くわ》えこめよ！」

絶望的状況。しかし、さかさまの視界の中で、リリシュカがワイヤーを持っているのが見えた。トマシュ邸でコシチェイを縛った時にも使ったものだ。ワイヤーの片方は大きめの輪っかになっている。リリシュカがそれをカウボーイよろしく、アスモデのドリルに投げつけた。ドリルの回転によって急速に巻き上げられるワイヤー。そして、バキバキバキバキと何かが無慈悲に砕かれ続ける音と猛烈な振動が、アスモデの体から俺にまで伝わってきた。やがて、アスモデの全身が震えたかと思うと、ガキンと甲高い音がした。そして静寂。ドリルの回転音はもうしなかった。

「クソ、やりやがったな……」

アスモデのドリルには、アスモデ自身の左足が巻き込まれていた。リリシュカの投げたワイヤーの先には、はじめからその左の足首に括《くく》りつけられていて、ワイヤーがドリルによって巻き上げられる事で、足は引き千切られ、ドリルも自分の足という異物を巻き込んだことで故障したのだ。工業用だろうが何だろうが、両足を砕かれた人形に、もはや戦うことなどできない。俺は下半身の立たなくなった人形の目に剣を突き立てる。しかし、巨大な眼球は一向に壊れる気配を見せない。

「リリシュカ！　ありったけの魔力回せ！」

叫ぶなり、空っぽのはずの体に生々しい痛みと熱が走った。それこそ、血管という血管に煮えたぎる油を注がれるような。眼球にいたっては、赤熱した鉄の手に鷲掴《わしづか》みにされるような感覚。俺は思わず、片手で自分の目を押さえる。

「シモン！」

焦りに満ちたリリシュカの声。灼熱《しゃくねつ》の手がぱっと俺の眼球を放す。

「大丈夫だ！　やれ！」

俺が叫ぶと、痛みと熱は再開する。けれど、それらは徐々に俺自身に溶けて、馴染《なじ》んで、むしろ心地よい温かさに変わっていく。じんじんと、心臓まで血が通い、笑い出したくなるような陶酔感。人形の手が俺を引きはがそうと掴んでくる。しかし、その腕力の弱いこと。俺はアスモデの手に掴まれたまま、再度、その目に剣を突き立てた。

「さっさと逝けよ、この粗チン野郎！」

俺は剣を握る手に、さらに力を込めた。俺の剣とアスモデの眼球、どちらもバチバチと火花を散らしながら赤熱し、そして真っ赤な煙と共に眼球は砕けた。俺の剣も、刃《やいば》の半分ほどの所で真っ二つに折れ、俺を掴《つか》んでいた人形の手は、瞬く間に力を失った。

＊＊＊リリシュカ＊＊＊

「チッ！　やっぱお前らは亡霊だ。魅入られたら最後、地獄に引きずり込まれる」

完全停止したアスモデを前に、ジルニトラは明らかに狼狽《ろうばい》していた。私はそんな男に銃口を向ける。

「わかってるなら、諦めて地獄に落ちてくれる？」

「クソアマが！」

ジルニトラが叫ぶのと同時に、傍らにいたミハイルが猛然と私に躍りかかろうとした。が、ミハイルが動くより速く、シモンが駆け出してミハイルの胴に拳を打ち込んだ。人形の体は勢いよく転がり、アスモデの亡骸《なきがら》にぶつかって止まる。シモンは追いかけて、立ち上がろうとする人形の両膝を後ろから思いきり踏みつけ、そして砕いた。今、シモンの瞳は金色に光り、その体中に魔力が満ちている。

アスモデの目を砕く時、私は奇妙な魔力の巡りを感じた。膨大な魔力を流し込む時特有の抵抗感、でも、そのあとは私の方が力を引きずり出されているような感覚。人形を操っていて、こんな経験は初めてだ。これも完全自律型特有の現象なのだろうか。思考を巡らせる私の視界の中で、ジルニトラが、降参だと言わんばかりに両手をあげていた。

「一つ聞かせて」

銃を構えたまま、私は訊《き》く。

「この事業は、貴方《あなた》が始めたことなの？　貴方が貴族たちに声をかけて、八十五年式の自律人形を復活させた？」

ジルニトラはニヤリと口の端を歪《ゆが》めてみせた。

「俺が働きかけたところで、あのやんごとなきお歴々に相手してもらえると思うか？」

私は確信をもって首を横に振った。自らの血を誇る特権階級のお年寄りたちが、進んで木っ端の犯罪者と手を組むはずがない。彼らを繋《つな》いだ人物が別にいるはずだった。

「その通り。俺は計画の一端を担っているだけ。立場で言えば、ただの製造担当だ」

「計画？」

「自律型人形があれば、子供、老人、病人、誰にでもそれなりの仕事をさせられる。社会のお荷物でも、立派な労働力に。しかも『白昼の星《ポルドニッツァ》』を与えれば、作業効率は目に見えて上がり、その結果死んでくれれば、資本家は給料を払う必要もない。ゴミ掃除と、街の整備を同時に進めるのがアイツの計画だった。そのために、土建屋やら土地持ちの貴族どもと結託したり、俺に試作機を寄越《よこ》して増産させて……」

その時、不思議な現象が起きた。滔々《とうとう》と話すジルニトラの声が、成人男性のバリトンから、まるで声変わりする前の少年のソプラノに、徐々に若返っていった。一体、何が起こっているのかと、私とシモンは思わず顔を見合わせる。だが、誰よりも動揺していたのは、紛《まぎ》れもなく当人だ。ジルニトラは最早《もはや》、私たちの事など眼中にないようで、鱗《うろこ》の刺青《いれずみ》の入った自分の喉を押さえながら、地面に転がっているミハイルによろよろと近付いた。

「う、嘘《うそ》だ、何で……ミハイル？　ミハイル、俺の声を出せ。ミ、ハ……！」

ジルニトラがしゃがみ込んでミハイルを揺り起こす。やがてか細い少年の悲鳴とともに、男が仰向《あおむ》けに倒れる。血塗《ちまみ》れの人形。男の胸には同じ赤色の華が生々しく咲いている。その中心に突き立てられた銀の花蕊《かずい》は、さっきまでシモンが振るっていた剣の切っ先だった。

「人形が人形遣いを殺した……？　アイツも、おかしくなったのか？」

シモンが言う。たしかに『白昼の星《ポルドニッツァ》』を服用し、自律型人形を使用すれば、天使に囁《ささや》かれる。すなわち自殺する、という話だ。ジルニトラは条件に合致する。しかし、私はハッとして右目を瞑《つぶ》った。

「違う！　別のやつが人形を操ってる！」

私の目にはミハイルから伸びる赤い魔力の糸が見えていた。糸の先はジルニトラではない。それは出入り口の方に伸びていた。私は迷わず、銃弾を撃ち込む。ジルニトラの部下たちの一人が、くぐもった声を上げ、その場に倒れた。

「あいつか？」

シモンが訊《き》いたが、私は銃を下ろさなかった。いかにもならず者といった男たちの間から、場違いに小綺麗《こぎれい》で、優雅な男が現れた。糸は彼と繋《つな》がっていた。

「オイデン卿《きよう》、やはり貴方《あなた》だったんですね……」

ジルニトラの言葉で察しはついていた。自律型人形を使い、都市に出稼ぎに来た人々や病人を効率的に再開発事業の労働力に使う――彼ら曰《いわ》くゴミ掃除と街の整備を同時に行うこと、それが、開発局局長である彼の狙いなのだろう。シモンはまだ状況を呑《の》み込めていないようだった。

「アイツ、俺たちの目の前で死んだはずじゃ？」

「あの時撃たれたのはミハイルと同じ、よくできた人形。豚の血でも中に詰め込んでいたのか、もしくはあの執事がタイミングを見計らってぶちまけたか」

あの老執事の取り乱しようにすっかり騙《だま》されたが、私はオイデン卿の死体をしっかり確認したわけじゃない。ミハイルといい、彼らが作り出す樹脂製人形の品質は驚異的だった。着せ替え人形の製造技術の応用だろう。見抜けなかったことの悔しさを噛《か》み殺しながら、私は訊く。

「……貴方が黒幕ということで、いいんですよね？」

「黒幕……なるほど、そういう言い方もあるかもしれませんね」

オイデンは他人事《ひとごと》のように淡々と言った。

「ですが私は、街の発展を任された者としての職責を全うしたに過ぎません。多少、強引な手を使ったのは事実ですが、この街ではよくあること。舞巫《マフカ》である貴方《あなた》にならご理解いただけるかと」

たしかに舞巫の存在が認知され、役人や警察までその力を頼る街だ。法律云々《うんぬん》を言うのは今さらという気もする。

「ジルニトラを殺したのは、口封じ？」

「ええ、公共事業に犯罪組織が関わっていたなんて、どこかから洩《も》れては厄介ですから」

ミハイルこそオイデンがジルニトラに試作品として渡していた自律型人形なのだろう。そして作製の際、二重契約破棄の魔術は刻まず、いつでもジルニトラの首を掻《か》けるようにしていた、ということか。

オイデンの周りには屈強な男と人形たちがいる。ジルニトラの手下だと思っていたのだが、金で買収されたのだろう。

「他の貴族たちを殺したのも、もしかして貴方？」

私の問いにオイデンは首を横に振った。

「私は噂《うわさ》を流しただけです。『蛇の足《ハギィ・ノヒィ》』と繋《つな》がっている有力貴族たちについてね。するとその情報に食いついたコシチェイが勝手に事を起こして、今度はそれを見たジルニトラが次の標的は自分だと、慌ててコシチェイを襲撃する。わかりやすい男で助かりました」

オイデンは特に勝ち誇るでもなく、淡々と自らの手の内を明かしていく。屋敷で見た人形より遥《はる》かに表情に乏しい。こいつも人形かと疑いたくなるが、否だ。目の前の男は紛《まぎ》れもなく人間だった。

「それで貴方は死者のまま裏社会に君臨すると」

「私がいつ死んだことになったのですか？」

言われてようやく気付く。そうか、オイデンは表向き、ただの病気療養中だ。彼が生きていても、市民は別に不審には思わない。

「警察には、そもそも私の方から、『私を囮《おとり》にしてトルバランを捕まえたらどうか？』と持ちかけていましたから、彼らとしても私の生存は予定通りです」

「用意周到と言いたいけど、それにしては愚かね。大人しく陰に隠れたまま私にジルニトラを殺させておけばいいものを」

私の言葉に、オイデンははじめて人間らしく微笑を浮かべてみせた。

「あれは耳障りな声でよく吠《ほ》える男でした。だから一度、この手で無様に殺してやりたかった……というのは冗談で、ジルニトラはついでで、用があるのは君です。ここを知ってしまった以上、帰すわけにはいきませんから」

私がニズドに報告を上げれば、自動的に警察にも全て伝わり、この非合法の人形工場は摘発される。たしかに、その理由だけでオイデンは何としても私を始末したいだろう。

しかし、オイデンはさらに言葉を続けた。

「あと、どうしても君に確認しておきたかったのです。ひょっとして、君は、四年前に死んだ、あの名無しの大罪人の娘ではありませんか？」

私はオイデンを睨《にら》む。名無しの大罪人とは紛《まぎ》れもなく父のことを言っている。オイデンは私の父と面識がある。父の在職時、彼は将来を嘱望された財政局のエリートで、父にとっては広義の部下だった。我が家にも来て、私ともわずかな時間だが顔を合わせている。

「いつ気付いたの？」

自分の正体を明かしたのは、コシチェイと違い、この男からなら父の死の真相が聞けるのではと期待したからだ。

「一目見た時からどこか引っかかる顔で、でも、思い出したのは本当についさっきです。仕事柄、人の目鼻立ちと姓名や肩書を結びつけるのは得意ですが、それでも君の変わりようは驚きました。父上似の黒く豊かな巻き髪も、良家の子女らしいふくよかさも、まるで見る影もない。無論、一番の変化は肩書ですがね。まさか舞巫《マフカ》とは。落ちる所まで落ちたものです」

「お前、そんな無駄話をするためだけに出張ってきたのか？」

シモンが低く唸《うな》るように言った。オイデンは肩をすくめてみせる。

「あの無能で恥知らずの娘が、どこまで落ちているのか、この目で見たかったもので。そして、折角《せっかく》ならこの手で、今度こそぶち殺してやりたかったんです。あの男には勝手に死なれてしまったので」

その回答に私は落胆する。父の死はオイデンにとって予想外だったらしい。つまりこの男は何も知らない。私は殊更、馬鹿にしたように言い放つ。

「まさか貴方《あなた》、父に言われたことをまだ根に持ってるの？『君は賢いが視野が狭い。もっと見識を広めなさい』って、市政の花形である財務局から福祉局に異動させられたことを。異動撤回のために、わざわざうちにまで直訴しに来たものね」

「黙れ！」

私はオイデンが懐に手を添える素振りを見せるのと同時に、外套《がいとう》から煙幕弾を取り出し投げつけた。瞬く間にあたりに煙が充満する。発砲音が聞こえたが、弾はあらぬ方向に当たったようだ。

「入り口を固めろ、逃がすな！」

「シモン！」

私は目を閉じ、シモンを操って、あらかじめ頭で思い描いていた通りに彼を動かした。しばらくもせず、ぎゃあッという男たちの悲鳴があがった。煙が引き始めると、シモンが投げ飛ばしたものが屈強な男たちや人形を何人も下敷きにしているのが見えた。それはさつきまで床に転がっていたアスモデの壊れた巨体だった。シモンが私を抱き上げ、出入り口に向かって走り出す。

「追いかけろ！　何してる！　早く！」

背後から聞こえる、怒声、銃声。暗い地下道で、多勢に無勢の鬼ごっこが始まった。

＊＊＊

暗い地下通路を来た道を戻るように走っていると、曲がり角で大柄な男と鉢合わせた。

男は驚いたように目をみはったが、すぐに状況を理解したらしく下卑た笑みを浮かべた。

「お前らが例の鼠《ねずみ》か」

男は私の腕を引っ張ってシモンから引きはがした。シモンは私を抱えて反応できず、私もさっきまでの戦いの疲労が蓄積していたのだろうか、判断が遅くなっていた。

私はシモンを操って動かそうとした。が、私が指を動かすよりも早く、シモンが獣のように飛び出して男の頭を壁に殴りつけた。

柘榴《ざくろ》がぱっくりと割れて、中身が零《こぼ》れだす。そんな光景だった。男は私の腕を掴《つか》んだまま倒れ込み、シモンが慌てて私を引っ張って抱きかかえる。

「リリシュカ、大丈夫か？」

「ええ……貴方《あなた》こそ、平気？」

シモンの感性は私とそう変わらない。そう気付いた時から、私は極力シモンにはとどめを任せないようにしていた。シモンは私に合わせて「覚悟を決めた」などと言っていたが、私の方が躊躇《ためら》っていた。私は、私が人を殺すことには慣れても、誰かに人を殺させることは、まだ。

けれど、シモンは私が命じる間もなく、金の瞳を瞬《まばた》かせて男を殺した。シモンの、私を抱きかかえるのと逆の手は真っ赤に濡《ぬ》れていて、私は外套《がいとう》からハンカチを取り出し、その汚れを拭った。

「悪い、気付いたら動いてた」

「謝らないで。私の判断が遅かったせい、貴方はよくやってくれた」

シモンはまだ血のこびりついた自分の掌《てのひら》をじっと見つめていた。綺麗《きれい》に洗ってあげられるのは、まだ当分先になりそうだった。通路の向こう側から「こっちだ」と男たちの声が聞こえてくる。私たちには後悔も一休みの暇も与えられはしない。私はシモンを操り、別の横道に入る。

「おい、ここ行き止まりだぞ！」

逃げ込んだのは、行きにも身を隠した人形部屋だ。自律型の眼球を嵌《は》めるための、中古の人形が大量に保管されている。背後には既に大勢の追手の足音が迫っている。

　私はシモンから降りるなり、薬指の指輪をいじり、血の滴る指先で人形の目に片っ端から触れていった。しかし非効率だ。私はナイフを取り出し、自分の左手にあてがって引いた。縫合したばかりの傷が再び口を開き、赤い血を垂れ流す。私は血の付いた刃《やいば》と手を人形の前で思いっきり振った。

「お前、何してんだ？」

　シモンが信じられないとでも言うような目で私を見る。

「こうするの！」

　力を込めた途端、私の両手がわなわなと震え、やがて朽ちた人形たちが一斉に身震いをした。倒れている者は立ち上がり、起き上がった者は一歩ずつ歩きだす。そして、足並み揃《そろ》えて一気に走り出した。

「見つけたぞ、テメ……うぉ！」

　ざっと一ダースほどの人形が束になって、迫ってきた追手たちを押し出す。人形たちの波に紛《まぎ》れて、シモンが走り出す。

「お前、本当に何でもアリだな……」

　私を抱えながら、呆《あき》れたようにシモンが言う。

「さすがに十体以上の同時操縦は私でもきつい。それに同じ動きしかさせられないし、走るとか歩くとか単純な動きしか制御できない」

「じゃあ、そいつは?」

　ほとんどの人形が後ろで追手を足止めしていたが、一体だけ、シモンに並走して走る魔法人形《マギアネッタ》がいた。それは塗装が剥《は》げ、髪の色もすっかり退色した古い少女型だった。

「二十人殺しの本領、そろそろ発揮しようと思って」

「また血を流す気か?」

　シモンの瞳が私を咎《とが》めるように瞬《まばた》く。

「そう。これから、オイデンも含めて、あいつら全員を私は殺す。でも安心して、貴方《あなた》が殺すわけじゃない」

　シモンが首を横に振る。

「それは覚悟してるって言っただろ。俺が訊《き》いてるのは、お前が今からやろうとしてることでお前自身が血を流すかってことだ」

　つくづく変なことを気にする人形だ。おかしくなって、私は少し笑いながら言った。

「そういう野蛮なのはおしまい。フィナーレは優雅かつ華々しく飾らないと」

　私はシモンに自分の作戦を伝える。シモンは私の言う通り、来た道を戻って走り続ける。予想通りだが、地上にのぼる階段の近くには、すでに人形遣いたちがいた。私たちは、まるで追い立てられるように、そのすぐそばの人形眼の製造区画に逃げ込んだ。

＊＊＊

「あの舞巫《マフカ》を逃すな。いいか、生け捕りにして私の前に差し出せ」

「そうは言っても、相手が相手ですから……」

「捕まえた者には3万C《コルネ》だ」

オイデンと男たちの会話がこだまする。3万Cという言葉に色めき立つと同時に、ぞろぞろと男と人形たちが区画に入り込んでくる。機械の駆動音と吹き上がる蒸気の音に混じり、男たちの粗野な靴音が響く。

「3万なんてずいぶん安く見られたものね」

私は男たちを嘲り笑う。「どこだ?」と声の主を探す彼らの視界の端で、外套《がいとう》をまとった銀髪の少女と黒髪の少年が手を繋《つな》ぎ機械の間を走り抜けていく。

「白い髪、細長い手足、今の君は実に示唆に富んでいる」

配管の間をするりとくぐっていく少女の背に、オイデンが言葉を投げかける。そこかしこに曲がりくねって伸びる配管。男たちの大所帯ではなかなか走ることもままならない。しかし配管群の先が行き止まりと知ってか、オイデンは落ち着いていた。

「そうだろう? なにせ、舞巫とは死せる処女《おとめ》。そして、今の君の姿はまさに」

男たちが足を止める。彼らが追っていたものは、工場全体の動力を作り出す魔力炉の前にいた。

「幽霊……」

そう呟《つぶや》いたオイデンと相対するのは、黒い外套を羽織った、朽ちかけの少女人形。元は金髪だったのだろう、今やほとんど白い髪は、その背にある魔力炉から漏れる光に照らされ、青みがかった銀色に輝いていた。銀髪の少女人形が、炉の窯蓋をこじ開け、真っ青な光の中に身を投じる。無表情な少女の瞳に映るのは、まだ何事かを呑《の》み込めていない大勢とその人形。そして、ただ一人、これから起こるであろうことを察知し踵《きびす》を返そうとしたオイデンの姿だった。しかし、配管の影から飛び出したシモンがすかさず、その行く手を塞ぎ、オイデンの顔面を鷲掴《わしづか》みにする。

「死んでくれ、俺たちのために」

シモンがオイデンを炉に向かって、力の限り突き飛ばす。シモンの目を通して、青い光に落ちていく優男の間抜け面が見えた瞬間、私はありったけの力を込めた。

（爆《アギ》ぜ《ト》ろ！）

ほんの一呼吸の間があってすぐ、魔力炉から青い炎が濁流のように溢《あふ》れた。そして、その前に立つ者たちを次々と呑み込んでいった。私の全力の魔力を注がれた少女人形は、最《も》早《はや》、それ自体が魔力の爆弾だった。そんなものを突っ込まれた魔力炉は、当然暴走、そして爆発する。火は配管を伝い、製造区画中に燃え移っていく。そして、間髪をいれずにあらゆる場所から爆発音が上がり、地響きがした。

「シモン！」

シモンの視界は今や黒い煙で満たされ、区画の入り口付近で隠れていた私には何もわからなかった。私は残る全ての力を注いで、彼の手足を動かすよう命じた。シモンの能力と頑丈さなら爆発に巻き込まれる前に離脱できると踏んで、ギリギリまで炉に近付いてもらったが、その判断ははたして正しかったのかと、私は今さら後悔した。私自身の視界もだいぶ煙で悪くなってきた。私は喉の熱さも構わず、もう一度叫んだ。

「シモン！」

突如、背後から口を塞がれる。

「煙、吸い込むな！　さっさと出るぞ！」

私は大人しく、私を引っ張る手に従って、煙の中を走り抜けた。やがて、最初に通ってきた階段まで辿《たど》り着いた。幸い、ここまでは煙も火も届いていなかった。そして、階段の一段目をのぼろうとして、私の膝が私の意思に反してがくりと折れた。

「リリシュカ!?」

「平気。何ともない……」

「それで平気はさすがに無理があるだろ。ほら、負《お》ぶってやるから」

そう言ってシモンが後ろ手を回してしゃがむ。その時、私はようやくシモンの右手が欠けていることに気付いた。

「その手、もしかしてさっきの爆発で？」

「火の直撃は避けたんだけど、爆風で飛んできたパイプか何かにやられたみたいで。ハハ、お互い満身創痍《まんしんそうい》だな」

シモンの右手は手首のあたりから吹き飛んでいたが、腕の大半は健在で、易々《やすやす》と私を背負って階段をのぼり始めた。

「500C《コルネ》の支出ね」

「依頼の報酬に比べたら安いモンだろ。ちゃんと数えてないけど、手下の数、二十五人はいたよな。ってことは、報酬は全部で10万？　やったな、特待生おめでとう」

「まだ気が早い……けど、そうね。これならきっと」

私はシモンの背中に向かって小さく呟《つぶや》いた。シモンの着ているシャツは半分くらいが燃えて、破れて、ひどいものだった。しかも現在進行形で私の目や鼻から無秩序に垂れている体液で染まっていく。それに衣服だけでなく、髪の毛も少し焦げているところがある。帰ったら、右手以外も手入れが必要そうだ。

そんなことを考えていると、シモンが訊《たず》ねてきた。

「……あのさ、オイデンが言ってた『舞巫《マフカ》とは死せる処女《おとめ》』って、どういう意味だ？　ジルニトラも亡霊がどうとか言ってたけど、それと関係あるのか？」

「『マフカ』っていうのは元々、この国の古い昔話に出てくる亡霊の名称。処女のまま死んだ少女たちの霊、男たちを殺す悪霊の名前。それがいつの間にかニズド・カンパニーの踊り子を指す言葉として定着した。古い言葉で、今じゃ踊り子としての意味しか知らない人も多い。たしかに、とっくに死んだと思われている私にはお似合いの名ね」

「こんなに口うるさい亡霊がいてたまるかよ」

「あのねえ……」

「お前はちゃんと生きているんだから、あんまり自分の身を痛めつける真似《まね》はすんなよ」

シモンの声音はそこまで真面目くさったものではなかった。呆《あき》れたような、少し寂しそうな、なんだかむず痒《がゆ》い響きだ。

「痛くなんてない。そういう体だって言ったでしょ」

「お前が痛くなくても、俺が見てて痛いんだよ」

「だったら貴方《あなた》こそ……」

「もう殺さないで」と私は喉元まで出かかった言葉を飲み込む。何を馬鹿なことを。極めて人間的であっても、魂のない人形にそこまで入れ込むなんてどうかしてる。舞巫《マフカ》の私のせせら笑う声が聞こえた。

「どうかしたか?」

「私が無茶《むちゃ》しなくていいぐらい、しっかり働いて」

「本当に口が減らねえな」

抗議の声をよそに、シモンの背中に頬《ほお》を寄せる。私の体温が移った生ぬるい背中。しかし、心音は聞こえない。この鼓動の有無を除いて私たちに違いはあるだろうか。ぼんやりとする頭でそんなことを考えていた。長い階段をのぼる間、シモンはずっと私に話しかけていた。その内容はほとんど覚えていないが、私は適当に相槌《あいづち》を打ち続けた。そして――

「おい、外だぞ」

シモンが通路の蓋を開ける。外に這《は》い出《で》ると空の青は深く、触れればさらさらと壊れてしまいそうな白い星々が見えた。ああ、夜が明ける。

十章　バースデープレゼント

＊＊＊シモン＊＊＊

ニズドに戻った当日のうちに、報酬は満額、劇団の口座に振り込まれた。10万と2千C《コルネ》。ジルニトラとオイデンのどちらが4万の首で、ヨハナはどうやって死体の数を数えたのか、そして彼女はこれほどの大金をどうやって調達したのか。疑問は尽きないが、もらうものはもらえたのだから、ケチをつける話でもなかった。

俺の手もその日のうちにカレルが仮部品で補修してくれた。しかし、仮のため、腕と手で微妙に色合いが異なっていた。機能的には問題ないのだが、カレルは全く納得せず、十日後には必ずオリジナルと寸分変わらない部品を作ると息巻いていた。

リリシュカは、あれだけの出来事や大激戦を経ながら、翌日の授業は午後からしっかり出席していたし、それからも昼公演《マチネ》はもちろん、比較的軽い夜公演《ソワレ》を引き受けたり、普段通りの劇団生活を過ごしていた。以前と違うと言えば、寮室の半分が空っぽになったぐらいだ。ベッドや机といった部屋に備え付けの備品は残っていたが、衣服や文房具、教科書、あらゆる持ち物は廃棄され、ヨハナという人物がいた痕跡は、今や皆無だった。

ヨハナは任務中に死んだと劇団内では発表された。その時は、ショックを受けている子も少なくなかったが、翌日にはみんないつも通り。まるで元々この席は空席だったかのように、その空白を空白とは認識せず無色透明な空気として当たり前に素通りしていった。きっと季節が移り替わるほどに、この教室にはたくさんの空気が満ちる。でも誰も違和感は持たないのだろう。

劇団での日々はあまり変わらない。そして、劇団の外も。都市開発局局長が病気療養中に病状の急変で亡くなったと市の公式発表があって、一時、新聞はその話題で持ちきりだったが、三日もすると後任の人事が発表され、再開発の継続が宣言された。ただ、工数の大幅見直しが必要になったとも発表された。現場作業の安全強化や資材調達ルートの見直しなど、もっともらしい理由が挙げられていて、前任者の悪事については一切触れられていなかった。リリシュカは「そんなものでしょ」とあっさりしていた。

「私たちの仕事は、正義を成すことでも、悪の糾弾でもない。ただの報復。奪われたなら奪い返し、傷つけられたら傷つけ、殺されたなら殺す。それだけ」

何でもない日々はあっという間に過ぎ、とうとう上半期の終業日。その日の授業は、夏季休暇の案内と締めのあいさつで終わった。夏季休暇といっても、昼と夜の公演はどちらもあるらしく、気を抜かないこと、とジゼル先生が少女たちに釘《くぎ》をさす。そして、それらの訓示も言い終わり「ごきげんよう」のあいさつで締めくくったあとで、ジゼル先生はリリシュカを呼んだ。

「あとで職員が特待生の通知を持っていきますので、今日は外出せず、寮室で待機していてくださいね」

リリシュカの最終的な成績は63万5千C《コルネ》、順位は8位。9位とは3万の差がついていた。教室に残っていた他の生徒たちがざわつく。「四年生だと異例じゃない？」「しかも飛び級だしね」「もしかしてエトワールもイケるんじゃ？」などなど。

「おめでとう」

正面切って、そう言ったのはジナが最初だった。

「正直に言えば悔しい。君の普段の態度には思う所もある。けど、君の実力は僕も本物だと思うから、絶対、来期は追いつくよ」

リリシュカはやや呆気《あっけ》にとられていたが、すぐにいつものすまし顔になって言った。

「じゃあ、私はもっと上に行く」

ジナは微笑を浮かべて、そのまま立ち去った。彼女の成績は56万C、順位は16位だった。そのあとはアマニータやモレルだったり、他の生徒たちもちらほらリリシュカにお祝いの言葉をかけていた。

＊＊＊

寮へと戻るなり、俺は違和感を覚えた。一見すると何も変わっていないのだが、どこか据わりが悪い。しかし、リリシュカはすぐに違和感の正体に気付いたようで、ヨハナの使っていた机に走り寄った。

「誰かが開けた？」

机の一番上の引き出しが、ほんの少しだが開いていた。中身はとっくのとうにリリシュカが整理して、職員が持っていった。その時以来、誰も手を付けていないはずだ。リリシュカは俺の顔を見てから、引き出しの取っ手に手をかけた。そして開ける。

そこには一枚のカードが入っていた。

『誕生日おめでとう』

その流れるような文字には見覚えがあった。ヨハナの筆跡だ。リリシュカがカードを摘《つ》まみ、裏返す。それは写真だった。モノクロで、殆《ほとん》ど灰色だから見にくいが、目が慣れてくると、その濃淡のなかに二人の人物が映っているのが見えた。

「これって……俺？」

椅子に座っている人形と、その顔を覗《のぞ》き込《こ》むようにしゃがむ黒髪の青年。不鮮明だが、青年は穏やかな笑みを浮かべていて、優しげだ。右目のやや下にほくろのようなものが見える。もしかしたら、写真自体のシミか写り込んだ影かもしれないが。

「こっちの男は誰だ？」と訊《き》こうとして、リリシュカの尋常じゃない様子に気付く。灰色の瞳は見開かれ、写真を持つ手は小刻みに震えている。

「どうしたんだ、リリシュカ？」

リリシュカに呼びかける。彼女は浅い呼吸を繰り返し、やがて口を開いた。

「貴方《あなた》と写っているのは、私の兄……」

「ちょっと待ってくれ。お前の兄ってたしか……」

「……四年前の今日、死んだ。私の目の前で、シャンデリアの下敷きになって……私は、確かに、見たの。この目で。ぐしゃぐしゃのシャンデリアの下から、だくだく、真っ赤な血が溢《あふ》れて、広がって、私も、赤くて、でも、硝子《ガラス》が、きらきらして、お兄ちゃんは……」

「もういい！　もういいから！」

俺はリリシュカの肩を掴《つか》んで自分の方を振り向かせた。リリシュカが我に返ったようにハッとする。

「ごめん、なさい……取り乱しすぎた」

「いや、死んだ人間が写ってたら、普通は驚く。あ、でもこれ生前の写真なのか？　そもそも、なんで俺がお前の兄と一緒に写ってるんだ？」

リリシュカはまじまじと写真を見つめて言った。

「確信は持てないけど、古い写真ではないと思う。昔より、少し歳《とし》を取ったように見えるから。光の加減と言われたらそれまでだけど……」

リリシュカの言葉を信じるなら、リリシュカの兄は少なくとも四年前に死んでいない。

この写真がつい最近のものかどうかを判別する材料はないが、そもそも写真の用紙自体がそこまで古いものとも思えなかった。不鮮明ではあるが、縁の白い部分がほとんど劣化していない。だが、いつ撮ったかはこの際、些細な問題だろう。

「二人が一緒に写ってるのは、貴方《あなた》を作ったのが、私の兄、ヴィクターだからだと思う」

「どういうことだ？」

「前に言ったでしょ、私の兄はカレルと大学の同窓だったって。人形工学の権威、ドクター・シュルツの門下生で、あのカレルが認めるほどの天才。ドクター・シュルツが引退した今、もし完全自律型の人形を完成させられるとしたら、きっと兄ぐらい」

結局オイデンたちが作っていたのは、過去の半自律型人形の焼き直しであって、俺を作ったのは彼らではなかった。だから、俺を作った人間が別にいるのは、当然と言えばそうなのだが、それがまさかリリシュカの兄だったとは。

「たしかに兄が妹へのプレゼントとして俺を作ったってのは、筋が通ってるな」

自分でもとんちんかんなことを言っているのはわかっているが、この際、俺が人間だったということは置いておく。

「……実は、貴方を見た時から、その可能性は考えていた。都合のいい妄想だって打ち消したけど、今にして思えば、見ず知らずの人形を起動して、一緒に舞台に上がったのは、そのあり得ない可能性を願ったからなのかもしれない」

「よかったな、可能性が現実味を帯びてきて」

俺がそう言うと、リリシュカは複雑そうな顔をした。

「でも、じゃあ何故《なぜ》、ヨハナはこの写真を持っていたの？」

その疑問に対し、俺はヨハナとかわした最後のやり取りを思い出す。

「これがヨハナの言っていた報酬じゃないか？　ヨハナは別れ際に言っただろ。リリシュカの出自を何故知っているか、依頼を受けてくれたら教えてあげるって。依頼書の方には書いてなかったから、すっかり忘れてたけど、これがその答えじゃないか？」

リリシュカも俺の言葉の意味を理解したらしい。ああ、と深く嘆息した。

「はじめから、ヨハナは兄と繋《つな》がっていた。だから、私の出自も全部兄から聞いて知っていた。そしてこの写真だけじゃない。あの日、この部屋に貴方を置いていったのも、ヨハナ……そう考えれば、全て辻褄《つじつま》が合う」

「……結局、あいつは何者だ？」

呟《つぶや》かずにはいられなかった。頭の中でヨハナの輪郭がグニャグニャと崩れていく。それは最初、親切で面倒見の良い年長者の顔だったが、くるりと裏返れば、不幸な生い立ちを背負いニズドを裏切った活動家の顔になり、そして今また、全く得体の知れないものに変貌している。

リリシュカも遠からず似たように感じているのではないだろうか。部屋中に、重い沈黙が立ち込めていた。

「団籍番号2981251、リリシュカ、在室していますか？」

ノック音と共に、扉の向こうから声がした。リリシュカが駆け寄って扉を開けると、見知らぬ女性が一通の手紙を持っていた。

「特待生として他の舞巫《マフカ》に恥じないよう、今後ともより一層励みなさい。以上」

それだけ言うと、女性は去っていった。扉が閉まり、また部屋に沈黙が立ち込めたが、それはついさっきまでの沈黙とはまた別の空気を含んでいた。俺は耐えかねて、言う。

「あっさりしすぎだろ！」

「本当に。形式より中身が大事とはいえ、もう少し気の利いた渡し方はないのかしら」

リリシュカは呆《あき》れたようにそうこぼしながら、受け取った通知書に視線を落とした。

「これで、今度からもっと高額で演じ甲斐《がい》のある公演が回ってくるようになる。でも、それは他の特待生も同じ。むしろここからが本番」

「先はまだ長そうだな」

リリシュカが顔を上げる。

「そう。だから、私には絶対に貴方《あなた》が必要」

「なんだよ、改まって……」

「貴方は人形だけど意志がある。この先も、貴方が自分の意志で、私に力を貸してくれるなら、私も貴方に何か報いるべきだと思っている」

「気持ちはありがたい。けど別に、俺はお前に何かしてもらおうなんて……」

頭によぎったのは、人間の体、人としての生、生前の元気だったあの頃のすべて。しかし、そんなものリリシュカに望むべくもないわけで、俺は口をつぐんだ。

「それでも考えてみたの。私が貴方にしてあげられて、かつ貴方にとって有益なこと。それは、貴方を貴方の生みの親……つまり私の兄に引き合わせることじゃないかって」

予想外の提案に俺は目を見開く。

「生前の人としての記憶……なんでそんなものが貴方の眼《め》に刻まれているのか、作った本人ならわかるでしょう？　その記憶の正体や、そもそも貴方が何故《なぜ》作られたか、きっと貴方には訊《き》きたいことが山ほどあると思って」

俺はすぐには返事ができなかった。何故、久々里志門《くくりしもん》という人間が魔法人形《マギアネッタ》になっているのか、もちろん俺は知りたい。しかし、不安もある。もし俺の記憶が、本当にただの作り物の情報で、はじめから俺はただの魔法人形のシモンでしかなかったら――

「……対等な条件じゃないことはわかってる。私のエトワール争いに協力してもらう代わりに、兄に会わせる。そう言っても兄の行方はまだわからないし、兄に会いたいのは貴方だけじゃなくて私もだから。それでも……」

リリシュカは一瞬、俺の借物の右手に視線を向けてから、左手を差し出した。

「シモン、私に協力して」

静かな火を湛《たた》える灰色の瞳が俺を見つめる。

「……断りにくい頼み方しやがって」

俺は差し出された手を握り返した。小さな掌《てのひら》から、ほんのりと熱が伝わってくる。でも、それは俺の思い込みなのだろう。俺の手は、そんな繊細なものどころか、人の頭蓋骨を砕こうが、吹き飛ばされ、丸ごと作り替えられようが何も感じないのだから。

「ありがとう」

リリシュカがはにかんだような笑みを浮かべた。彼女の手には未《いま》だ生々しく縫合痕が残っている。これからも彼女は、エトワールに手を伸ばし、夥《おびただ》しい血を流すのだろう。けれど、この手に繋《つな》がれるなら、多少の返り血は浴びてもいい気がした。空っぽの体を満たすまやかしの微熱。それを与えてくれるのが、この手なら。

不意にリリシュカが手を放し、その手で目元を隠した。真夏の残照。窓から差し込む、むせかえるような、どろりとした暗い赤光が、リリシュカを染め上げる。俺は命じられるでもなく窓際に寄り、そっとカーテンを引いた。

十一章　幕間《まくあい》、そして再び幕は上がる

＊＊＊カレル＊＊＊

俺が店に入ると、店主は部屋の奥の個室を目で指し示した。今日は一人でしっぽり飲むつもりだったのに、何故《なぜ》か連れ扱いだ。俺は溜息《ためいき》をつきながら賑《にぎ》やかな店の奥へと進んだ。

「やあ、カレル君。遅いですよ」

「ジゼルお前、もう一本空けてるのか……」

テーブルの上には既に空の瓶。つまみらしいものは特にない。こいつの血は酒でできているんじゃないかと思う。俺が席につくと同時に、部屋に店主が入ってきて、新しいボトルとワイングラス、そして焼いた腸詰の載った皿を置いていった。ジゼルはすかさず俺のグラスにワインを注《つ》いだ。そして自分のグラスに、俺に注いだ倍の量注いだ。俺たちは特に乾杯するでもなく、自分勝手なペースで酒に口をつけた。つまり、俺はちびちび。ジゼルは水でも飲むようにがぶがぶとだ。

「『蛇の足《ハギィ・ノヒィ》』のジルニトラって知ってるか？」

「もちろん。紅貝通りの娼館《しょうかん》や飲食店の取り仕切りや、薬物の売買で名を馳《は》せていた、通称『悪食ジギー』。先日、リリシュカから彼を殺したと報告がありました」

「あれ、お前と同じ古巣じゃないのか？」

ジゼルのワイングラスにかかった手が止まった。

「リリシュカから聞いた話だと、ジルニトラは半自律型人形を使い、『白昼の星《ポルドニッツア》』を服用していた。そして、下半身を義肢化していて、素の声は少年のようだったらしい」

「……となれば、十中八九、そうでしょうね。ただ、在籍していた時期が違うので、面識はありませんが、たぶん、彼も上手《うま》いこと抜け出したんでしょう」

そう言うとジゼルはワインを一息であおった。こいつが所属していたのは、言うなれば男性版のニズド・カンパニーとも言える組織だ。ただ、そこで行われていたことは、俺が聞く限り、ニズドがまだ可愛《かわい》く思える、より凄惨で悪趣味な地獄だった。しかし、ジルニトラが『白昼の星』を使いながら、半自律型人形を操れるのは、皮肉にもその地獄をくぐった副産物であることも俺は知っている。未《いま》だ不明点が多く、守秘義務もあってリリシュカにははぐらかしたが、『天使の囁《ささや》き』と呼ばれる錯乱症状は、脳下垂体の分泌物質と関係し、生殖機能を失った男性や処女には発症しない。何の因果か、地獄の門をくぐった者たちに、天使は囁かないらしい。

「これは研究者としての興味本位なんだが、ジルニトラは下半身の義肢化はしたが、声帯の義肢化はしていなかった。それでいて、わざわざ人形の方に自分の声を作らせていたらしいんだが、何でこんな七面倒なことをしていたか、わかるか？」

　ジゼルは腸詰をナイフで切り分けながら言った。

「あの組織にいた人間にとって、喉は大切なものを奪われた証《あかし》だ。恥の証であるとともに、失《な》くしたものの唯一の証明。お前は、俺たちにそれすらまた失くせというのか？」

　ジゼルが自らの喉をナイフで指し示してみせた。生徒の前では決して見せない荒っぽい態度、そして口調。ジゼル曰《いわ》く、生徒の前で見せる姿は制服のようなものだそう。ニズドに溶け込み、自らを無色透明化するための。いつか「生徒のためにそこまで気を遣うのか」と呆《あき》れた俺にジゼルは「自分のためですよ」ときっぱり言った。「この姿でこうしてここに溶け込んでいる間、俺は俺自身の矛盾から解放される」と。

　ジゼルが今こうして俺に見せている素の顔は、相変わらず優雅でありながら、生徒用のそれに比べて、切羽詰まったようにどこか痛々しかった。

「悪かったよ、ヘンなこと訊《き》いて」

「いえ、私も意地悪な言い方をしましたね。まあ、もう少し砕けた言い方をすると、下半身は失くしたから、付け足す手術で、声帯はまだあるものを摘出して、取り換える手術。まだあるものを潰すのは、かなり覚悟がいるものですよ。実際、組織の人間には、何度となく、自分の喉を潰そうとして、でもできない、そんなためらい傷のついた者が少なくなかった」

　俺はジゼルの首を見る。その首元は、今日は暗い赤色のスカーフで隠されていた。俺の視線に気付いて、ジゼルはにっこりと笑う。

「では今度は私からの質問です。リリシュカさんの魔法人形《マギアネッタ》、貴方《あなた》なら誰が作ったものか、見当がついているんじゃありませんか？」

「あんなモン作れる人間、俺が知る限りは一人だ。ただ、問題はそいつが本来この世にはいない人間ってところだな」

　シモンの目に刻まれた魔術を見た時、その整然と成立した式を目の当たりにして、俺はかつて俺を打ちのめした一人の天才の顔がよぎってしまった。まして、シモンの持ち主はその天才の妹だ。ほぼ間違いないだろう。ただ、もし生きているなら何故《なぜ》、顔を見せない。そもそもこの四年間一体何をしていた。わからないことだらけだ。

「貴方がそういう顔をするのは珍しいですね」

「俺にだって解けないことはある。むしろそんな問題ばっかだ」

「念のため確認なのですが、シモンという魔法人形がリリシュカや劇団にあだなす、悪意ある贈り物である可能性は？」

「俺の直感で言えば、ない。根拠は勘だ。経験則に基づく暗算だから、俺自身、まだ中間式は見えていないがな。あと、そもそも前提条件が間違ってる。人形は所詮、道具だ。それが良いものになるか、悪いものになるかは、扱い手次第だろう」

「そんな真っ当な事を言うとは、さては、酔っていますね」

否定したいが、たしかにこめかみがズキズキしてきた。グラスにははじめに注《つ》がれたワインがまだ半分ほど残っていた。ジゼルが、そのワインに手を伸ばす。

「じゃ、これは飲んであげますよ」

俺の前に現れるのは、どいつもこいつも身勝手な奴《やつ》ばかりだ。目の前の優雅な半陽《セラフィトウス》が、かつての友と重なった。

＊＊＊●●●＊＊＊

ホテルのラウンジで男は紅茶を飲んでいた。私が男の対面に座ると、従業員の人形が記入式のメニュー表を持ってきた。私はコーヒーと一番甘そうなケーキにチェックをつけて、人形に手渡す。

「あの子の様子はどう？　僕のプレゼント喜んでくれたならよかったんだけど」

「もちろん大喜び。でも、人形に夢中になりすぎて、私のほうは振られちゃった」

「おや、それは残念」

男は穏やかに笑った。嫌味《いやみ》か本気か、もしくは特に何にも思っていない、ただの反応としての答えかもしれない。妹とは違って、その腹の底がつくづく読めない男だ。

「今のあなたの立場なら、こんな回りくどいことをしなくても、直接会って、自分の手で渡せばいいのでは？　現に、ここから劇団までほんの半刻もかからない。いっそ連れ帰ってしまえばいいのに」

「それは時期尚早というか、下手すると僕も彼女も殺されてしまうからね。もう少し根回しが必要なんだ」

私は男の置かれている状況の詳細を知らない。知っている事といえば、彼が帝国のある研究施設の特務研究員だという事ぐらい。上からおりてきた情報はそれだけ。そして、それはいつものことだ。

「君は、一気に二つの隠《かく》れ蓑《みの》を失ったけど、いいの？」

「まあ、蓑でも服でも、その日の気分で取り換えるものだし」

「そうなのかい？　あの義肢の男とは十年来の付き合いって話じゃ？」

「一緒に過ごした年月の長さが、互いの理解や心の近さと必ずしも比例しないのは、あなたもよく知ってるでしょう」

コシチェイ・カーロフ大尉——かつて東部戦線で起こった大規模錯乱事件、通称『天使の合唱事件』において、彼は凶行の口火を切った男、つまり最初の錯乱者だ。彼はあの事件から奇跡的に生還したけれど、脳の記憶と認識を司《つかさど》る部分に重大な損傷を負った。事件のことを記憶しながら、自分も錯乱したという事実だけすっぽり抜けてしまっている。そう、私を真冬の厩《うまや》から攫《さら》った大男は、両親を殺した殺人犯だった。でも、別に復讐《ふくしゅう》してやろうと思ったことは一度もない。心を開いたこともないが。

一方で、心惹《ひ》かれる時はいつも一瞬だ。綺麗《きれい》な靴。素敵なドレス。美味《おい》しそうなケーキ。可愛《かわい》いあの子。許されるなら、全部自分のものにしてしまいたい。そんな衝動が生まれる時がある。もちろん、実行に移すかは、ケースバイケース、見極めているが。

「少なくとも、リリシュカと過ごした数年の方が、私にとっては大事」

「それはよかった」

男は紅茶を飲み切ると、立ち上がった。

「それじゃ僕は戻るよ。君の本当の飼い主たちによろしく」

男と入れ替わりで、給仕人形が注文品を運んできた。さすが、帝国資本のホテルである。指定せずとも、コーヒーには泡立てたクリームが雪山のようにどっさりと盛られていた。

そして一緒に運ばれてきた皿には焦げ目のない美しいクレープが載っていた。私はクレープの包みにナイフを入れた。中から真っ赤な木苺《きいちご》のソースがどろりとあふれ出す。ソースの滴るクレープを頬張《ほおば》ると、甘酸っぱい果汁と共に舌にざらりと引っかかる感触があった。私はナプキンで口元を覆い、そこにそっと引っかかったものを出す。暗号文の紙片だ。私は文字を読むと、そっとまた紙片を口に戻した。そして真っ赤なクレープと共に飲み下す。

ふと、近くのテーブルから声が聞こえてきた。

「ボルヘミアに来たなら、やっぱり王城は外せないよな。あとは工房見学に……」

「学生じゃないんだから。かび臭い骨董品《こっとうひん》より、俺は華やかなレビューが観《み》たいよ。ほら、ニズド・カンパニーには人形姫なんて呼ばれている踊り子がいるそうじゃないか」

帝国訛《なま》りの旅人たちはしばらく他愛《たあい》のない談笑にふけっていた。私はクレープを平らげ、コーヒーカップを空にすると、名残惜しさを感じつつも立ち上がった。白い皿に残るのは、真っ赤なソースのあとだけだ。

「行くのね、ヨハナ。いえ、今のアナタはもう……」

荷物鞄《かばん》を持った私の人形が、背後からそっと私に囁《ささや》いた。

「まだヨハナでいいよ。せめてこの街にいる間は。愛着のある役名だからね」

ホテルの外はひと夏のバケーションを楽しみに来た人々でごった返している。人の波に逆らって、私は駅へと向かった。


【了】

MF文庫J

マリオネット・マギアネッタ

2025年 4月 25日　初版発行

著者　八木羊

発行者　山下直久

発行　株式会社 KADOKAWA
〒 102-8177 東京都千代田区富士見 2-13-3
0570-002-301（ナビダイヤル）

印刷　株式会社広済堂ネクスト

製本　株式会社広済堂ネクスト

Printed in Japan　ISBN 978-4-04-684643-3 C0193

◇◇◇

【 ファンレター、作品のご感想をお待ちしています 】
〒102-0071 東京都千代田区富士見2-13-12
株式会社KADOKAWA　MF文庫J編集部気付「八木羊先生」係「Yucomi先生」係